Foudre et Tonnerre

UNA HISTORIA DE AMOR MILAGROSA

Copyright © 2025 by Albert Lynn Clark

All rights reserved.
Sos agradezco la educación que recibí. Gracias a todos los autores de ciencia ficción, misterio y suspenso. Gracias a mis 33 primos hermanos que pasaron días y semanas discutiendo cosas extrañas sobre la ciencia, futuros posibles y compartiendo sus libros.

All inquiries should be addressed to:

Book Domain LLC.
543 E Louise Dr Phoenix, Az 85050

Ordering Information:
Amount Deals. Special rebates are accessible on the amount bought by corporations, associations, and others. For points of interest, contact the distributor at the address above.

Printed in the United States of America.

ISBN-13   Paperback   978-1-967903-32-0
                       eBook   978-1-967903-31-3

Library of Congress Control Number: 2025911678

Foudre et Tonnerre

Una historia de Amor Milagrosa

Albert Lynn Clark

Contenido

Dedicatoria

Para mi esposa, Carolyn Clark, quien me complacía cuando pasaba horas frente a la computadora trabajando desde casa para la Fuerza USAir, escribiendo, buscando en Internet, leyendo mi correo electrónico y compartiendo su vida y familia conmigo.

Este libro detalla nuestra vida juntos, los milagros de Dios que vimos todos los días. Nuestras aventuras y experiencias alrededor del mundo. Desafortunadamente, paso la mayor parte del tiempo describiendo lo que hice mientras ella se quedaba en casa, siendo la mejor esposa, compañera, amiga y madre que cualquiera podría ser. Es muyraro encontrar a una mujer tan buena. Desearía poder escribir este libro desde su perspectiva, pero ella nunca se quejó de lo que hizo mientras yo estaba fuera trabajando durante la mayor parte de nuestra vida juntos. No puedo empezar a conocer todos sus pensamientos y deseos, pero sé que ella realmente me amaba y sacrificaría cualquier cosa por su familia y por mí.

Carolyn se dedicó a mí y a los niños con muy poca consideración hacia sí misma. Siempre nos hizo sentir que su felicidad estaba en proporción directa a nuestra felicidad.

No creo que ninguna pareja haya tenido un mejor matrimonio. Estuvimos casados durante 45 años antes de que Dios se la llevara.

1

Comenzó con un relámpago

Acababa de regresar de la guerra de Vietnam. Había solicitado una fecha de separación (DOS) poco más de un año antes y recibí órdenes para ir al sudeste asiático con fecha 4 horas antes de la fecha y hora de mi solicitud. Déjame explicarte. Cuando un oficial ingresa a la Fuerza Aérea de los Estados Unidos, se inscribe para veinte años de servicio activo y un compromiso de retiro de reserva hasta los sesenta años. Técnicamente, después de cuatro años de servicio activo, un oficial puede solicitar una fecha de separación para salir del servicio activo al final de los cuatro años o cualquier año posterior. Sin embargo, también pueden ser llamados al servicio activo hasta que cumplan sesenta años. Dado que la única razón por la que me había alistado en la Fuerza Aérea era para no ser conocido como un evasor del servicio militar, nunca planeé más de los cuatro años mínimos de servicio activo. De hecho, yo tenía un trabajo en la administración pública federal que se me había reservado durante esos cuatro años. Mi intención era salir y volver a mi trabajo en la administración pública en Oklahoma.

Sin embargo, la Fuerza Aérea me había adelantado mágicamente con los pedidos para el sudeste asiático que me encerraron por un año más. Cuando volví a solicitar una fecha de separación, me encerraron por un año más porque acababa de tener una asignación "cómoda" en el extranjero. Eso estaba dentro de las reglas estándar. Esto también significaba que ya no ocuparían el cargo civil más allá de los cuatro años que ya habían pasado.

De todos modos, ahora me encontraba destinado como Oficial de Suministro de Municiones Nucleares (NOSO) en la Base de la Fuerza Aérea de Blytheville, en el extremo noreste de Arkansas. No sabía nada sobre ser un Oficial de Suministro de Municiones Nucleares, aparte de que había aprendido el mantenimiento manual de registros de inventario de municiones convencionales mientras era Oficial de Suministro de Municiones en el sudeste asiático. Nunca había asistido a la escuela de la Fuerza Aérea para ninguno de los dos trabajos, pero aquí estaba. No conocía a nadie. Había planeado estar de vuelta en Oklahoma en mi trabajo en la administración pública, trabajando con personas que ya conocía. Además, dado que me habían contratado para un trabajo de administración pública con ascensos automáticos a GS-11, pude olvídate de eso también, porque solo tuve una recontratación automática durante cuatro años y habían sido cinco.

Después de haber sido tiroteado, salir rutinariamente con nuestro equipo de Desactivación de Artefactos Explosivos para destruir bombas defectuosas y espoletas fuera de la base en la jungla en el sudeste asiático, ir en Servicio Temporal (TDY) a varias bases en Vietnam del Sur y viajar en avión de carga a Saigón, Okinawa, otras bases en Tailandia, y caminar por las calles desarmado solo en esos lugares, no tenía miedo de nada. No, no diría que no tengo miedo, solo fingiendo no tener miedo y que nunca me pase nada malo. La única vez que me asusté de verdad fue cuando esperaba que un día me entregaran muchos camiones cargados de municiones y no había ninguno cuando llegué al vertedero de bombas. Llamé al puesto de guardia del ejército de los EE. UU. fuera de la puerta y me dijeron que había un problema grave.

Fui al puesto de guardia y vi un par de centenares de camiones de extranjeros cargados de municiones y la puerta cerrada sin señales de los guardias del Ejército. Conduje hasta la caseta de vigilancia, estacioné, caminé por la fila de sacos de arena hasta la puerta de su búnker lleno de sacos de arena y fui informado de la situación. Capitán Clark, me alegro de que esté aquí, estamos en problemas.

—¿Cómo es eso? Cuando fuimos a abrir las puertas, todos los camiones comenzaron a correr para apresurarse a la puerta de inmediato. Tenemos un límite de 6 camiones a la vez. Tuvimos la suerte de volver a cerrar las puertas. Entonces empezaron a sacar las armas de sus camiones y nos refugiamos aquí en nuestro búnker. Llamamos por teléfono para pedir ayuda, pero usted es el único que aparece".

—¿Has intentado hablar con ellos? No vamos a abandonar el búnker hasta que consigamos algunos refuerzos".

"Déjame ver lo que puedo hacer". Eché a andar hacia la puerta. Señor, no puede salir allí, hay un centenar de armas apuntando hacia nosotros y nadie quiere ser el primero en empezar a disparar.

"Alguien tiene que hacer algo, necesitamos esas municiones para las misiones aéreas de hoy". Seguí saliendo por el puerta, me detuve justo afuera de la entrada llena de sacos de arena e hice un alarde de apoyar mi rifle automático M-16 contra el exterior de los sacos de arena, luego me quité el cinturón de la pistola y lo coloqué encima de la pared de sacos de arena que tenía solo unos 4 pies de altura en este punto.

Caminé hacia la puerta, le hice señas al Ejército para que liberara la puerta de forma remota, caminé hasta el exterior de la cerca, cerré la puerta, hice señas para que se cerrara de nuevo y caminé hacia la pared de camiones". ¿Quién aquí habla inglés?

Silencio. Podía sentir y ver las armas apuntándome a mí en lugar del búnker del Ejército. "No vamos a ir a ninguna parte hasta que alguien se pronuncie. Puedes ver que no estoy armado ya que dejé mis armas allí en los sacos de arena. Hazme saber cuál es el problema".

"Hablo inglés. No tenemos a nadie a cargo, pero la gente de su ejército en el búnker cerró la puerta y comenzó a apuntarnos, así que tomamos nuestras armas y les apuntamos".

"Entonces, quieres que te descarguen y estés en camino". Sí, ¿abrirás las puertas y nos dejarás entrar? Los hombres del Ejército estaban haciendo su trabajo. Solo podemos permitir la entrada de seis camiones a la vez. Cuando se descargan, pueden salir y dejamos entrar otros seis camiones. Dijeron que todos intentaban irse a la vez.

"Todos queríamos que nos descargaran y todos querían ser los primeros".

"Bueno, solo dejaremos entrar seis camiones a la vez. Escogeré los seis primeros. Dígale a todo el mundo lo que estamos haciendo y luego seleccionaré quién va primero, pero cada uno tiene que volver a poner sus armas en sus camiones".

"No va a pasar. Nadie quiere poner su pistola".

"Díganle a todos que miren lo que llevan sus camiones. No creo que nadie quiera disparar y tal vez golpear lo que llevas consigo. Esas son bombas, mechas para bombas, municiones, granadas. El primer disparo que impacte en el lugar equivocado y en toda esta área desde el búnker hasta la carretera será unoagujero humeante en el suelo. Díganle a los demás lo que dije, que guarden esas armas, que se alineen en una línea ordenada para que el los primeros seis camiones pueden volver a salir cuando estén vacíos y comenzaré el proceso de descarga".

Me di cuenta de que tradujo correctamente, ya que varios de los conductores armados miraron sus cargas y rápidamente pusieron su pistola y encendieron sus motores con algunos camiones retrocediendo, otros dando la vuelta y dirigiéndose hacia la carretera para unirse a la fila de camiones.

Señalé al que hablaba inglés y le dije: "Eres el primer camión porque hablaste conmigo. Sé que muchos de ustedes, los conductores, hablan inglés bastante bien, pero hablaron conmigo y tradujeron, por lo que son primero, luego ustedes y ustedes, y ustedes. Elegí los seis camiones y comenzaron a detenerse en la fila en la puerta en el orden que elegí, luego, cuando elegí los segundos seis camiones, comenzaron a competir detrás de los primeros seis. Me di la vuelta y me dirigí a la puerta.

El jefe del equipo del Ejército salió del búnker, me recibió y abrió la puerta de par en par. Cuando la puerta estuvo completamente abierta, hice el gesto para que los camiones comenzaran a llegar. Cuando los primeros seis estuvieron dentro de la puerta, levanté la mano y el resto de los camiones se detuvieron. La línea detrás de ellos ahora estaba cambiando a una línea ordenada de regreso hacia la carretera, dejando un lado de la carretera abierto para los camiones que partían cuando estaban descargados.

—Capitán Clark, no puedo creer que lo tenga todo bajo control de esa manera. ¿Cómo lo hiciste?

"Los convencí de que no querían que las balas impactaran en sus cargas de municiones y mataran a todos. Luego elegí los que parecían ser los peores casos para ser los primeros seis y los segundos seis camiones por lo amenazantes que parecían. Como se puede ver, una vez que se rompió ese callejón sin salida y se corrió la voz, todo el mundo se quedó con el programa. Dejaré atrás los segundos seis camiones si todo parece estar bien".

"Tuvo que costar mucho coraje salir frente a un centenar de armas".

"Pensé que cuando vieran un uniforme diferente al tuyo podrían darse cuenta de que yo era un oficial y que nadie quería empezar a disparar de todos modos. Creo que todo está bajo control".

Regresé a los sacos de arena, me puse la pistola, me colgué el M-16 al hombro y observé cómo los primeros seis camiones entregaban su documentación a las tropas del Ejército y se dirigían a la puerta de la Fuerza Aérea lenta y ordenadamente. Debido a una ligera colina, no pudimos ver la puerta de municiones de la Fuerza Aérea, pero por radio, todo estaba ordenado. Poco después, los seis camiones regresaron, se abrió la puerta del Ejército y tan pronto como esos seis camiones se dirigieron a la carretera, hice señas a los siguientes seis camiones para que continuaran. Me di cuenta de que el Ejército estaba nervioso por los próximos seis, pero cuando entró el sexto camión del segundo grupo y levanté la mano, la fila de camiones se detuvo para esperar a que descargaran los segundos seis. Seguí a los segundos seis de vuelta a mi oficina dentro de la zona de municiones de la Fuerza Aérea.

Aparentemente, mi hazaña era bien conocida entre la gente de la Fuerza Aérea. No conseguí ninguna medalla y no merecía ninguna por hacer algo estúpido y realmente aterrador. Pero yo estaba soltera. Ahora estaba de vuelta en los Estados Unidos y el año pasado había quedado atrás. Mis derechos de retorno a la función pública habían desaparecido y aquí estaba yo sin timón en el mundo.

Allí me sentía muy deprimido y solo, viendo una fuerte tormenta eléctrica que se aferraba a la barandilla metálica del balcón en el segundo piso del edificio de apartamentos donde alquilaba. Era pasada la medianoche y pensé que era el único que estaba afuera observando todos los relámpagos, oliendo el ozono en el aire y sintiendo los truenos. Entonces miré a mi izquierda y el relámpago brilló muy brillantemente y vi a una pequeña mujer joven fuera de su apartamento agarrada a la misma barandilla del balcón mirando los relámpagos. El magnetismo me hizo querer conocerla. No sé por qué, pero me sentí atraído por ella al instante. Los pequeños milagros de Dios que suceden todos los días y que tal vez no reconozcamos en ese momento. Algo así como ver una pelota rebotando en la calle y pisando los frenos antes de que el niño invisible salga corriendo frente a ti. Si no hubieras reaccionado antes de tiempo, podrías haber golpeado al niño. Salir corriendo de una carretera hacia la zanja para evitar un accidente y no golpear nada mientras conduces a través de una zanja y de regreso a la carretera sin nada excepto un corazón acelerado. Esas y muchas más me han pasado y le di un poco de gracias a Dios por haberme protegido.

Ahora no soy tan espontáneo y realmente en ese momento de mi vida, tímido. Nunca salí mucho en la escuela secundaria o en la universidad. En la escuela secundaria, mi objetivo era la universidad, así que salí muy poco porque en los años cincuenta y principios de los sesenta, muchas chicas buscaban posibles maridos para casarse tan pronto como terminaran la escuela secundaria, con puntos extra si se casaban antes de terminar la escuela secundaria y estaban embarazadas cuando obtuvieron su diploma.

Supongo que eso estaba bien para esos chicos que iban a convertirse en mano de obra común en la ciudad donde iban a la escuela y para las chicas que nunca quisieron salir de su ciudad natal pero continuaron viviendo con su familia y amigos a su alrededor. La mayoría de mis amigos estaban destinados a ese trabajo manual. Eran buenos amigos, pero a principios de los sesenta, antes de la guerra de Vietnam, los chicos no pensaban mucho en ir a la universidad.

Sin embargo, en mi familia, la universidad era una extensión de la escuela secundaria. No graduarme de la universidad en mi familia fue tan estigmatizado como abandonar la escuela en la secundaria. De hecho, mis treinta y tres primos hermanos y sus hijos ahora tienen más de cuarenta y cinco títulos de la Universidad de Oklahoma, diecisiete de la Universidad Estatal de Oklahoma y otra docena de Texas Tech. Entonces, la universidad llegó antes que el matrimonio.

Estaba bien para esos tipos que iban a hacerse cargo del negocio de su padre, ya fuera una granja o una gasolinera. Una vez más, sus hijas estarían satisfechas siendo la esposa de un granjero o del dueño de una gasolinera y querrían quedarse en casa.

No quería cargar con una persona hogareña. No había planeado unirme al ejército cuando estaba en la escuela secundaria, pero sí planeaba obtener mi título universitario antes de tomarme en serio a una chica. La píldora había sido inventada, pero en mi época, si la chica se quedaba embarazada, se esperaba que te casaras.

Había conocido a dos de las tres jóvenes solteras en mi apartamento. Ambos eran graduados universitarios y atractivos. Una era una rubia de pelo largo que trabajaba para el banco local y la otra era una morena delgada que era maestra de primaria. Al día siguiente de mudarme a mi apartamento, estaba

Trabajando en mi deportivo biplaza con barra antivuelco para extraer una mejor puesta a punto y más velocidad. Había estado almacenado durante el año que estuve en el sudeste asiático. Estas dos chicas habían salido a hablar conmigo mientras yo trabajaba. No había visto a esta tercera mujer soltera del edificio de apartamentos. Historia de mi vida, simplemente no me acerco y hablo con niñas o mujeres, ellas vienen a mí. Aquí iba a presentarme sin que ella viniera a mí. Diferente desde el principio, pero algo me llevó a bajar al balcón para hablar con ella.

Caminé junto a ella. "Hola, soy tu nuevo vecino un par de apartamentos más abajo.

—¡Oh! Hola. No te vi acercarte. ¿Cuánto tiempo llevas parado allí?

"Aquí, solo un par de segundos, pero estuve frente a mi apartamento mirando la tormenta durante los últimos treinta minutos más o menos".

– Lo soy, Carolyn. ¿Cómo te llamas? "Al Clark." Me encantan los relámpagos". Siempre lo he hecho, ya tenemos algo en común, casémonos". ¿Por qué dije algo tan loco como eso? ¿Qué me hizo decir eso? Era muy bajita, mientras que las pocas chicas con las que había salido eran cinco, seis, más o menos. No era tan atractiva como las otras dos chicas que conocí y casi la ignoré. Pensé, ¿y si me tomaba en serio?

—¿Qué dijiste? Le dije: 'Casémonos y podremos ver relámpagos juntos durante años'.

"Sí, claro. Los relámpagos están a punto de terminar y tengo que irme a la cama ya que tengo que levantarme e ir a trabajar por la mañana. Así que, si me disculpa.

"¿Qué tipo de trabajo haces?" Soy trabajadora social de los servicios sociales de Arkansas". ¿Y? "Cuando las personas piden asistencia social, les ayudo a completar el papeleo y hago una pequeña investigación de antecedentes, luego hago mi recomendación y se la entrego a mi jefe para que la apruebe de cupones de alimentos o lo que sea. Escuché que un solo oficial de la Fuerza Aérea acababa de mudarse, así que debes ser él".

—Supongo que sí. Acabo de llegar del sudeste asiático". Está bien, pero tengo que descansar un poco, así que si me disculpas.

"Estaré pendiente de ti durante la próxima tormenta".

2

Conociéndola

Entró en su apartamento y cerró la puerta. Ese fue mi primer encuentro con el amor de mi vida. Estaba lejos de ser la chica normal y sorprendentemente bonita con la que había salido en el pasado. No me malinterpretes, nunca había salido tanto en mi vida, pero por lo general optaba por las bonitas que todos los demás hombres hacían.

Fui a trabajar y me pregunté por qué le había pedido a esta chica que se casara conmigo, aunque fuera en broma. Hice arreglos para que algunos muebles viejos fueran entregados desde la base aérea a mi apartamento. Eran muebles de chatarra y ninguno demasiado limpio. Eran muebles que se dejaban en las viviendas de la base cuando las familias militares habían sido reasignadas y simplemente los dejaban para personas como yo sin ningún mueble para usar. Tenía una mesa de cocina cromada y de formica y tres sillas cromadas, una de las cuales tenía que tener pernos apretados para que se sostuviera por sí sola. Un sofá marrón muy viejo con cojines que había visto a algunas personas pesadas que habían aplastado los cojines, pero al menos no tenía rasgaduras. (¿Alguna vez has considerado lo difícil que es el inglés? Tenía lágrimas en los ojos. La tela tenía rasgaduras". Mysofa no lloraba.)

La maestra morena se acercó a ver mis muebles y se ofreció a prestarme su aspiradora para limpiar el sofá. Limpié debajo de los cojines encontrando envoltorios de caramelos y monedas y mucha suciedad que aspiré con mi aspiradora prestada. Conservé el armazón de la cama y la credenza y la mesita auxiliar de cama que trajeron de la base, pero rechacé el colchón y los somieres por considerarlos poco saludables para dormir. Cuando regresé del centro de la ciudad comprando un nuevo somier y colchón (barato pero nuevo), las dos chicas atractivas estaban en mi apartamento limpiando el aparador y la mesa auxiliar para mí. Tuve no cerraron la puerta y se dejaron entrar. También habían lavado los platos, vasos y tazas prestados por la base aérea. Habían terminado de limpiar, pero querían quedarse y hablar. "Lo siento, todo lo que tengo es agua del grifo para ofrecerte una bebida. ¿Cómo puedo pagarte por limpiar todo por mí?"

El rubio dijo: "Iré a buscar una cerveza". No recuerda su nombre, pero la llamará Jane. La morena era delgada pero muy tetona y se llamaba Kelly.

Kelly preguntó: "¿Y qué haces en la base?" Soy un oficial de suministros". ¿Te refieres a piezas de avión y papel de oficina? Sí, algo así. No quería decirles que yo era responsable de un par de cientos de armas nucleares y que estaría trabajando alrededor de ellas todos los días".

– ¿Llevabas un arma en el sudeste asiático? Jane entró con tres botellas de Budwiser, las puso sobre la mesa y se sentó en la silla desvencijada que yo había vuelto a montar. "Bonitos muebles. ¿Es seguro?"

"Es un préstamo de la base. Lo único que tengo es el estéreo que tuve en la universidad y mi coche. ¿Son seguros los muebles? Creo que sí, apreté los tornillos de esa silla en la que estás sentadopara no creer que se derrumbe, pero no intentaría inclinarme demasiado hacia atrás".

– Interrumpí tu respuesta a la pregunta de Kelly. ¿Llevaste una pistola allí?

Puedo hablar de la verdad, pero no voy a mentir. "Sí, llevaba una pistola y una M-16, pero nunca tuve que usar ninguna de las dos".

Jane dijo: "He conocido a muchos militares que trabajan en el banco y la mayoría de ellos no llevaban armas allí. ¿Por qué lo hiciste?

Kelly intervino: "¿Eras solo un oficial de suministros allí también, o hiciste algo más?"

No quería decirles que yo controlaba todas las bombas y balas de la base aérea de allí, así que evité toda la verdad. "Mi estación de suministros estaba a seis millas de la base, por lo que tenía que viajar a mi oficina de suministros todos los días. Teníamos seguridad en las puertas, pero nunca tuvimos ningún ataque. Todos los que Trabajó fuera de la base y tuvo que llevar armas, por si acaso". —¿Llevas una pistola aquí? Todavía quería que el tema se mantuviera alejado de las armas nucleares, así que pasé de la pregunta. "Antes de ir para allá, recibí capacitación especializada en el manejo de armas, por si acaso. Tuve que hacer la prueba de tiro con el arma de seguridad de la policía con tirador tanto con pistola como con arma larga, pero nunca disparé a nada con vida. No creo que tenga que preocuparme de que alguien irrumpa en mi oficina de suministros aquí, que está en la base". De nuevo, casi una mentira. Mi área de almacenamiento estaba a kilómetros de la base principal, más cerca de la plataforma de alerta del B-52 que del resto de la base aérea. No les dije que compartía la caseta de la puerta de la zona de almacenamiento con la policía de seguridad, cuyo trabajo principal era vigilar la zona de almacenamiento de armas nucleares y enviar patrullas itinerantes las veinticuatro horas del día alrededor de la milla cuadrada de área de almacenamiento. Cada edificio tenía una alarma de vuelta a esa oficina de seguridad. Parte de mi trabajo consistía en decirle a la seguridad que desarmara un edificio cada vez que autorizaba a alguien a entrar o salir de un edificio. No todos los edificios tenían armas nucleares. Algunos tenían explosivos plásticos y munición convencional, incluyendo unos pocos millones de cartuchos de veinte milímetros para los cañones de cola de los B-52 de allí. Al compartir la choza de la puerta, cualquiera que entrara o saliera tenía que tener mi permiso para pasar por las puertas dobles. Todos los vehículos fueron revisados por debajo en busca de alguien o algo que intentara colarse. El solo hecho de entrar en mi oficina requería que la policía de seguridad abriera de forma remota una puerta de personal para entrar en un área vallada entre esa puerta y la seguridad, donde las personas tenían que trabajar allí o tener mi permiso para ingresar a la seguridad o a mi oficina. —¿A qué te dedicas, Jane, además de trabajar en el banco? Jane dijo: "Mi trabajo es oficial de préstamos en el banco. La gente acude a mí para pedir dinero prestado. Les ayudo a llenar los documentos de solicitud de préstamo, verifico sus credenciales, reviso su solicitud y la garantía que tienen para los préstamos y luego paso la documentación a un vicepresidente para que la apruebe o desapruebe. Los mantengo hablando mientras esperan o les doy un tiempo para que revisen si se trata de un préstamo más grande y luego los acompaño a la puerta. Un préstamo para un automóvil nuevo puede tomar treinta minutos, pero un préstamo para una casa toma días o, a veces, semanas". "Entonces, Kelly, ¿cómo es enseñar a los niños pequeños?" Oh, amo a los niños. Son los padres los que a veces causan estrés. A veces, cuando a un niño no le va bien, tengo que llamar a los padres para tratar de averiguar por qué o explicarles que el pequeño Johnny necesita ayuda especial en casa para mantenerse al día. Por lo general, a los padres no les gusta escuchar que el pequeño Johnny no está al día y me culpan. No todos los padres, algunos asumen la responsabilidad de ayudar a sus hijos y yo puedo ver a ese niño cambiar y sobresalir".

"Eso suena estresante y gratificante. Supongo que debería decirles que mi padre ha sido maestro y superintendente de escuela toda su vida. Crecí como hijo de un maestro".

—¿Y cómo fue eso? Cada vez que nos cambiábamos a una nueva escuela, el matón local tenía que tomarme la medida y los otros niños desconfiaban de mí como un posible chismoso. Por lo general, significaba una pelea. No siempre gané, pero me gané algo de respeto".

—¿No se lo dijiste a tu padre? No, y eso es lo que me ganó cierto respeto de los otros estudiantes. De hecho, por lo general, ese acosador terminaba siendo un buen amigo o al menos un respeto mutuo. ¿Qué haces aquí para divertirte?

"No mucho. No hay cine, excepto en la base, y tienes que ir a la base con un miembro militar para ver un espectáculo o conducir hasta Memphis. No quieres entrar en un bar por aquí. De nuevo, ve a Memphis. Tiene todo lo que necesitas. Todo lo que tenemos aquí es una tienda de comestibles y una farmacia."

3

La invitación

En ese momento, Carolyn entró por la puerta abierta. "Acabo de comprarme un televisor a color para que tengamos algo que hacer el sábado por la noche. Miss América será transmitida en vivo en color, por lo que todos están invitados a mi apartamento para verla. Eso es a las 7 de la noche. Traiga bocadillos y sus propias bebidas".

Jane dijo: "Hornearé algunas galletas". Kelly dijo: "Traeré algunas papas fritas y salsa". Llevaré algunas coca-colas y siete o cualquier refresco que creas que sería bueno. ¿Y el alcohol? Puedo pasar por la tienda de clase seis en la base y comprarlo barato".

Carolyn dijo: "Vodka para mí". Jane dijo: "Traeré cerveza". Kelly dijo: "Los maestros de escuela no pueden ser sorprendidos bebiendo, así que solo tomaré refrescos".

Yo dije: "Ron y vodka entonces. ¿Quiénes están invitados?" Pásalo, estoy invitando solo a aquellas personas solteras que viven aquí en los apartamentos. Podrías traer tus propios sillones, ya que no tengo mucho para sentarme.

La pequeña reunión se interrumpió cuando una ambulancia llegó a uno de los apartamentos de un piso y dos habitaciones en la calle. Todos salieron al balcón. Jane dijo: "Creo que ese es el lugar de los Lobowinces. ¿Tal vez sea hora de su bebé? "Vayamos allí y veamos". Carolyn se quedó atrás, poniéndome una delicada mano en el antebrazo.—Vendrás, ¿verdad?

"¡Absolutamente!" Su tacto era electrizante. No era atractiva como Jane y Kelly, pero tuve que luchar para no abrazarla y besarla en ese mismo momento".

Carolyn siguió a las otras dos chicas por las escaleras y cruzó el estacionamiento para ver si venía un nuevo bebé. La vi quedarse estupefacta por mi reacción a su toque. He salido con varias chicas, pero ninguna que me atrajera tanto. Nunca antes había habido electricidad allí.

4

¿Experimentado?

En la escuela secundaria era la fecha de la Reina de Mayo, la Reina del Baile de Bienvenida y casi todas las demás Reinas de la escuela secundaria. Una chica que recuerdo bien, Cynthia. Era la reina del baile de bienvenida y una de las chicas más atractivas de los dos mil chicos de mi instituto. Ella tuvo que bailar con el rey del baile de bienvenida y su corte y solo pudimos bailar un par de veces. Tuvimos que salir a buscarla a casa a las 10 de la noche, aunque la fiesta continuaría hasta la medianoche. Como me explicó de camino a la mansión de sus padres. "Es la primera vez que me quedo a solas con un hombre. Mis padres son muy estrictos. Lamento no haber podido pasar más tiempo contigo en el baile, pero estaba obligada a hacer lo mío como reina".

"No te preocupes por eso. Disfruté viéndote y también bailé con algunas otras chicas".

"Te vi, pero no parecías muy feliz por eso". ¿Quién no querría pasar la noche con la chica más guapa de la escuela?

"Gracias. No me considero bonita. Ni siquiera estoy segura de por qué me eligieron reina. Me sorprendió que mis padres me dejaran asistir al baile. Nunca he ido a un baile y solo me dejaron ir porque aceptaste ser mi cita. Al parecer, a mis padres les gusta mucho tu padre, de lo contrario no habrían aprobado que me llevaras a casa. También lo siento, tenemos que irnos directamente a casa. No es que sea un prisionero, es solo que tienen grandes planes para que vaya a la universidad y se haga cargo del negocio después de graduarme. No quieren que me desvíe un tipo que busca dinero.

La acompañé hasta la puerta de su casa, que se abrió antes de que llegáramos. Su padre dijo: "Gracias por acompañar a mi hija, Tal vez se vean en la universidad el próximo año. Sin embargo, no hay citas. No se le permite hasta que haya asumido la responsabilidad de mi empresa".

—No hay problema, señor. Tuve el honor de ser su escolta esta noche, y sí, también obtendré mi título".

Regresé durante las últimas dos horas del baile para bailar con algunas de las chicas que no tenían citas para la noche. Estaba pensando que en realidad no conocía a Cynthia. No tenía ni idea de que ella vivía en una mansión y nunca había salido con nadie.

Siempre había pensado en ella como una de las chicas que salían con todos los deportistas de la escuela. Si lo pienso. Nunca la había visto en ninguno de los bailes de la escuela, así que tal vez había salido con chicos de la universidad, pero no, aparentemente, simplemente no se le permitía salir. Menudo desperdicio. Tal vez la vería en la universidad el próximo año y podría invitarla a salir a cambio de que ella me pidiera que fuera su escolta esta noche. ¿Cómo evitarían sus padres que saliera con ella el próximo año?

Cuando estaban en el sudeste asiático, más específicamente en Tailandia y Vietnam, era común que los soldados e incluso muchos de los oficiales se acostaran con las chicas locales por una pequeña cantidad de dinero. Mientras que el hombre medio de la zona tiene la suerte de ganar veinticinco dólares al mes, una muchacha podría ganar varios cientos al mes por alquilar sus cuerpos. En su mayoría, dependían del aborto para el control de la natalidad. Pastillas del día después o lo que sea. Nunca pagaría por sexo. Solo una cosa conmigo. Además, varias formas de enfermedades venéreas eran comunes y, por lo general, conocía a varias personas con las que trabajaba que tomaban tetraciclina para ello. No, gracias. Eso no quiere decir que no me vieran obligado a participar en espectáculos de striptease de vez en cuando.

Una vez, en Saigón, unos compañeros de trabajo me invitaron a cenar en el centro de la ciudad. Fuimos a un bonito restaurante de lujo y lo siguiente que sé es que las chicas están sentadas con nosotros. Fui cortés y no quería avergonzar a los estadounidenses que me invitaron, pero lo siguiente que sé es que nos habían registrado en un hotel. Pagué por una habitación y luego los dejé subir las escaleras mientras yo me quedaba con la atractiva chica asiática que se había aferrado a mí. Le di cincuenta dólares en vales. Me explicito, no se nos permitía usar dólares en el centro de la ciudad.

se les dio lo que se llamó un guión que los lugareños podían cambiar en los bancos por su dinero.

Era tarde, casi el toque de queda de las diez, pero me excusé y me dirigí a donde creo que estaba la base. Estaba irremediablemente perdido, ya que mis compañeros me habían llevado de aquí para allá. Encontré una de esas cosas extrañas en las que te sientas al frente y el ciclista se sienta en la parte de atrás pedaleando. Logré decirle que quería ir a la base. Dijo en su inglés vacilante que ya había pasado el toque de queda y que podía meterse en problemas por el simple hecho de tenerme a mí como jinete. Le di veinte dólares en vales y él me llevó a unas pocas cuadras de la puerta y me advirtió que no podía ir más lejos y que debía ir a un hotel que él recomendaría y que podría acercarme a la puerta con seguridad por la mañana, después de que amaneciera. Le di las gracias y me dirigí a la puerta. Llevaba puesto mi uniforme y mi nueva barra de capitán. Los guardias vietnamitas me señalaron y luego me apuntaron con

sus ametralladoras montadas mientras fingía acercarme tranquilamente a la puerta y esperar a que se
abriera. Tenía razón en que no matarían a tiros a un
oficial blanco en uniforme a pesar de que ya había
pasado el toque de queda.

5

Aprehensión

Esa noche de 1970 en Blytheville, Arkansas, fui a la base y cené solo en el Club de Oficiales. Pensé: "No volveré a hacer esto. Mañana, antes de volver a casa, pasaré por el economato y llenaré mi apartamento con algo de comida para comer allí".

Cuando llegué a casa el viernes por la noche, había comprado una docena de cenas televisivas, una barra de pan, Miracle Whip, mostaza, salsa de tomate, algunas papas fritas congeladas, un litro de vodka, una quinta parte de ron, una quinta parte de bourbon Jim Beam, un poco de Coca Cola y 7-UP para la fiesta de Miss America. Pensé: "Me pregunto cuántas personas solteras habrá en este complejo de apartamentos. Desearía que solo fuéramos Carolyn y yo, pero ella invitó a todos los solteros en el complejo. ¿Por qué estoy tan obsesionado con querer estar con Carolyn? Eso no tiene sentido. No se mantiene en apariencia en comparación con las otras dos chicas que he conocido. No tiene una gran figura como Kelly. Me gusta el pelo largo y rubio de Jane. Ni siquiera he tenido la oportunidad de hablar con Carolyn, y no tendré mucha oportunidad mañana por la noche con todos los demás en su apartamento. Mientras que Jane y Kelly me habían dado más o menos luz verde, Carolyn me había invitado a ver un programa de televisión porque había invitado a todos los demás solteros y Jane y Kelly estaban conmigo cuando lo hizo. Entonces, ¿por qué me sentí atraído por Carolyn cuando había dos chicas guapas que estaban siendo muy amigables?"

6

Sábado por la noche

Bajé al apartamento de Carolyn a las 6 de la tarde, una hora antes, supuestamente para entregar el vodka, el run, el bourbon y los refrescos, pero en realidad esperaba ver a Carolyn sola antes de que llegara la multitud. Habría una multitud. En el apartamento entre el mío y el de Carolyn había un teniente soltero que había conocido el sábado por la mañana, Jim Eversong. Había sido invitado y se iba. Dijo que Jane y Kelly definitivamente estarían allí, al igual que un subteniente John Filtch, que no vivía allí, pero que también podría estarlo porque merodeaba por los apartamentos cuando estaba tan fuera de servicio que debería haberse mudado. Asistía a todas las fiestas, así que, al parecer, Carolyn también había invitado a John. También había otras cinco personas que no había conocido y que también venían. Había una pareja que había estado viviendo junta durante tres años en un piso individual de dos habitaciones que todavía no estaban casados.

La puerta del apartamento de Carolyn estaba abierta, así que llamé a la puerta abierta y dije: "Toc, toc, tu simpático contrabandista trae alcohol para esta noche". Carolyn estaba de vuelta en su dormitorio, pero gritó: — Vamos, Hal, y ponlo en el mostrador. Saldré en breve. Estaba de compras y acababa de llegar a casa. Siéntate en mi sofá.

Eso me dio la oportunidad de ver su apartamento que estaba impecablemente limpio. Su "sofá" era una cuna de camping plegable de metal con un grueso trozo de espuma encima de un delgado colchón de cuna. Estaba cubierta con una funda ajustada casera que llegaba al suelo por los cuatro lados y tenía unos cojines caseros para la espalda, por supuesto sin brazos ya que no había nada que sostuviera un brazo en una cuna de camping. La tela era una mezcla de rojo con manchas de amarillos que iban a naranjas. La mesa de comedor era una mesa de juego con dos sillas plegables de metal.

Tenía un cajón de madera para una mesa de café cubierto de la misma tela a juego con el "sofá". Su mesa de juego tenía una mezcla de cristalería barata y desparejada. Había una luz de techo, además de una lámpara de pie cromada con dos lámparas de barrido, una apuntando hacia arriba y otra apuntando a un extremo del sofá.

Pensaba que Carolyn debía de estar empezando. Había situado su edad cerca de la mía, veintitantos, así que me pregunté por sus pobres muebles. Al menos sus muebles estaban limpios, pero casi no quería sentarme en mis viejos muebles raídos que tomé prestados de la base. Su televisor a color estaba contra la pared sobre una bandeja de TV plegable de metal. Había una bandeja de televisión a juego a cada lado del "sofá". Cada una de esas dos hadashtrays. Hay que recordar que en los años sesenta y principios de los setenta la mayoría de los jóvenes fumaban cigarrillos. Mis padres no fumaban, pero guardaban ceniceros para los que sí lo hacían y nacieron antes de la Primera Guerra Mundial. En aquel entonces no había ningún tabú contra el tabaquismo. De hecho, en la universidad, había empezado a fumar porque en las aulas había incorporado ceniceros en cada asiento. Incluso un par de iglesias tenían ceniceros en la parte trasera de la banca de enfrente. Los cines tenían ceniceros en el respaldo de cada asiento del cine.

Carolyn salió de la habitación con una pizca de maquillaje que no le había visto antes. Olía a jabón y champú con un toque de perfume que más tarde supe que era "Wind Song", su favorito. Hacía calor y llevaba unos pantalones cortos de color púrpura casi hasta la rodilla y una blusa corta (sin el abdomen al descubierto) de color púrpura floreado a juego. Parecía radiante. "Hola Hal. Esperaba que lo lograras. ¿Puedo traerte algo de beber, ya que has traído la mayor parte?

"No, gracias. Llegué temprano para evitar la multitud, hacer mi entrega y ver si había algo que pudiera hacer para ayudar".

"Creo que estamos listos para comenzar, todos deberían aparecer pronto. Entonces, ¿qué te parece Blytheville?

"He conocido a algunas personas amigables, pero no es mucho para mirar".

"Eso es Arkansas. Blytheville es uno de los más pobres ciudades del condado más pobre de Arkansas. Me mantengo ocupado porque El sesenta por ciento de la población está recibiendo algún tipo de ayuda estatal. Solía haber muchos trabajos para la agricultura, pero con el equipo agrícola, y especialmente las máquinas recolectoras de algodón, muchos han perdido sus trabajos agrícolas y no hay mucho más que hacer. No tienen educación y no tienen experiencia, incluso si hubiera trabajos aquí. No tienen dinero para ir a otro lugar a trabajar. Un buen ejemplo es que esta semana tengo un cliente del que me hablaron. Fui a donde decían que estaba y vivía en unas viejas cajas de electrodomésticos de cartón que había pegado con cinta adhesiva como una casa de una sola habitación. Su calor del invierno anterior quemaba el suelo de tierra de sus cajas. Trabajó en la misma granja desde que tenía catorce años y el granjero lo había mantenido, alojado y alimentado durante años sin trabajo. Cuando llegó a los ochenta y cinco años, el granjero se preocupó de que fuera a morir en la granja y, en lugar de explicar su muerte, simplemente le dijo que se fuera a vivir a la ciudad. Nunca cotizó a la seguridad social y no pagó impuestos, ya que el granjero no tuvo un trabajo para él durante los últimos veinte años y solo lo alojó y alimentó. Ahora estaba enfermo. Lo llevé a un médico en mi coche y el médico me dio recetas por ciento veintitrés dólares. El cheque de asistencia social más grande que podía conseguirle era de setenta y tres dólares al mes. Me dijo: "Señorita Carolyn, le agradezco que intente ayudarme, pero con setenta y tres dólares al mes tengo que seguir viviendo aquí y no comprar esas medicinas. Al menos puedo conseguirme unos zapatos nuevos, que se gastaron hace un año.

"Lo siento por algunas de las personas mayores así. Lo que me da rabia es que los jóvenes se aprovechen del sistema".

—¿Qué te parece Carolyn?, por cierto, me gusta tu nombre. Mi segundo nombre es "Lynn" L Y N N, y el tuyo es CaroLYN. Carolyn se sonrojó. Justo en ese momento, Jane y Kelly entraron con sus ofrendas y ese fue el final de nuestra conversación. Todos llenaron rápidamente la habitación, algunos trajeron sus propias sillas de cocina plegables y otros acamparon en el suelo. Me presentaron a todos como "Hal" y corregí a Carolyn mientras pasaba por "AL" A - L. No 'H'.

"Está bien, 'AL' no 'H', ya conoces a Jim, Jane y Kelly. Este es John Filtch de la base. No vive aquí por la noche, pero puedes contar con que estará aquí si no está en el trabajo o en su vivienda en la base. Soy terrible con los nombres y no recordé ningún nombre nuevo esa noche.

Carolyn se mantuvo ocupada haciendo de anfitriona, consiguiendo bebidas, rellenando bandejas de bocadillos, vaciando ceniceros, casi antes de que la gente pudiera voltear sus cenizas. Un cigarrillo nunca descansaba más de diez segundos antes de que el cenicero desapareciera para ser reemplazado por uno limpio. Para cuando terminó el espectáculo de Miss América y todos se habían ido, Carolyn ya había limpiado todo. Apenas había hablado con nadie, excepto para ofrecer repuestos y limpiar cualquier cosa que alguien dejara sentado demasiado tiempo.

"¿Puedo hacer algo para ayudar?" No, estoy a punto de terminar. Si me disculpan, voy a un servicio de iglesia temprano en la mañana. Creo que conociste a todos lossolteros en los apartamentos y a un par de invitados sorpresa. No es de extrañar que cada vez que alguien da una fiesta, por lo general aparecen algunos invitados no invitados. Muchos oficiales jóvenes saben que los apartamentos suelen tener fiestas abiertas los sábados por la noche y que no hay mucho más que hacer en esta ciudad.

"¿Podemos sentarnos y hablar un rato?" Preferiría no hacerlo. No quiero ser grosero, pero todavía no te conozco y alguien podría pensar que algo estaba pasando si te dejo quedarte. Nos vemos por aquí la semana que viene.

—¿Qué tal mañana? Mañana, como dije, voy al servicio de la iglesia temprano, me quedo para la reunión de adultos y luego tengo que lavar mi ropa para prepararme para ir a trabajar el lunes. Además, tengo que devolver los platos para servir que quedaron. Te veré por aquí".

Le dije buenas noches. Pensé que había una chispa allí, pero acababa de recibir la salida corriendo del vagabundo por la puerta. Carolyn parecía disfrutar de la fiesta, le encantaba ser la anfitriona, a todo el mundo le caía bien, pero en realidad no había hablado con nadie. Era un misterio para mí. Creo que le caí bien. Jane y Kelly parecieron darse cuenta de que Carolyn y yo teníamos una chispa especial y se mantuvieron alejadas de mí toda la noche. Eran algo remotos y justos uno de los invitados que se conocían. Todo el mundo había sido amable conmigo, pero el tema era ver el programa de televisión en color de Miss América y las apuestas amistosas, sin dinero, de quiénes serían las finalistas y quién ganaría.

A la mañana siguiente, el viejo y descolorido Volkswagen fastback de Carolyn había desaparecido. Cuando ella dijo la iglesia primitiva, supongo que lo decía en serio. Solo tomé dos ron y coca-colas y luego coca-cola tras coca-cola para no tener resaca, pero había dormido demasiado tarde. Qué diablos, más vale que me prepare para ir a un servicio de reloj. Había pasado por varias iglesias conduciendo por la pequeña ciudad de Blytheville. Había cantado en el coro de una iglesia metodista en la universidad, así que decidí probarlos. Después del servicio religioso, el ministro y varios diáconos estrecharon la mano de las personas que se iban. El ministro fue amable, pero dos de los diáconos me tomaron de la mano un poco más y me preguntaron: "¿Hay alguna razón por la que no puedas asistir a la capilla en la base? Realmente no alentamos a los miembros solteros de las fuerzas armadas aquí. Ahora, si tienes esposa, tráela contigo la próxima vez".

No volvería a estar allí. No vi a Carolyn en toda la semana siguiente, aunque la estaba vigilando. Vi a Jane y Kelly, quienes me dijeron: "Vemos que realmente te gusta Carolyn. Solo queríamos advertirte que ella no sale con nadie. Si ella no está en la fiesta, viene a nuestras fiestas y hace lo mismo que hizo anoche, actuar como camarera y limpiar el equipo. A todos nos gusta mucho y nos gustaría verla tener novio para variar, pero no creo que tengas mucha suerte.

"Hablas en serio, ¿no? ¿Era tan transparente? Kelly dijo: "Sí, la observaste toda la noche. Nadie más te importaba. Apuesto a que ni siquiera sabes quién ganó el Miss América.

Jane le suplicó: "Si yo fuera tú, lo haría con ella. No sé por qué, pero la ahuyentarás y queremos que se sienta cómoda en nuestras fiestas. Si te gusta tanto, hazlo despacio y deja que se acerque a ti.

Kelly dijo: "Carolyn nos ha dicho que está pensando seriamente en convertirse en monja".—¿Es católica?

"No, pero ella simplemente no sale ni invita a ningún chico sin una multitud en una fiesta. Ella juega con los otros chicos, pero anoche no jugó con nadie. Creo que traspasaste su carrito de manzanas y la confundiste. Así que no la persigas demasiado. Quédate afuera y deja que ella te vea, pero deja que ella haga los movimientos".

7

El primer milagro

(¿Fue la tormenta eléctrica la primera?)

Hice lo que me sugirieron y puse una silla en el balcón para leer mis novelas cuando volví a mi apartamento de mi trabajo en la base. Jane y Kelly tenían razón, Carolyn llegaba en coche del trabajo o de compras y entraba directamente en su apartamento y la saludaba con la mano al entrar, y el sábado de la semana siguiente bajaba a mi puerta y me preguntaba: «¿Qué estás leyendo?». "Oh, leo novelas de misterio, ciencia ficción, novelas de aventuras. Todavía no tengo un televisor, así que ¿qué más puedo hacer? Cuando oscurece, escucho mis discos y leo". – Supongo que te sientes más cómodo con tu trabajo en la base.

"Sí, tengo algunos grandes muchachos alistados que me han enseñado mi trabajo. No es tan diferente de lo que he estado haciendo durante los últimos dos años y medio. El inventario es un poco diferente".

—¿Diferente cómo? La mayoría de los artículos son más caros, pero los cuentas y mantienes registros por el mismo motivo que antes. En realidad, es mucho más lento que en el pasado, lo que significa que tengo más tiempo para quedarme en casa y leer".

—¿Alguna vez has pilotado aviones? No es un piloto. Fui a la formación de pilotos, pero terminé como oficial de logística. Larga historia. Así que no, ya no vuelo, excepto como pasajero. Cuando estuve en el sudeste asiático, viajé a varias bases diferentes allí, pero en mi primer trabajo real, podía conducir mi automóvil a los lugares a los que necesitaba ir para trabajar y en este trabajo todo está aquí en esta base".

"Digamos, iba a cocinar lasaña esta noche, y será demasiado para mí, ¿te gustaría venir a eso de las seis?"

"Me encantaría. ¿Qué tal si nos traigo un poco de vino 'LancersRose' para acompañarlo?"

"Suena bien, nos vemos a las 6". ¡Uau! Por fin tal vez pueda tener la oportunidad de conocerla mejor. Corrí a la tienda de clase seis en la base y compré vino y luego lo llevé a casa, lo puse en el congelador para que se enfriara rápidamente del calor del verano de conducir desde la base en un automóvil deportivo abierto sin aire acondicionado. Era septiembre, pero en Arkansas todavía hace calor.

Cuando llegué a su apartamento, exactamente a las seis, abrió la puerta y me hizo pasar a una de sus sillas plegables. Tenía varias velas encendidas. Sirvió un poco de lasaña en nuestros dos platos y me entregó un sacacorchos para el vino. Lo abrí y nos serví a cada uno de nosotros una jarra de gelatina de frutas de vino (ella no tenía copas de vino).

Hablamos de nada y de todo lo que no tenía sentido mientras comíamos. "Esta es una gran lasaña. Diría que era como solía hacer mi madre, pero no lo hacía. Ella era una gran panadera, pero la mayor parte de nuestra comida era bistec frito, chuletas de cerdo fritas, pollo frito. Comeríamos espaguetis, pero la hamburguesa se frió con un poco de salsa de tomate y especias sobre los fideos de espagueti".

—¿Tu madre trabajaba? No cuando era más joven, sino cuando iba a entrar en séptimo grado, mi padre regresó a la universidad para obtener una maestría que lo ayudara con su trabajo de maestro y ella se puso a trabajar como secretaria para proporcionar algunos ingresos adicionales. Me convertí en la niñera de mi hermano menor".

"Entonces, ¿tu padre es maestro de escuela?" Sí. ¿Y tu padre? Es en su mayoría un agricultor jubilado. Mi madre nunca trabajaba fuera de casa".

"Siento que te conozco de toda la vida, pero no entiendo por qué me siento así".

Carolyn se sonrojó y no dijo nada. Se encendió una bombilla". ¿Has estado alguna vez en Disneylandia en California?

"Sí, pero solo tenía 12 años. Mi padre siempre estaba trabajando en ese entonces, así que mi madre nos llevó a mi hermano y a mí a California sola".

"¿En serio? Yo también estuve allí cuando tenía 12 años. Mi padre tomó prestado un remolque de la Segunda Guerra Mundial hecho para un jeep y lo puso detrás del coche. Pusimos nuestras maletas en el remolque, lo cubrimos con un colchón y luego, por la noche, montamos una tienda de campaña encima del remolque que mi hermana y yo compartimos. Teníamos un coche Nash que se convirtió en una cama para que mis padres durmieran".

"No atraparías a mi madre en una tienda de campaña. Nos alojamos en hoteles. ¿Por qué preguntaste por Disneyland? Eso fue de la nada".

—Creo que te vi a ti y a tu hermano allí. Vamos. No te acordarías de eso. ¿Y por qué pensarías que era yo?

"Iba a ponerme en la fila para el paseo del Sombrerero Loco y creo que te vi discutiendo con tu hermano que se negaba a ir contigo y le dijo: 'Mamá dijo que no debía dejarte fuera de mi vista. Y el Sombrerero Loco es demasiado infantil".

"Yo estaba a menos de tres metros de esa discusión. Estuve a punto de preguntarte si podías ir conmigo hasta que tu hermano me dijo que no debía perderte de vista. Fue un viaje bastante aburrido. No podía esperar a que terminara por miedo a que te hubieras ido cuando terminara.

—¿Por qué te acuerdas de eso después de trece años? Porque pensé que eras hermosa y sentí que no quería perderte de vista otra vez".

"Oh, vamos. Te subiste al paseo solo y nunca me volviste a ver. Nunca te vi.

"Cuando me bajé de la atracción, te busqué. Me quedé en la atracción esperando que tú y tu hermano se bajaran de la atracción hasta que decidí que te habías ido hace mucho tiempo y nunca la montaste. Mientras caminaba por el parque ese día, no dejaba de mirar. Varias veces Creí ver tu pelo rubio platino al lado de un chico más alto y moreno, pero siempre estabas demasiado lejos para que yo pudiera ver a dónde ibas. ¿Te acuerdas de las multitudes? Llegaba a ese lugar donde echaba un vistazo, pero siempre te ibas. Intenté seguirte durante una hora y alcancé a vislumbrar varias veces y luego, otros treinta minutos, no te volví a ver. Nunca estuve seguro de que el rubio platino al que intentaba seguir fueras tú, excepto en la atracción del Sombrerero Loco.

—¿Y tus padres? ¿Te dejaron ir solo?

"Siempre confiaron en mí para encontrarme con ellos en un lugar designado a la hora designada. Siempre tuve una idea de dónde estaba y cómo encontrar ubicaciones. Algo así como una paloma mensajera".

"Es una buena historia, pero no me la creo".

8

Grave

"Jane o Kelly, no estoy seguro de cuál dijo que querías ser monja. ¿Por qué?

Odio decírtelo cuando apenas te conozco, pero desde que tenía quince años sabía que nunca podría tener hijos. No me permitían salir con nadie. Tenía que estar en casa a las 10 de la noche, incluso en ocasiones especiales. Cada vez que pensaba que un chico se estaba poniendo serio, le decía que nunca podría tener hijos y ese sería el final de eso. Crecí en pueblos pequeños donde había muchos granjeros que querían tener muchos hijos, así que estaba fuera. De hecho, hablé con la Iglesia Católica, pero no estaban interesados en que me convirtiera en monja porque no podía tener hijos".

—¿Y qué? ¿QUÉ TANTO? "Entonces, cásate y adopta. Hay muchos niños que necesitan una madre que sepa cocinar".

"Vas un poco rápido, ¿no? Te he servido una comida y crees que puedo cocinar. ¿No quieres tener hijos propios?

"Mi trabajo no tiene nada que ver con la psicología, pero mi título era psicología y creo que los niños son quienes son debido al medio ambiente, no a la genética. Oh, claro, la genética puede ser algo malo, pero la personalidad es el entorno. La inteligencia también puede ser principalmente el entorno. He conocido a muchos mecánicos de automóviles que eran genios cuando se trataba de automóviles, pero apenas sabían cómo escribir sus nombres. También conozco a personas que pueden resolver problemas matemáticos muy difíciles, pero no saben salir de la lluvia. No, no me importa adoptar niños.

Sería más fácil para ti no tener que pasar por el parto".

– Está bien, Al. Ten en cuenta que te llamé Al, no Hal. Esto se está volviendo demasiado serio. Mañana vuelvo a la iglesia temprano, así que dejemos que las cosas se enfríen un poco, haré mi habitual ir a la iglesia y lavar la ropa y nos vemos la próxima semana. Por cierto, ¿vas a la iglesia?

"Canté en un coro durante toda la universidad, pero no he tenido la oportunidad desde entonces. He estado en tres iglesias aquí en la ciudad y todas dejaron claro que no querían que un solo oficial militar asistiera a su iglesia". —¿Por qué no viene usted conmigo a la Iglesia Episcopal mañana por la mañana?

—¿En serio? Sí, darán la bienvenida a cualquiera. Debo advertirles que el ritual de la Iglesia Episcopal es muy similar al de la Iglesia Católica. Nos arrodillamos para orar y tenemos un libro de oración común que leemos. Te ayudaré a través del servicio. ¿Quieres probarlo?"

"Absolutamente. La única vez que he estado en una Iglesia Episcopal fue cuando un amigo de la universidad me invitó a ir a un servicio de medianoche de Navidad con él. Me pareció extraño que mucha gente se persignara como católicos. No es que tenga nada en contra de los católicos, pero simplemente no puede ser dirigido por el Papa".

"La Iglesia Episcopal tampoco sigue al Papa ni toma a los santos tan en serio. Sí, estoy seguro de que cualquier iglesia nombra santos, pero oramos a Dios y a Jesús, no a un santo. Piensen en una Iglesia Episcopal como una Iglesia Metodista muy formal".

"¿A qué hora tengo que salir para encontrarme contigo y qué me pongo yo?"

"El servicio temprano comienza a las 7:30 y queremos llegar un poco temprano, así que nos vemos junto a los autos alrededor de las 7:15. Casual elegante, no traje y corbata, sino pantalones de vestir y una bonita camisa de vestir. Algunos llevan corbata".

"Está bien, estaré listo".

A la mañana siguiente estaba esperando en el estacionamiento con pantalones de vestir negros, una camisa blanca de manga corta y corbata de acachemira. Llevaba puestos mis zapatos de vestir militar negros con un brillo agradable. Me quedé asombrado cuando salió. Iba vestida con una falda azul claro con una blusa blanca con volantes, con un maquillaje que la hacía parecer muy guapa y tenía lo que yo llamaría adoily en la cabeza. Nunca la había visto maquillada. Encima de la blusa, llevaba una chaqueta corta azul claro que hacía juego con la falda. Como hombre, sé que la chaqueta de una mujer no se llamaba chaqueta, sino que tenía otro nombre. Nunca podía cerrarse sobre su pecho y estaba cortado más a la altura de la cintura. Se hizo de esa manera. ¡Se veía genial!"

"¡Guau! Te ves muy bien. Me siento mal vestida. ¿Estás seguro de que encajaré?

"No te preocupes, a las mujeres les gusta vestirse para la iglesia, no tanto, los hombres. Te ves muy bien".

Y aquí pensé que me había enamorado de la menos atractiva de las tres chicas solteras de los apartamentos. Me equivoqué, Carolyn los avergonzó al vestirse así. Su personalidad brillaba a través de ella.

El servicio me pareció extraño, como católico, pero todo en inglés.

Carolyn me mantuvo en la página correcta del libro de oraciones para que lo leyera. Ella también compartió su Biblia conmigo, pasando a las lecturas de hoy. No era tan diferente de la Iglesia Metodista de mi ciudad natal, pero sí más formal que aquella en la que cantaba en el coro de la universidad. Vi que en el himnario tenían las canciones con las que crecí en las primeras iglesias cristianas y metodistas, pero las canciones que cantaban en esta Iglesia Episcopal eran canciones diferentes que nunca había escuchado antes. Podía leer a primera vista la mayoría de las notas del bajo, pero balbuceaba muchas de las palabras mientras intentaba mirar tanto las notas como las palabras de estos extraños himnos. Una cosa que me gustó fue un sermón corto con significado, pero las alegorías eran humorísticas y fáciles de relacionar.

Después del servicio religioso, me llevó a la reunión de adultos en una gran sala lateral donde comieron galletas y café. Eran un grupo verdaderamente amigable y muy acogedor. Obviamente pensaban mucho en Carolyn y si ella me trajo, debo estar bien para ellos. Mantuve la boca cerrada tanto como pude para sentarme y observar y solo respondí preguntas directas, además de presentarme como oficial de suministros. No les dije que era el Oficial de Suministro de Artillería Nuclear.

En el camino de regreso al apartamento, Carolyn preguntó: "¿Qué piensa usted de la Iglesia Episcopal?" "Me gustó y la gente. Me recibieron a diferencia de las otras denominaciones de la ciudad que había probado. Me sorprendió que tuvieran ceniceros y fumando durante la reunión de adultos".

"La Iglesia Episcopal no es demasiado estricta en cuanto a lo que hace la gente. Incluso están relajando sus reglas sobre las personas divorciadas. Solían considerar el divorcio como un pecado y no querían que las personas divorciadas asistieran, pero ahora sí se lo permiten. Sin embargo, no estoy seguro de si permiten un segundo matrimonio en la Iglesia Episcopal. No lo creo".

—¿Por qué no salimos a cenar los domingos al club de oficiales? Estoy comprando. Sé que tienen una cena dominical muy agradable después de la iglesia. Pero solo son las 10:30. Creo que probablemente sirven la cena al mediodía porque es cuando termina el servicio de la capilla". "Está bien, ¿por qué no vamos a mi apartamento y tomamos un poco más de café, matamos una hora y luego salimos a la base? Me dirigí a la iglesia. Llevemos su auto a la base porque tiene una calcomanía de base para subir a la base sin tener que obtener un pase de visitante".

⁂

"Gracias, Al, fue un almuerzo maravilloso. ¿Vienes aquí a menudo?

"No, era la primera vez que se jugaba el domingo a la hora del almuerzo. Por lo general, solo como cenas de televisión en casa".

"Eso suena aburrido". Lo es. Compro una docena a la vez, las barajo con los ojos cerrados, pero las meto en el congelador y luego todas las noches tomo lo que esté encima. Me gusta la pizza, pero es difícil comer una sola. Tengo entendido que el club tiene música en vivo los viernes. Por qué ¿No planeamos ir a una pizzería el viernes por la noche y luego ir al club para ver cómo es?"

"Tengo una compañera de trabajo que está casada con el oficial de seguridad aquí. ¿Está bien si los invito a reunirse con nosotros en el club alrededor de las 7 p.m. del viernes?" "Cuantos más, mejor, no conozco a mucha gente aquí. Sería bueno conocer al oficial de seguridad, ya que trabajo mucho con su gente".

"Pensé que eras un oficial de suministros, ¿por qué trabajas tanto con seguridad?"

"¿Vigilan mis áreas de almacenamiento?"

9

Amigos

No vi a Carolyn en toda la semana. Cuando Carolyn llegó a casa, fue directamente a su apartamento. Jane se acercó y llamó a mi puerta para quejarse de los golpes de la base de mi estéreo y luego vaciló y dijo: "El bajo no es fuerte aquí. Es el doble de ruidoso en mi apartamento. Baja y verás. (¿Cómo se aprende inglés cuando la lubina puede ser un pez?)

Lo hice y, sí, era el doble de fuerte. "Entiendo lo que quieres decir. El suelo debe amplificarlo. Intentaré levantar el altavoz del suelo para ver si eso ayuda".

Lo hice, luego regresé a su apartamento para ver los resultados. Todavía era más fuerte que en mi apartamento, pero quitar el altavoz del suelo ayudó. "Jugaré más bajo. Si se pone demasiado fuerte, simplemente me molestas de nuevo". Cuando salí de su apartamento, Carolyn se dirigía a su coche y me echó el mal de ojo. No se detuvo mientras caminaba hacia ella. Se dirigió a su coche y se marchó sin mirarme.

Cuando salí del trabajo el viernes, esperé a que ella llegara a casa y le pregunté: "¿Todavía estamos en la pizza y en el club?"

– Sí, ¿qué estabas haciendo entrando y saliendo del apartamento de Jane esta semana?

"Mi estéreo golpeaba el techo hasta donde era más fuerte allí que en mi apartamento, así que estuvimos experimentando para ver si podíamos hacerlo más tolerable".

"Está bien, solo curiosidad. ¿A qué hora vamos a comer pizza? Mi amiga y su esposo se reunirán con nosotros en el club de oficiales en 7. "¿Estarían bien las 5:30?"

Terminamos con ocho Los oficiales y sus esposas se unieron a nosotros como la única pareja no casada. Era más bien una banda de espectáculo con un bailarín go go, pero tocaron una canción que a Carolyn y a mí nos encantó bailar hasta "Unchained Melody" que salió en 1965 de los Righteous Brothers. A partir de ese momento bailamos esa canción dondequiera que la escuchábamos. Puede ser en un estacionamiento, un club, un restaurante. Creo que la canción cimentó el creciente vínculo entre nosotros. Durante los siguientes dos meses, comimos nuestra pizza y nos reunimos con nuestros amigos en el club todos los viernes por la noche. Carolyn fue a visitar a sus padres ese Día de Acción de Gracias y nos perdimos ese viernes por la noche. Me salté la pizza, pero fui al club. Me fui después de treinta minutos de visitar a mis nuevos amigos oficiales. Sin Carolyn, no tenía sentido que estuviera allí, así que me fui a casa y leí un libro. Reanudamos nuestro ritual del viernes por la noche la semana después del Día de Acción de Gracias. Ahora pedíamos que nuestra canción sonara cada vez, algunas veces dos veces. Ya habíamos dejado de despedirnos y nos dediéramos muchos besos y abrazos antes de darnos las buenas noches. Y volvía a mi apartamento todo acalorado y molesto. Ahora hablaba en serio cuando le pedí que se casara conmigo, pero aun así lo pospuso.

Ella me sorprendió: "Al, sé que la base estará bastante cerrada desde Navidad hasta Año Nuevo. En lugar de quedarte aquí solo mientras yo no estoy, ¿te irías y me llevarías a visitar a mis padres cerca de Fort Smith, Arkansas? —Ciertamente. Había estado planeando ir a casa a ver a mis padres, pero no iba a dejar pasar unos días con Carolyn. Se había convertido en mi razón de ser. No pude encontrarla en Disneylandia hace tantos años, y ahora que la había encontrado de nuevo, iba a aprovechar todo lo que tuviera para estar con ella.

"No se me ocurra nada. Cometí el error de decirle a mis padres que estábamos saliendo e insistieron en conocerte. Son muy estrictos y hago lo que me dicen. Esto no significa que hable en serio".

Condujimos mi auto deportivo convertible de dos asientos Datsun 2000 negro de 1969 con la capota levantada para el invierno. Era un coche muy cómodo, silencioso y extremadamente rápido. Con un límite de velocidad de setenta, tuve que bajar de marcha a cuarta para subir las colinas, ya que el coche estaba muy alto. Correría casi sesenta en primera marcha, ochenta y cinco en segunda, ciento diez en tercera, uno ciento cuarenta en cuarta y no tengo ni idea en quinta. La única vez que mi Datsun no estaba muy silencioso era si lo golpeaba y los carburadores succionaban aire haciéndolo sonar como un escape ruidoso. Nunca hice eso en el viaje. Lo conduje como si fuera asedan. Nos contamos nuestra historia durante el viaje de trescientas millas y cinco horas. Comimos en un Stuckey's en un momento dado, tomando una hora y cuarenta minutos más, ya que Carolyn tenía que mirar cada artículo a la venta en cada estante. Cuarenta minutos de eso se pasaron viendo a las abejas entrar y salir de una colmena construida en la pared de los Stuckeys.

No aprendí mucho en el viaje, excepto que ella había ido a la Universidad de Lindenwood en Saint Charles, Missouri, un suburbio de Saint Louis, luego abandonó la escuela y trabajó como empleada en una empresa de construcción en Fort Smith y luego regresó a la universidad para obtener su título en trabajo social en Arkansas PollyTechnic College en Russellville, Arkansas. Supuse que abandonó la universidad en Saint Louis para estar más cerca de casa y, debido a que Lindenwood era una escuela para niñas en ese entonces, tal vez ahorrara algo de dinero para volver a la universidad nuevamente. Pasamos por delante de Polly Tech en el camino, o probablemente no me lo habría dicho. Había querido ser maestra de escuela, pero no tenía la calificación adecuada, así que se conformó con un título en Trabajo Social.Después de graduarse, consiguió un trabajo en Blytheville, Arkansas, al otro lado del estado de sus padres, pero un trabajo era un trabajo y todavía podía conducir a casa para visitarlo.

Condujimos a través de la pequeña ciudad de Booneville con personas que miraban este pequeño automóvil deportivo cuando el vehículo elegido parecían ser camionetas raídas. "Solíamos ir a la farmacia y comprar refrescos, batidos y helados. La escuela secundaria está en ese camino. Solíamos reunirnos en ese parque con la cancha de baloncesto, poner los estéreos de los autos a todo volumen y beber cerveza. No se lo digas a mis padres. Se sentirían mortificados si se enteraran de que no iba a ir al cine en nuestro pequeño cine o a tomar un batido en la farmacia".

"Gira a la derecha aquí. Mira esa gran montaña, que es MountMagazine, uno de los puntos más altos de Arkansas y sí, fuimos allí para fumar cigarrillos y beber cerveza también. No, en realidad no tenía novio y siempre tenía que estar en casa antes de las 10 de la noche y no podía salir en absoluto en las noches de escuela a menos que hubiera un juego de pelota o un baile especial y todavía tenía que estar en casa antes de las 10 de la noche. Una vez besé a un chico fuera del porche mientras me daba las buenas noches y mi padre estaba sentado en el porche con mosquitero y me gritó que entrara en la casa ahora mismo y me llamó puta por besar a un niño. Yo tenía dieciséis años y nunca antes había besado a un chico, pero él me había llevado al baile de bienvenida y me sentí obligado a al menos darle las gracias con un beso en la escalinata de la casa."

Me dirigió por caminos cada vez más pequeños hasta que estuvimos en un camino de tierra de dos vías. Con esto quiero decir, dos arboledas de neumáticos separadas por hierba en el medio. Después de aproximadamente una milla, llegamos a lo que solo puedo describir como la cabaña de un licor ilegal, junto a un viejo granero de madera. Ahora, no me malinterpreten, la cabaña tenía un nuevo revestimiento de madera pintado de un verde claro. El granero estaba sin pintar y era viejo, pero se veía en buenas condiciones. Estacionamos y ella me llevó a la puerta y la abrió diciendo: "Estamos aquí".

Su padre y su madre se acercaron a la puerta y dijeron: "No te oímos llegar. ¿Dónde está tu coche? Entonces vio mi pequeño coche deportivo negro. "Es seguro que es silencioso para un coche así".

"Sí, lo es". Parece inseguro". Tiene un marco muy pesado y una barra antivuelco en caso de que se vuelque, lo cual es muy poco probable. Por lo tanto, es más seguro de lo que parece por su tamaño. Rinde más de treinta millas por galón, mejor que un Volkswagen.

Su madre intervino: "Debes ser Al Clark. Carolynhas nos ha hablado de ti. Eres un capitán de la Fuerza Aérea, ¿verdad? —Sí, mamá, lo soy. Llámame Ivy y este gruñón es Roy. Estamos encantados de conocerle. Siéntate en el sofá con Carolyn y cuéntanos dónde está tu casa, dónde fuiste a la escuela y por qué conduces un cochecito tan bonito.

Incluso Roy se encariñó conmigo mientras me interrogaba sobre mi política y lo que había leído. También era un lector. No aprendí mucho sobre Roy e Ivy, ya que todas las preguntas iban dirigidas a mí. Al contarles mi historia, vi que esto La cabaña Moonshiner era muy engañosa. La alfombra dorada clara era muy afelpada, de esas en las que te hundes. Los muebles eran de primera calidad y obviamente caros, no había madera prensada ni madera contrachapada. Las pinturas de la pared eran principalmente óleos y no parecían baratas. La chimenea era de piedra de campo e inmaculada con una gran repisa de roble. Más tarde, cuando nos sentamos a cenar, la mesa y las sillas eran probablemente de Drexel, al igual que los muebles de la sala de estar. Había salido con una hija de una tienda de muebles caros un par de veces en la escuela secundaria y aprendí algo sobre las buenas marcas estadounidenses.

Esto era tan incongruente con los muebles casi inexistentes en el apartamento de Carolyn. Me quedé perplejo, pero no dije nada sobre la incongruencia. Sus padres resultaron ser muy cálidos y amigables y su padre, en particular, se puso muy hablador sobre el mercado de valores, la política mundial, la moralidad en el mundo. Incluso me felicitó: "Es agradable conocer a un joven con el que puedo hablar. Viviendo aquí en estos pueblos pequeños, no tengo muchos amigos y los jóvenes de aquí solo quieren beber cerveza, pelear y divertirse". Ivy-me guiñó un ojo. Carolyn intentaba no sonrojarse.

Me dieron el segundo dormitorio y Carolyn durmió en el porche trasero. Quería comerciar con ella, pero sus padres insistieron en que los huéspedes no durmieran en los porches y el porche trasero tenía calefacción como el resto de la casa. Cuando estuvimos solos por unos minutos, Carolyn dijo: "Sabes que en realidad fue porque podían escuchar el segundo dormitorio y vigilar la puerta para asegurarse de que nadie se escabullera por la noche. Te dije que eran estrictos". Al día siguiente abrimos los paquetes de Navidad. Carolyn me había contado una vez de pasada que su padre bebía whisky escocés de vez en cuando, así que compré el quinto más caro de la tienda de clase seis y lo envolví antes de que llegáramos. Me había enterado de que su madre era observadora de aves, razón por la cual vivían tan lejos de la ciudad, y le había comprado un par de pequeñas pinturas de un escribano azul y un arrendajo azul que estaban en el intercambio de la base. Para Carolyn tenía una cadena de oro en reconocimiento por haberme llevado a la iglesia con ella. Había visto a otras mujeres episcopales con Collares. Roy me regaló un libro sobre la historia de Arkansas e Ivy me regaló una pequeña foto de Carolyn en un bonito marco dorado. Estaba vestida con un vestido blanco hasta la espinilla con una estola de piel alrededor del cuello y un sombrero redondo blanco y guantes blancos. Como un vestido de novia, pero probablemente estaba en la escuela secundaria cuando se tomó la foto. No se parecía a la pobre chica que yo había conocido. Me pregunté si la estola de piel era real, probablemente de conejo.

Afuera hacía frío, pero Roy me enseñó el corral cerca de la casa. Explicó que la casa convencional más grande cerca de la carretera pavimentada había sido suya antes, pero había demasiado ruido de tráfico, por lo que la alquiló y renovó la cabaña aquí para la naturaleza tranquila. "Se pueden oír lobos por la noche en el campo, pero yo sólo he visto destellos de ellos a la luz del día. Se mantienen alejados de las personas y parecen perros grises flacos. A Ivy le gustan los pájaros. Si los cuentas, hay veintitrés comederos para pájaros en la zona de césped frente a la parte delantera de la casa. Si sale por la noche, lleve una buena linterna, manténgase alejado de la hierba y esté atento a las serpientes cabeza de cobre. Tú sí sabes cómo son, ¿verdad?

"Algo así como una serpiente de cascabel descolorida, ¿verdad? Fui a la escuela primaria cerca de la caza anual de serpientes de cascabel de Okeene,

Oklahoma. Así que la mayoría de lo que vi eran serpientes de cascabel y me mantuve lejos de ellas". "Los cabezas de cobre no son tan venenosos, pero aún así pueden lastimar y enfermarte. En esta época del año hace demasiado frío para que salgan mucho de sus madrigueras, pero cuando tenemos una ola de calor, salen y se tumban en la carretera para calentarse, por lo que hay que estar atentos a ellos. Es por eso que tenemos gallinas de Guinea. Matarán serpientes si las encuentran. Rodearán a la serpiente para evitar que se vaya y luego la picotearán hasta matarla. Confunden a la serpiente con tantos objetivos a su alrededor que la serpiente no sabe a cuál morder. El único inconveniente es que las guineas pueden ser bastante ruidosas".

Carolyn se había quedado con Ivy para darle tiempo a Roy para que me evaluara más a fondo. Lo sabía y me lo pregunté. Era ¿Carolyn se va a tomar en serio la idea del matrimonio? ¿Iba a dejar que su padre me pusiera a prueba?

Cuando llegamos a almorzar, Ivy dijo: "Al, tú y Carolyn tienen que salir a la carretera después del almuerzo. Odio correrte tan rápido, pero están pronosticando una tormenta de nieve generalmente grande desde la mayor parte de Arkansas hasta Tennessee. No aran la carretera desde aquí hasta Booneville, por lo que estarías atrapado aquí esperando que se derrita. Puede que caiga más nieve en los alrededores de Blytheville.

"Bueno, está bien. Tengo la semana libre, pero si crees que debemos salir, lo haremos. Lo hicimos. Cuando llegamos al este de Arkansas, habíamos bajado a unas treinta millas por hora.

"Me alegro de que este coche tenga una buena calefacción, parece frío ahí fuera".

"Sí. De hecho, compré este coche en Utah y allí con frecuencia llegaba a menos de cero. No solo tiene un buen calentador, sino que funciona bien en carreteras nevadas". Supongo que debería decirte que no me gradué en Booneville, Arkansas. Después de que mi padre me sorprendiera besando a ese chico en los escalones de la entrada, me sugirieron que fuera a la escuela secundaria femenina All SaintsEpiscopal en Vicksburg, Mississippi. No querían que anduviera por el campo, con su nombre, no el mío, viviendo por aquí. Eso estuvo bien para mí. Mis padres pueden ser un poco autoritarios. Cuando íbamos al gimnasio, yo era la única chica de la escuela a la que no se le permitía usar pantalones cortos para ir al gimnasio. Nací en Madison, Wisconsin, pero nos mudamos a la pequeña ciudad de Walworth, Wisconsin, cerca del lago Geneva. Solo teníamos unos treinta niños en mi clase y todo el pueblo era muy recto. Los adolescentes no se escabullían bebiendo cerveza y fumando cigarrillos. No tuvieron peleas".

10

¿Otra coincidencia?

"Toqué el saxofón en la banda de música de allí y cuando fui al Lindenwood Girls College en Saint Louis, Missouri. No se convirtió en mixto hasta 1969, pero para entonces ya estaba de vuelta en Arkansas.Cuando regresé a la universidad aquí en Arkansas Poly Tech, volví a tocar mi saxofón en la banda de música".

"¿Creerías que toqué el saxo alto desde octavo grado y luego en la universidad me uní a la banda del Cuerpo de Entrenamiento de Oficiales de Reserva (ROTC)? El ROTC era obligatorio para todos los chicos y estar en la banda significaba que podía quedarme en un lugar tocando mi saxo mientras todos los demás tenían que marchar con información. La banda, naturalmente, ya sabía cómo marchar en formación, por lo que solo marchábamos hacia y desde el campo de marcha tocando nuestra música de marcha mientras todos los demás estudiantes se alineaban en la ruta diaria del desfile".

"También tocabas el saxo alto. ¿Coincidencia? Poly Tech era muy diferente a All Saints y Lindenwood. Fue mixto, por un lado. No salí allí, pero ni siquiera había potencial en las escuelas de niñas a las que fui. Fue una gran decepción para mis padres cuando me independicé y me fui a trabajar a FortSmith, abandonando la universidad".

"Son dos coincidencias. A los dos nos gustan las tormentas eléctricas y los dos tocábamos el saxo alto".

"Sigue contando. No te olvides de Disneyland. Fue amor a primera vista para mí y luego nos volvimos a encontrar a los veinte años en el mismo edificio de apartamentos con un solo apartamento entre nosotros. Tu título es en trabajo social y el mío es en psicología, aunque nunca he usado nada de lo que aprendí en la universidad. Ambos conducimos autos pequeños y económicos de cuatro cilindros en lugar de los típicos autos grandes que conduce la mayoría de la gente. Los dos somos políticamente conservadores, tu padre realmente lo es. Ahora vamos a la misma iglesia. Ninguno de los dos somos grandes bebedores, pero bebemos. Los dos fumamos cigarrillos".

"No puedo contar Disneylandia. Esa es tu historia, esa es tu sería demasiada coincidencia". historia "Vi a una hermosa jovencita de cabello platinado discutiendo con su hermano sobre el paseo del

Sombrerero Loco y tú estabas. Me sentí atraído por ti entonces y debería haberme presentado, pero no lo hice. Si lo hubiera hecho, tal vez te habrías acordado de mí y habrías esperado alrededor del paseo a que me bajara. O tal vez no me habría subido al viaje. O tal vez tu hermano te hubiera dejado ir conmigo mientras nos esperaba. Elijo pensar que se me dio otra oportunidad de conocerte a una edad adecuada y viviendo cerca el uno del otro. Habría sido imposible vernos contigo en Wisconsin y yo en Oklahoma, a más de 900 millas de distancia, cuando sólo teníamos doce años.

"Está bien, pero ninguno de nosotros recuerda la fecha exacta, solo el mes que estuvimos en Disneyland".

—Había supuesto que pertenecías a una familia pobre, hasta que vi los muebles bonitos y caros y el nuevo Chrysler Imperial Lebaron.

"Todavía estoy decidido a hacerlo por mi cuenta. El único mueble que acepté de mis padres fue mi juego de dormitorio que no has visto. Era de madera rubia, que no coincidía con la idea de mi madre de lo que debían ser los muebles, pero cuando nos mudamos a Arkansas cuando yo tenía quince años, me dejó elegir la mía como consuelo para la mudanza de Wisconsin que realmente me molestó. Lo iba a tirar si yo no lo cogía".

"Es por eso que nos mudamos a Booneville. Quería volver a Arkansas para estar cerca de su familia, pero pensó que ir a la escuela secundaria de Fort Smith con mil estudiantes sería demasiado chocante, así que era Booneville, pero mi padre había olvidado cómo podía ser un pequeño pueblo de Arkansas. Originalmente teníamos una de las casas más grandes de Booneville, pero mi madre quería mudarse a la granja. Tal vez la próxima vez Roy te enseñe algo más que el corral. Cuánto, no tenía ni idea hasta mi segunda visita allí.

Para cuando llegamos a nuestro edificio de apartamentos, había alrededor de tres pulgadas de nieve en el estacionamiento, que estaba lleno y no había huellas en la nieve. Poco después de regresar, Carolyn me invitó a ver la televisión con ella. Nos sentamos uno al lado del otro, como si tuviéramos que sentarnos cerca en el auto deportivo. Después de un rato, se deslizó, luego se acostó en el "sofá / catre" y puso su cabeza en mi regazo. "Espero que no te importe. Ha sido un día largo".

No me importó. No me importó que se durmiera con la cabeza en mi regazo. Puse mi mano cerca de su cintura y tuve miedo de moverme por miedo a despertarla. Estaba muy feliz de tener este tiempo a solas, incluso si ella estaba durmiendo. Eran más de las 9 de la noche cuando despertó. "Lo siento. No quise irme a dormir, literalmente sobre ti. ¿Por qué no preparo unos sándwiches? Ha pasado mucho tiempo desde que almorcé en casa de mis padres. Debes estar muriéndote de hambre".

"No me importaría un sándwich. ¿Qué tienes? Y no me importó que te quedaras dormido. Más bien disfruté tenerte cerca y confiar en mí".

"¿Por qué no vuelves y ves los muebles de mi dormitorio de los que hablé?"

Saqué conclusiones precipitadas y dije: "Absolutamente". Me llevó a su dormitorio. La cabecera era también una estantería y las mesas auxiliares extendían la misma estantería otras dieciocho pulgadas más allá de la cabecera de la cama completa. Tenía una credenza a juego en la pared opuesta y una cómoda a juego en la pared cerca de la puerta. Era el palo rubio, muy bien. Le quedaba muy bien. Muebles de buena calidad, pero no llamativos y bastante anticuados para el estándar actual. Obviamente no es madera barata, ¿tal vez arce? Definitivamente no es un pino blando. Empecé a rodearla con mis brazos.

—Mala idea, Al. Fuera de los límites. Estás cansado después de conducir en esa nieve, comamos nuestros sándwiches y demos por terminada la noche".

A la mañana siguiente, Carolyn llamó a mi puerta y me dijo: "¿Vas a ir a la fiesta de Kelly para la víspera de Año Nuevo?"

"No me han invitado". Ahora lo has sido. Nos vemos allí".

11

Fiesta

Era difícil creer que tanta gente pudiera apiñarse en un apartamento de una habitación. Esto demuestra la falta de entretenimiento en Blytheville, Arkansas. Los chicos eran en su mayoría oficiales de la fuerza aérea y no sé de dónde venían las chicas. Solo conocía a los tres que había conocido hasta ahora. El alcohol fluía libremente. Solo había espacio para estar de pie. La comida desapareció rápidamente, pero el alcohol siguió fluyendo. Varios de los jóvenes oficiales se arremolinaban a mi alrededor. Carolyn estaba haciendo lo suyo de limpiar después de todos tan rápido como estropeaban las cosas. Si alguien dejaba su vaso de plástico vacío, se iba. Si alguien no mantenía una mano en su cenicero, se reemplazaba por una limpia.

Había más chicos que chicas y me encontré con otros seis jóvenes oficiales. Uno de ellos me dio un puñetazo juguetón en el hombro y me preguntó:

"Conseguir algo. Todos conocemos a Carolyn y entiendo que puede ser bastante floja.

Quería pegarle al tipo. Obviamente no conocía a Carolyn. Le dije con calma: "He estado mucho con ella estos últimos seis meses y la encuentro bastante sana y no muy suelta".

"Apuesto a que sí. Tal vez puedas organizar algún tiempo para que esté a solas con ella. Apuesto a que puedo aflojarla un poco.

"Somos exclusivos. Nos vamos a casar cuando logre que ella diga que sí. Así que mantén la distancia". "Muuu No te levantes la caspa, solo sé que a estas chicas locales de Arkansas les gusta la fiesta". Supongo que Carolyn vio la casi confrontación y vino y se colgó de mi brazo y me tiró hacia la puerta y luego que da al balcón. "Se está poniendo bastante sofocante allí. Ni siquiera he tenido la oportunidad de hablar contigo. ¿Qué te parece la fiesta?

"Creo que nos vendría bien más espacio. ¿De dónde vino toda esta gente?

"Los muchachos son de la base, pero eso lo sabes. Hay muchas chicas que viven en Memphis y viajan aquí para trabajar y más que trabajan en Memphis pero vienen aquí buscando conectarse con un oficial de la fuerza aérea. Nuestros apartamentos son conocidos por algunas buenas fiestas. Es demasiado ruidoso allí para mí, ¿por qué no vamos a ver caer la bola en la televisión en mi apartamento? Es casi medianoche, hora del este.

"Buena idea. Me gusta la fiesta, pero hay demasiado alcohol fluyendo. Espero que todos puedan llegar a casa sanos y salvos".

Se había vuelto escasa desde que regresamos de sus padres y yo estaba preocupado por nuestra relación. Tal vez ver a sus padres había sido malo, pero esta invitación a ir a su apartamento hizo que mi corazón se calentara. Lo primero que vi fue que había comprado un juego de comedor redondo de madera teñido de arce con una tapa de formica y 4 sillas a juego.

"Compraste una mesa y sillas". Sí. ¿Te gusta? Mis padres me dieron un cheque y me dijeron que lo comprara.

"Es agradable". Vimos caer la bola en Nueva York por televisión a las 11 p.m., hora estándar central, medianoche hora estándar del este.

"Entonces, Al, ¿quieres volver a la fiesta?" Podríamos quedarnos aquí y ver la víspera de Año Nuevo en San Luis.

"No me importa, lo veía todos los años con mis padres". Cuando eso terminó, "Creo que la fiesta ha terminado, ¿no crees que es hora de volver a tu propio apartamento?"

"Nosotro Podría qued y Reloj el Los Ángeles celebración". ar "No lo creo. Tengo que irme a la cama y dormir un poco".

"Si insistes. ¿Puedo venir mañana a ver algunos partidos de tazón?

—No antes del mediodía. Probablemente tendremos compañía para los juegos. Buenas noches.

El 1 de enero de 1971, caminé dos puertas hasta su apartamento y la ayudé a prepararse para ver el partido de fútbol. Me mandó a la tienda a buscar más provisiones: más patatas fritas, un par de bolsas de hielo. Ya tenía enormes tazones de papas fritas en la nueva mesa con platos más pequeños de varias salsas para las papas fritas. La encimera de su cocina tenía una gran cantidad de alcohol para los invitados esperados.

A medida que la gente llegaba, algunos de ellos traían sus propias sillas de jardín para sentarse, otros simplemente se sentaban en el suelo. Al igual que la fiesta de Nochevieja de abajo, esta también estaba abarrotada, pero todos eran de los apartamentos, excepto algunas chicas y novios. La invasión desde la base aérea o desde Memphis no se produjo y había varios matrimonios que vivían en los apartamentos que no habían estado en la fiesta de la noche anterior. No había tanta gente, pero aun así había una multitud, y pude conocer a más de nuestros vecinos. Carolyn los conocía a todos, y todos parecen, al menos, saber de mí, y se presentó. En diferentes ocasiones, algunos me preguntaban en privado: "¿Te vas a casar con ella?"

Mi respuesta siempre era: "Si ella está de acuerdo". Los comentarios fueron una variación de:

"Todos esperamos que ella encuentre a alguien y hemos escuchado cosas buenas sobre ti".

"Gracias, pero no es mi decisión. Le he estado preguntando y ella sigue diciendo que NO".

12

Cambio

Todo se convirtió en rutina. Los dos íbamos a trabajar de lunes a viernes. Venía a su apartamento con regularidad y veía la televisión con ella, algunos de los otros solteros venían y nos visitaban por un tiempo. A veces comíamos fuera y a veces ella cocinaba, y a veces decía que necesitaba un poco de tiempo a solas. Todos los viernes íbamos al club de oficiales para encontrarnos con el mismo grupo de seis a diez amigos y tomar un par de copas. A veces salíamos a comer con una de las otras parejas, pero por lo general íbamos a nuestra mesa habitual en el restaurante italiano de propiedad local y comíamos nuestra pizza de masa mitad salchicha y mitad pepperonithin. Si no hubiéramos bebido mucho en el club, nos tomábamos cervezas y, a veces, un refresco de cola o un té helado, y llegábamos a casa alrededor de las 9 de la noche, besándonos y despidiéndonos hasta algún momento del sábado por la tarde, con la iglesia el domingo por la mañana. Un domingo por la tarde, uno de nuestros vecinos de la Fuerza Aérea miró por las cortinas abiertas y luego entró.

"¿Qué estás haciendo aquí? Hay un avión que llega con armas nucleares en menos de una hora, ¿y no se supone que siempre hay que estar allí para recibir al avión y descargarlo?

—No te preocupes, Jim, solo hay algo de yodo radiactivo para el hospital. Solo tengo que estar allí si está relacionado con armas nucleares o plutonio para ellos". —¿Estás seguro? Sí, me avisaron hace tres días y el hospital tiene su propia gente para recoger los medicamentos radiológicos".

"Está bien, si tú lo dices. Entonces te dejaré en paz, pero no digas que no te lo notifiqué. Dicho esto, se marchó y cerró la puerta tras de sí.

"Al, ¿qué era eso de las armas nucleares? ¿Vamos a ir a la guerra o algo así?

"No, es bastante rutinario enviar algunos y llegan otros. En realidad, la mayor parte del plutonio llega en camiones. Tengo que estar allí para cualquier carga o descarga de cualquier cargamento relacionado con armas nucleares. Si es convencional, es decir, no nuclear, entonces los alistados se encargan de ello por su cuenta".

"¿Por qué enviarían armas nucleares aquí?" Es una base de SAC. Es por eso que tenemos todos esos B-52 allí".

"Pensé que solo estaban entrenando a pilotos de B-52 en la base".

"No vuelan con armas nucleares a menos que haya una guerra, por lo que todos esos aviones que ves son solo vuelos de entrenamiento en los que fingen que llevan armas nucleares".

—¿Hay algún peligro para la ciudad? No. Nunca vuelan con armas nucleares a bordo y sus carreras de despegue y aterrizaje no son sobre la ciudad, por lo que si un avión se estrellara, sería en el campo".

"¿Qué pasa con las armas nucleares en tierra? ¿Podrían simplemente explotar?"

"No. Incluso si hubiera un incendio con armas nucleares en el fuego, solo habría una explosión no nuclear de bajo grado del TNT dentro de la bomba. Podría arrojar algunos trozos de plutonio a cien yardas, pero ni siquiera pasaría por encima de la cerca. Sería un desastre para que alguien lo limpiara, pero las probabilidades de que incluso eso ocurra son muy, muy escasas".

Durante las siguientes semanas, Carolyn enfrió nuestra relación". Te estás poniendo demasiado serio y te he dicho que no me voy a casar. Creo que tienes que ir a buscar a alguien más. ¿Qué pasa con Jane o Kelly, todavía están solteras y estaban hablando de ligar contigo hasta que empezamos a salir juntas?

"No estoy interesado en Jane o Kelly. Eres a quien estaba buscando desde que tenía doce años. Te encontré y no te voy a dejar ir".

"Eso realmente no depende de ti, ¿verdad? Todavía podemos ser amigos, pero dejemos de salir tanto. Estaba perfectamente feliz antes de que invadieras mi espacio. Ahora comemos lo que quieras y vemos los programas de televisión que quieras. Quiero volver a cómo era antes de que nos conociéramos".

⌁

Todavía la veía desde lejos, pero cuando llegó a casa entró en su apartamento, cerró la puerta con llave y corrió las cortinas. Por las mañanas abría las cortinas, iba a su coche y se iba a trabajar.

Un par de semanas más tarde, la Fuerza Aérea tuvo la brillante idea de enviarme a una escuela de la Fuerza Aérea durante seis semanas para aprender el trabajo que ya había estado haciendo durante más de tres años. No tenía otra opción. Le dije a Carolyn: "Me van a enviar a Denver, Colorado, a una escuela de seis semanas. Así que me voy la semana que viene y no estaré en casa hasta mediados de abril.

"¿Por qué vas a la escuela? ¿Lo pediste?" No, no lo pedí. Alguien se ha dado cuenta de que no he ido a la escuela para aprender el trabajo que he estado haciendo durante más de tres años y supongo que quieren marcar esa casilla que debería haber sido marcada hace años.

"Bueno, conduzca con ¿Vamos al club en ¿Viernes? d Me sorprendió un poco. Habían pasado por lo menos cuatro semanas desde que estuvimos en el club. No me faltaba la esperanza, pero las cosas se habían enfriado definitivamente con ella. Tenía sentimientos encontrados acerca de la escuela. Pensé que era una pérdida de tiempo en el sentido de que conocía el trabajo. No estaba planeando hacer carrera en la fuerza aérea. De todos modos, ser oficial de suministros de municiones o municiones no era una carrera profesional, pero tal vez el hecho de estar lejos de Carolyn durante unas semanas me daría una nueva perspectiva. Me había estado sintiendo prácticamente un fracaso. Allí había encontrado a esa chica de la que había estado enamorado desde que la vi en Disneylandia cuando tenía doce años y parecía que la había perdido otra vez a ella. "Absolutament Te recogemos a las 5 p.m. aquí, ¿Antes? e. como— Hasta entonces. Esa noche y la semana siguiente volvieron a ser como habían sido antes de que ella se enterara de que la base del SAC tenía armas nucleares y yo estaba involucrado con ellos. Luego tuve que ir a la escuela.

13

Separación

A la semana siguiente, tuve que irme a la escuela en Denver. ¿No lo sabría? Nevó mucho en Blytheville, AR. Había esperado hasta el viernes para irme a Denver, lo que me dio tres días para conducir hasta allí, registrarme en las dependencias de los oficiales visitantes y registrarme para la escuela a las 07:00 de la mañana del lunes. Había planeado no irme hasta el sábado por la mañana, pero Carolyn me había llamado por teléfono al trabajo diciéndome que los habían despedido temprano debido a la nieve y que "creo que deberías salir a la carretera hoy y darte un día extra para conducir hasta Denver. Me quedaré sola en mi apartamento, independientemente de lo que quieras hacer". Bueno, la nieve batió un récord. Mi pequeño auto deportivo Datsun 2000 no era rival para los derrapes de 3 pies a través de la carretera desde mi oficina en el vertedero de bombas hasta la puerta. Me habían dicho que la carretera estaba arada, pero que tendría que salir por la puerta. Le pedí a uno de nuestros camiones volquete de dos y medio volquetes del volquete de bombas que me remolcara por la puerta y me fui. Las carreteras no estaban en mal estado. La nieve casi había bloqueado la Interestatal 40 a través de Little Rock, Arkansas, pero no había nevado mucho en la mitad norte del estado una vez que llegué más al oeste que Blytheville. Fui por la ruta escénica del norte a través de EurekaSprings, Arkansas. Los caminos estaban secos una vez que llegué a treinta millas al oeste de Blytheville. Estaba oscuro cuando conduje a través de EurekaSprings y recogí un Plymouth Roadrunner Superbird con el ala grande en la parte trasera. Estaba justo en mi parachoques al salir de la ciudad. Aceleré y me adentré en la sinuosa carretera de la montaña. Al entrar en la primera curva, el "Bird" estaba a unos cinco pies de mi parachoques. Al salir de la curva, estaba dos coches por detrás. Al entrar en el segundo turno perdí pero cuando llegué a la tercera curva pude verlo salir de la curva número dos. No lo volví a ver hasta que llegué al pie de la pequeña montaña y estaba un poco preocupado por qué. Me detuve en medio de la carretera, salí y miré hacia la montaña. Hacia la mitad de la sinuosa carretera, pude oír vagamente el chirrido de los neumáticos y pude ver sus faros zigzagueando locamente en las curvas. Calculé que estaba al menos quince minutos por delante, así que volví a mi coche deportivo y me dirigí hacia el oeste.

Cuando fui de Colorado Springs hacia Denver a las 10 p.m., tenía la capota bajada de mi auto y me sentí bien. No podía creer que hiciera tanto calor. Había estado conduciendo bastante rápido durante casi 12 horas. Me registré en el VOQ y todavía tenía la mayor parte del fin de semana para deambular por la ciudad y aprender la base.

El lunes llegué temprano al aula y no me di cuenta. Conocía a los profesores principales y asistentes de la clase. Eran dos suboficiales de alto rango, suboficiales o alistados superiores de la Fuerza Aérea que habían estado en el cuartel general de la 7ª Fuerza Aérea en Saigón, Vietnam del Sur, cuando yo estaba en el sudeste asiático. Ellos habían sido los que me habían llevado a la ciudad de Saigón. Su primer comentario fue: "Capitán Clark, ¿qué está haciendo usted aquí?" "Alguien se enteró de que yo no había ido a la escuela y recibí órdenes de venir aquí. Así que aquí estoy".

"¿Qué vamos a hacer contigo?" Enséñame todo lo que puedas y trata de mantenerme despierto, supongo.

—¿Está usted casado? No. "¿Alguien en serio?" Eso pensé, pero supongo que no". Bueno, tengo a alguien a quien deberías conocer. ¿Es inteligente? ¿Tiene una buena figura? ¿Es soltera y guapa?

"Sí, a todo lo anterior. Se mudó aquí no hace mucho y no se ha conectado con nadie. Tal vez la llame y vea si me da su teléfono para que usted lo llame. Es difícil convencer a alguien en la VOQ".

"Suena muy bien". ……… Así que durante las siguientes tres semanas, la llamé y salimos a comer, al cine, a los clubes nocturnos, simplemente conduciendo mi auto deportivo por las montañas. La clase fue como esperaba. Los instructores enseñaban a partir del plan de lección. Cada vez que el plan de la lección no coincidía con el trabajo de la vida real, mantenía la cabeza sobre la mesa, pero levantaba la mano y recibía la respuesta habitual: "Capitán Clark, vuelva a dormir y les diré cómo funciona realmente".

Entonces, Darlene, sugirió que pasáramos la noche en su apartamento. Eso fue un error. Tuvimos un poco de diversión platónica juntos, pero en el momento en que llegué allí, tuve la impresión de que ella iba a querer que pasara la noche. Me derrumbé y le conté cómo había conocido a Carolyn después de años de esperar encontrarla y ahora se había vuelto fría conmigo.

Ese fue el final de eso. Darlene me disculpó y me envió de vuelta a la VOQ y no contestó el teléfono después de eso. La segunda mitad de la clase fue similar a la primera, pero tuve que estudiar un poco. La clase estaba hablando ahora de la gestión de municiones en el ordenador de suministros de la base. Todavía no había sucedido, pero lo habían intentado. De hecho, las 4 primeras bases piloto habían fracasado y estaban estudiando por qué no lograron gestionar con éxito las municiones como cualquier otro suministro del sistema. Pasé 4 noches revisando los libros antes del examen final. Fui el graduado de honor tanto en la primera como en la segunda mitad de la clase.

Planeé conducir a la casa de mis padres en Enid, Oklahoma, esa noche, pero no me autorizaron a salir de la base hasta casi las 4 de la tarde y eran 600 millas hasta Enid. Llamé a casa y se lo dije a mis padres y me dijeron que no importaba cuándo llegara, sino que pasara la noche en un motel si me daba sueño conduciendo. Durante las primeras dos horas, la carretera estuvo en construcción y el tráfico fue de parada y arranque. Nunca superé las 45 mph, lo que significaba que nunca salí de la tercera marcha y, por lo general, corría en segunda marcha con frecuentes cambios descendentes a la 1ª para evitar quemar el embrague que arrastraba el motor. Finalmente conseguí en la carretera abierta solo para ver un letrero que decía trabajo en la carretera siguiente30 millas. Había una salida que decía el nombre de un pueblo de Oklahoma y salí de la interestatal y me dirigí hacia el sur. Cerca de las 7 de la tarde, los caminos de la granja estaban desiertos, así que aceleré.

Estaba deprimido por haber perdido a Carolyn y no sentir lástima por Darlene, que realmente era inteligente y atractiva, pero después de 3 semanas de salir regularmente, nunca nos besamos y luego hice el ridículo hablando de Carolyn cuando Darlene me invitó a su casa para una noche de sexo. No tuve más remedio que regresar a la Base de la Fuerza Aérea de Blytheville y tuve tres días de viaje. Quería pasar un día con mis padres el próximo fin de semana, así que dije al diablo con el radar de la policía, voy a ver si puedo llegar a casa a una hora decente. Aumenté mi velocidad a 130-138 mph. Mi velocímetro solo llegó a 140 y no quería retorcer el cable, así que lo mantuve justo debajo de la clavija. Cada vez que me acercaba a una ciudad, comenzaba a reducir la marcha de la 5ª marcha, rodaba por la ciudad al límite de velocidad en la 1ª marcha y, cuando llegaba a los límites de la ciudad, había recogido una fila de los autos más populares de la ciudad detrás de mí. Cuando llegué a los límites de la ciudad, lo golpeé y subí a través de las marchas: 50 en 1ª, 85 en segunda, 100 en tercera, por lo general, cuando llegué a la 4ª marcha a 100 – 115, había perdido todos los autos de la ciudad, para cuando estaba llegando a la 5ª marcha a alrededor de 130 mph tenía el camino para mí solo hasta que llegué a la siguiente ciudad pequeña donde se repitió el desfile.

Tenía luces de aterrizaje de aviones en mi parachoques delantero. No podía usarlos a menos de 50 mph porque a pesar de que estaba usando el cableado de la casa directamente a la batería, el cable se derretiría a menos que tuviera aire de 50 mph soplando sobre las conexiones. En cualquier caso, cuando oscureció, creo que podría haber visto un conejo a 100 yardas de la carretera a una milla frente a mí. Cuando llegué a las "Montañas de Cristal", apenas pude ver algunos faros que se desviaban de la carretera principal hacia la mía. Sus luces comenzaron a parpadear. Me dije a mí mismo, seguro que no, pero corté las luces del aterrizaje y sus luces dejaron de parpadear. Los volví a encender y él volvió a parpadear las luces. Pasaron casi 10 minutos antes de que nos cruzáramos y yo hubiera disminuido la velocidad a 70, por si acaso era la policía. El límite de velocidad nocturno era de 55 y había estado conduciendo durante horas a 130 o más. En cualquier caso, conduje hasta la entrada de mis padres justo después de las 10 p.m., lo que significaba que había viajado 602 millas en 6 horas con las primeras dos horas muy por debajo del límite de velocidad.

No les conté a mis padres que Carolyn y yo nos pelearíamos, pero mi madre supo que algo me estaba molestando al día siguiente. Les mostré que no era la clase ya que tenía mi certificado de graduado de honor, pero cuando ella preguntó sobre mi vida amorosa, les dije que finalmente había conocido a la chica que vi en Disneyland cuando tenía 12 años, pero las cosas no iban bien.

"No te rindas con ella, tu padre salió conmigo durante más de un año y lo conocía de toda la vida. Apenas conociste a esta chica. ¿Cuándo la conoceremos? "Tal vez nunca a este ritmo, pero tienes razón. No me daré por vencido con ella. Fue un shock para ella que yo trabajara con armas nucleares. Ella no es una paloma políticamente. De hecho, es muy conservador, pero nunca consideró a alguien que trabajara con armas nucleares". "Bueno, ahí lo tienes. Sé tú mismo, ella se acostumbrará".

14

Regreso a casa

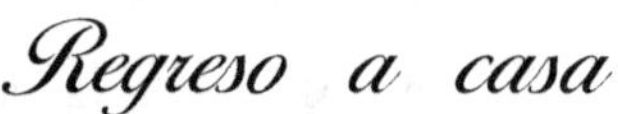

Al día siguiente me dirigí a Blytheville, llegué por la noche y me acosté en la cama para dormir los últimos días. Me levanté y fui a trabajar a la base al día siguiente, un lunes. Estaba cansado, pero había estado fuera de la oficina durante 6 semanas y quería ver sobre el control de daños. Naturalmente, mi primera parada fue en el cuartel general del escuadrón de municiones para informar al comandante del escuadrón, el teniente coronel White, al supervisor de mantenimiento, el mayor Russell y al empleado administrativo, el sargento Wills, de que yo había regresado de la escuela y me iba a trabajar. El supervisor de mantenimiento era responsable de los equipos y equipos de carga de los aviones, por lo que básicamente todos trabajaban para él, excepto el Almacén de Municiones que trabajaba para mí. Yo tenía 30 personas, él tenía 140 personas. Su trabajo consistía en mantener todos los remolques de transporte de municiones para transportar municiones hacia y desde los aviones y supervisar a todas las personas alistadas que hacían ese trabajo y cargaban los B-52 con municiones. El mayor trabajo rutinario consistía en cargar los cañones de 20 mm para las misiones de entrenamiento y descargar cualquier munición no utilizada y llevarla de vuelta al área de almacenamiento.

Mi trabajo consistía en supervisar a la gente en el Área de Almacenamiento de Municiones que se aseguraba de que tuviéramos suficiente munición para las misiones de entrenamiento con armas de 20 mm, que las armas nucleares estuvieran siempre listas para usar y que otras municiones convencionales como munición para armas pequeñas estuvieran disponibles para el entrenamiento de armas pequeñas de la base, el escuadrón de la policía de seguridad y explosivos plásticos para la EOD (eliminación de artefactos explosivos) granadas de humo para exhibiciones aéreas locales, etc. Yo estaba a cargo de toda la seguridad para el almacenamiento y la policía de seguridad que realmente monitoreaba las alarmas electrónicas y proporcionaba seguridad armada para el Área de Almacenamiento de Municiones me informaba mientras estaba de servicio, a pesar de que estaban supervisados por el Escuadrón de Policía de Seguridad. Para asegurarnos de que se cumplieran todos estos requisitos, tuvimos que hacer un inventario regular para asegurarnos de que el personal de mantenimiento de la línea de vuelo no había manipulado lo que llevaban a la línea de vuelo y hicimos un inventario y almacenamiento adecuados de los 20 mm sobrantes de las misiones de entrenamiento.

El empleado administrativo mecanografiaba y archivaba todas las órdenes, incluyendo mi viaje a la escuela, las vacaciones anuales y la mecanografía y archivo de cualquier carta para el escuadrón, excepto lo que produje en el Almacén de Municiones a 6 millas de distancia, al otro lado de la línea de vuelo y cerca de la plataforma de alerta donde se encontraban los aviones cargados con armas nucleares y los aviones cisterna cargados de combustible, en caso de que alguna vez fuéramos a una guerra total que todos esperaban que nunca sucediera.

Cuando finalmente llegué al Área de Almacenamiento de Municiones, mi suboficial a cargo, el sargento Stanton, había mantenido las cosas funcionando sin problemas. No había habido alertas ni ejercicios mientras yo no estaba, así que todo había sido muy rutinario. Me entregó la pila de documentos que habían sido firmados por el Oficial de Suministro de Artillería Nuclear (NOSO), que era yo. Todo era rutinario y no tenía dudas sobre firmarlo. A las 2 de la tarde terminé y salí a visitar el edificio de mantenimiento de municiones nucleares. El sargento mayor Wilson estaba a cargo de todo el mantenimiento nuclear y las cosas también habían sido rutinarias para él. Me preguntó sobre la escuela y le dije que dormí la mayor parte de ella, pero las montañas alrededor de Denver eran ciertamente bonitas. "Tuvimos una nevada mientras estuve allí, pero se había derretido y la nieve de las montañas también se estaba derritiendo".

Salí unos minutos antes para pasar por el supermercado y recoger algunas cenas de televisión, refrescos de cola y suministros diversos, ya que había estado fuera por la escuela y dejé mi refrigerador casi vacío. Mientras cargaba mis comestibles, Carolyn llegó a casa y se acercó para ayudar a llevar los comestibles.

—¿No vas a venir a comer conmigo?

—Claro. Tan pronto como guardé las cosas y me di la vuelta, Carolyn me abrazó: "Te extrañé, AL. No me di cuenta de cuánto hasta que no estuviste allí. Ya conoces el viejo dicho, 'la ausencia hace que el corazón se fortalezca', bueno, es cierto".

***

Esa noche, después de cenar con Carolyn, nos sentamos a ver un poco de televisión hasta después de las noticias de las 10 de la noche. Carolynhad se acurrucó y le pasé el brazo por los hombros. Me levanté después de la noticia y dije: "Bueno, supongo que será mejor que me vaya. Es una noche de trabajo". Esperaba que me corriera.

"¿Por qué no te quedas aquí esta noche? Te he echado de menos y quiero que estés cerca.

No tenía pijama, así que terminé durmiendo en calzoncillos. Ella se acercó a mí, puso mi brazo sobre ella y dijo: "Esto es suficiente por ahora, solo cálmate y duerme".

Es más fácil decirlo que hacerlo, pero lo hice. Me costó mucho dormir al lado de la chica que había amado para siempre sin hacer nada más, pero estaba cansado de haber conducido por el país e ir a trabajar de nuevo tan pronto y finalmente lo hice. Demasiado pronto, Carolyn me despertó y me dijo: "Será mejor que te vayas antes de que los vecinos se den cuenta de que pasaste la noche aquí y tengo que prepararme para el trabajo y me imagino que tú también tienes que prepararte para el trabajo".

Para el fin de semana, habíamos pasado 4 noches platónicas juntos en su habitación conmigo levantándome y escabulléndonos a mi apartamento mientras ambos nos preparábamos para el trabajo. El viernes, volvimos a nuestra rutina de ir a la hora feliz en el club de oficiales con nuestro antiguo grupo de amigos de la hora feliz y luego pizza. Cuando regresamos a su apartamento, Carolyn quería hablar.

"Al, antes de que nuestra relación vaya más allá, necesitamos hablar".

—¿Y qué? Todavía quiero que te cases conmigo, tal como he repetido a lo largo de los meses. No le preocupa que yo sea un oficial de municiones nucleares, ¿verdad?

"No, ese es tu trabajo. Alguien tiene que hacerlo. Esto es mucho más personal".

"Está bien, ¿qué pasa?" ¿Algo que necesites saber sobre mí? "No estás casado con otra persona, ¿verdad?" Tonto, por supuesto que no. Necesito decirte que no puedo tener hijos. Si quieres una familia, no puedo dártela".

—¿Por qué no? Cuando era niña, todas las demás chicas empezaron a tener la regla y yo no. Nunca tuve una cintura pequeña como algunas chicas, pero me desarrollé de otra manera como ellas, pero nunca tuve la regla. Mis padres me llevaron a Rochester y a la Clínica Mayo allí y me hicieron una batería de pruebas y determinaron que tengo un defecto genético que no permitía que se desarrollaran los miovarios, por lo que nunca tendré la menstruación, ni podré tener hijos. Me gustaría tener hijos, pero no sucederá, nunca. Incluso consideré convertirme en monja católica, pero no me aceptó debido al defecto. Intenté alistarme en el ejército, con el mismo resultado. Así que fui a la universidad, obtuve mi título y me establecí para ser una vieja sirvienta".

"Por eso fui a una escuela episcopal para niñas, All Saints, en Vicksburg, Mississippi. Después de eso, asistí al colegio femenino de Lindenwood en Saint Louis, Missouri. No hay mento que preocuparse. (ahora es mixto) Pero no me gustaba estar en la escuela de niñas. Me cansé de lo que pasaba y quería más libertad, así que me transferí a Arkansas Poly Cow College, que también estaba más cerca de mis padres. Nunca me llevé tan bien con mis padres. Eran muy estrictos y luego querían que me casara a pesar de que sabían que no podía tener hijos. Nunca les gusta ningún novio que hayan conocido. Por supuesto, nunca me involucré tanto con nadie más que contigo.

"Entonces... Adoptaremos niños". No serían tuyos genéticamente". Así que... ¿Cuántos hombres están divorciados y actúan como padres con los hijos de sus esposas? No es que los hombres se embaracen y tengan hijos durante 9 meses. Los hombres están obligados a iniciar el proceso, pero no veo cómo me sentiría diferente con los niños adoptados".

"Quiero que estés seguro. No quería llevarte más lejos si querías tener hijos propios.

"No me importa eso. No quiero estar nunca sin ti, nunca. Tú eres lo que cuenta. Estando yo en el ejército y habiendo una guerra en Vietnam, no es un buen momento para arriesgarse a tener hijos y luego volver a la guerra".

"Ya has estado allí una vez. No tendrías que ir de nuevo, ¿verdad?

"No es probable, pero puedo contar con que me transfieran de nuevo. De todos modos, deberíamos esperar hasta que salga de la fuerza aérea y consiga un trabajo civil antes de adoptar niños. Es bueno que no puedas quedarte embarazada. Seguro que no querría tener que irme, que me pasara algo y dejarte con los niños".

—Bueno. Todavía no voy a decir que sí. Tienes que darle algo de tiempo para asegurarte de que te tomas en serio la idea de no tener descendencia propia. ¿Qué dirían tus padres?

"Aprobarían cualquier cosa que haga. Mi hermana y mi hermano ya han dado nietos a mis padres, así que si no lo hago, no importará continuar con la genética. Además, si adoptamos, serán igual de felices".

"Ni siquiera he conocido a tus padres". Conocí a tus padres y me han gustado". No todo el mundo lo hace. Mi padre es muy emprendedor y nunca le gustó ningún chico que conocieran, hasta que llegaste tú. Mi madre es una fanática de la limpieza y se lleva los platos para lavarlos antes de que los invitados terminen. Ella no puede tolerar que algo esté fuera de lugar, pero contigo allí, ella no actuó de esa manera. Mis padres están muy contentos de que haya conocido a alguien como tú".

"De todos modos, me alegro de eso. Creo que serían buenos suegros".

—¿No te desanimó que vivieran en la cabaña de un licor ilegal?

"No. Era simplemente el estilo de la casa. Tenía un techo nuevo y el interior era lujoso. No era una cabaña de moonshiner una vez que se echa un segundo vistazo.

"La semana que viene es Semana Santa, creo que deberíamos ir a verlos este fin de semana. ¿Me llevarás, solo por el fin de semana?

Se supone que el clima será cálido y soleado, tal vez papá te lleve y te muestre más del lugar".

"¿Hay más? Era una bonita cabaña y el granero podría haber usado algo de pintura, pero era resistente y no necesitaba reparación. La valla estaba en buen estado. ¿Qué más hay que ver? Por supuesto, te llevaré. No me gustaría que lo condujeras solo y me dejaras aquí preocupándome por ti.

15

Sorpresa de Pascua

Fuimos a Booneville el viernes. Los dos éramos Salimos temprano porque era Viernes Santo, así que llegamos a las 4 de la tarde. Carolyn me hizo conducir por Booneville durante un rato antes de ir a la cabaña de sus padres en la granja. Me hizo pasar por la casa en la que habían vivido cuando se mudaron por primera vez de Walworth, Wisconsin. Era una casa señorial, antigua y bien cuidada, con un gran patio. Uno de los mejores de la ciudad. En privado me preguntaba por qué habían vivido en una casa tan grandiosa y luego se habían mudado a la cabaña de los aguardientes de la granja. No dije nada. Supuse (erróneamente) que vendiendo esa casa les daba el dinero para arreglar la cabaña. Había visto rastros de dinero, pero no tenía idea de cuánto. No llegamos a ver a sus padres hasta casi las 6 de la tarde. Su madre tenía la cena preparada para nosotros cuando llegamos.

Su padre salió de la casa para saludarnos: "Hola, Al, es realmente bueno verte de nuevo. Carolyn nos contó cómo te fuiste a la escuela en Denver durante 6 semanas. De hecho, ella subió su factura de teléfono de larga distancia llamándonos casi a diario mientras tú no estabas. Me alegra ver que ustedes dos todavía están juntos. ¿Ya has fijado una fecha?

Estaba un poco desconcertado acerca de las implicaciones del matrimonio. "Todavía no me ha dicho que sí. Sigo preguntando, pero ella no se compromete". "Bueno, tienes nuestra bendición. No queremos que se quede sola para siempre".

Su madre se acercó al porche y anunció: "Entra, la cena está lista".

Durante la cena, Ivy (la madre de Carolyn) me dijo que Roy me llevaría a ver la granja mientras ella y Carolyn cena de Pascua cocinada. Esa noche, insistí en dormir en el porche y Carolyn en el segundo dormitorio. Sus padres se acostaron a las 10 de la noche después de horas de visitar y hablar con Roy, mientras que Carolyn y su madre se quedaron en la cocina hablando. A las 11 de la noche, Carolyn salió al porche e insistió en que entrara en silencio en el dormitorio de invitados y me uniera a ella en la cama. Me despertó a las 4 de la mañana y me dijo en voz baja que debía volver al porche trasero porque sus padres se habían levantado temprano. No les molestaría que yo estuviera en hierba, pero ella no quería que la atraparan.

A la mañana siguiente, su madre preparó un desayuno de granjero con tocino espeso, montones de huevos revueltos, tostadas, mermelada y café. Después del desayuno, Roy me llevó a su vieja camioneta para hacer un recorrido por la granja. "El camino a la casa era parcialmente de grava con pasto en medio del camino, pero más allá del granero no había más que un camino de carretas. Condujimos a lo largo de la ladera de la montaña. Roy señaló una cresta al otro lado del valle. "La granja se extiende hasta el río Petit Jean en el norte y comienza en la carretera asfaltada de la que se desvió. Ya no lo cultivo, sino que lo arriendo a la gente de la granja más grande junto a la carretera. Plantan heno y crían ganado en las tierras del valle. Esa casa cerca de la carretera está alquilada. Vivimos allí mientras arreglábamos nuestra cabaña. Ivy quería estar lejos del tráfico rodado y en la cabaña porque ama a sus pájaros. Tenemos ciervos que bajan por la casa en busca de comida cuando hace frío. Tenemos lobos a los que se puede oír por la noche cazando conejos en este valle.

Habíamos recorrido unas 3 millas por este camino de carretas cuando llegamos a una cabaña destartalada, un pequeño granero derruido con paredes inclinadas y un par de gallinas. "Había un artista que vivió aquí el verano pasado y pintó la cabaña y el granero para una especie de exposición de arte rústico. Entiende que vendió el cuadro por un paquete. Supongo que alquilé la cabaña demasiado barata. Al menos fue amable y no causó ningún problema. Venía una vez a la semana cuando iba a la ciudad a comprar comestibles. Tenía un apartado de correos en la ciudad, ya que no entregaban todo el camino hasta aquí. Ver Esa valla allá afuera a unas 200 yardas. Ese es el final de mi granja en esta dirección, pero espera, vamos a subir la montaña aquí".

Era un camino empinado con piedras en el camino de carretas que subía la montaña. Cuando llegamos a la cima, el camino de la carreta era liso, pero estaba casi cubierto de hierba. El camino de la carreta desembocaba en un estanque de agua azul y clara.

—¿Te gusta pescar? He pescado, pero no con demasiada frecuencia. Por lo general, sigo lanzando y nunca atrapo nada. Si atrapábamos algo, mi madre los limpiaba y los cocinaba".

"Ivy mantiene este estanque abastecido de lobina negra. Allí hay algunos grandes. Carolyn e Ivy solían pasar horas aquí pescando cuando hacía buen tiempo. Solo se quedaban con los lo suficientemente grandes como para comer y tiraban los realmente grandes y los pequeños. Carolyn los limpiaba e Ivy cocinaba lubina dos o tres veces por semana. Necesitamos a alguien más por aquí para atrapar a algunas de las tortugas que se están apoderando del estanque desde que Carolyn se mudó a Blytheville.

Después de casi una milla y pasando por otro estanque, llegaron a una casa de roca y un granero.

"Esta casa y granero venían con los 600 acres aquí en la cima de la montaña. Estoy pensando en tener un toro de camino dormitando hasta la carretera al otro lado de la montaña y alquilar esta granja en la cima de la montaña para alguien que quiera una granja privada. Me gusta esta casa y granero hechos de roca sólida y mortero, pero está demasiado lejos de una carretera y Ivy nunca querría salir de nuestra cabaña. La casa está en bastante buen estado, pero se necesitaría un poco de trabajo para limpiarla por dentro, ya que ha estado vacía durante más de 10 años. Ya que estamos aquí, ¿te importa si lo inspecciono? Me gusta asegurarme de que no se hayan metido alimañas ni vagabundos.

"Me gustaría verlo. Sería un gran lugar para alejarse de todo. Me encanta la vista de las montañas y los valles desde aquí arriba".

—Sí, lo haría, pero no hasta que consiga otro camino hasta aquí. Realmente no me gusta el tráfico en la pequeña carretera que pasa por nuestra cabaña. Por supuesto, si tú y Carolyn alguna vez necesitáis un lugar.....

"He trabajado en granjas, pero no soy agricultor". Sería un gran lugar para criar algunos caballos. Carolyn ama y conoce a los caballos. ¿Eres un jinete?

"He montado a caballo, pero no me consideraría un jinete. Un verano tuve la yegua Palomino de un vecino, pero tendría mucho que aprender, y me costaría algo de dinero montarla y comprar caballos y equipo".

—Tienes razón, Al, lo sería. La casa era preciosa por dentro. Los pisos eran de madera pulida con una pátina de polvo, pero por lo demás hermosos. Las habitaciones eran pequeñas, la cocina anticuada por unos 30 años, pero probablemente utilizable si pudieras conseguir propano hasta aquí. Solo tenía dos dormitorios y un baño. El comedor estaba en la cocina de campo. La sala de estar tenía una gran ventana que daba al patio con el granero al lado izquierdo del cuadro". Me sorprende que el pintor no haya pintado este lugar".

"No creo que él lo viera nunca. Estaba enamorado de la vieja cabaña y el granero en ruinas. Dormía en una tienda de campañaexcepto durante el peor tiempo. Pasó enero en otro lugar. La cabaña solo tiene una olla de madera con vientre calentador y una estufa de leña. El baño es una letrina en peor estado que la casa. Será mejor que regresemos, Ivy tendrá lista la cena de Pascua alrededor de las 2 p.m., así que tenemos que irnos ahora para regresar a la una en punto. Cuando regresamos a la cabina principal eran casi las 13:00 horas. Habíamos estado viendo la "granja" durante más de 5 horas. Tenía una nueva perspectiva. Había asumido que Carolyn era de un granjero pobre de Arkansas. Su "granja" tenía más de seis mil acres. No estaba mejorada y la mayor parte estaba cubierta de madera, pero tenía que valer un bulto. Me hizo preguntarme cómo había llegado a poseer tanta tierra.

Durante la cena, tanto Ivy como Roy me preguntaron cortésmente sobre mis antecedentes en el crecimiento y en la fuerza aérea. Les conté que fui a varias escuelas pequeñas donde mi padre fue superintendente. Jugué béisbol, baloncesto y fútbol. Era un buen estudiante y cantaba en un coro mixto realmente grande y bueno, toqué en la banda en parte de mi escuela secundaria y en la banda del ROTC en la universidad. Después de la universidad, entré directamente en la fuerza aérea, estuve destinado en Oklahoma en entrenamiento de pilotos, luego en el Depósito del Ejército de Tooele en Utah. Luego me enviaron al sudeste asiático y luego a Blytheville, donde conocí a Carolyn.

Parecían complacidos de que nuestros caminos se hubieran cruzado. No les dije que la había estado buscando durante 14 años antes de que nos conociéramos oficialmente. Teníamos que volver al trabajo el lunes por la mañana, así que salimos a última hora de la tarde y regresamos a Blytheville alrededor de las 9 p.m. Carolyn dijo que estaba cansada y me envió de vuelta a mi propio apartamento. Nuestra relación era excelente, pero ella me enviaba de regreso a mi apartamento todas las noches. No estaba enfriando la relación, sino más bien preocupada por los chismes. Continuamos nuestra rutina de ir a comer pizza y la hora feliz en el Club de Oficiales con un viaje a Memphis y al Club Rivermont aproximadamente cada dos meses.

16

Esquivando el milagro de la bala

Comenzando en el sudeste asiático, en 1970, durante la guerra de Vietnam, comencé a tener fiebres por las noches, regularmente por encima de 102 y a veces por encima de 104 o más. Solo duraría una hora, luego comenzaría a sudar y me sentiría pegajoso, luego la fiebre bajaría y estaría bien el resto de la noche y hasta el día siguiente. Tenía miedo de que pudiera ser malaria porque la base se había quedado temporalmente sin quinina que estaba disponible en frascos en todos los lugares para comer en la base. Simplemente metías la mano y cogías un puñado para llevarte a casa. Llevaban unas semanas sin la quinina cuando empecé a tener fiebre. Tomar la quinina no ayudó, pero cuando perdí mucho peso y las fiebres eran realmente malas, uno de mis suboficiales me dijo que fuera a ver el hospital base porque un día estaba sudando en el trabajo sentado en mi escritorio.

Cuando fui a ver a un médico en el hospital base, mi temperatura era de 106 y él quería registrarme en el hospital. El médico dijo que lo que fuera que tuviera no se estaba contagiando y que si podía seguir trabajando, debería seguir viniendo para hacerme un análisis de sangre mientras trataban de resolverlo. No me dieron nada por ello. Lo hice durante dos semanas y dejé de entrar. Había mejorado, pero en lugar de temperaturas de 106 grados, por lo general bajaba alrededor de 101-102 y no sucedía en el trabajo.

Después de regresar de la escuela en 1971 y después de Pascua, me llamaron al hospital de la Base de la Fuerza Aérea de Blytheville para un examen físico de rutina. Hacía más de un año que no veía a un médico de la Fuerza Aérea y desde que trabajé en torno a las armas nucleares era un requisito anual, al igual que para los pilotos, así que entré. Al día siguiente, el hospital me llamó por teléfono para que volviera a hacerme un análisis de sangre adicional. Algo andaba mal con el análisis de sangre del día anterior. De acuerdo, tal vez estaba relacionado con las fiebres nocturnas que todavía tenía. Realmente no quería casarme con Carolyn si tenía algo realmente malo conmigo. No sería justo para ella y para la relación que había estado cultivando durante meses y que se estaba volviendo más seria desde mi regreso de la escuela. ¿Podría ser contagioso o podría significar alguna enfermedad grave? Nunca tomé una prostituta, como la mayoría de los militares de allí, pero muchos de ellos tomaban tetraciclina para varias enfermedades que contraían.

Recibí otra llamada telefónica del hospital esa tarde. Cuando entré, el médico dijo que quería que fuera al hospital cada 4 horas, las 24 horas del día, hasta que se les ocurriera algo. "¿Qué pasa con mis análisis de sangre?"

"Todavía no lo hemos aislado, pero algo extraño está pasando. Veo que has estado en varios países del sudeste asiático, Vietnam, Tailandia, Filipinas y puede ser algo inusual. Así que debo insistir en que siga haciéndose los análisis de sangre hasta que podamos determinar de qué se trata. Podría ser contagioso, pero como las fiebres son intermitentes, realmente no lo creemos, pero necesitamos saberlo".

Esto interfería con mi trabajo y mi sueño. Las citas con Carolyn tuvieron que ser acortadas para que pudiera correr al hospital para hacerme una prueba de sangre. No pasé la noche con ella para que no se diera cuenta realmente de lo que estaba sucediendo con los análisis de sangre en medio de la noche y no quería transmitir alguna enfermedad misteriosa. Cualquiera que fuera la causa de mis sudores nocturnos, habían disminuido en intensidad.

Finalmente, después de 10 días o 60 muestras de sangre, insistí en volver a ver al médico. No pude entrar de inmediato, así que pasé por el laboratorio del hospital y hablé con el técnico jefe de sangre, que era un sargento técnico. "El médico no me ha dicho nada, pero quiero saber por qué estoy donando tanta sangre. ¿Es algo serio?

—Sí, capitán, es muy grave. Es potencialmente mortal, pero no puedo decirle lo que encontramos y no hemos descubierto cómo tratarlo. Incluso hemos enviado algunas de sus muestras de sangre al Centro Médico Brooke en San Antonio (uno de los principales centros médicos militares primarios) y tampoco pueden entenderlo. Te llevaré a ver al médico. Creo que deberías saber lo que hemos encontrado. ¿De acuerdo?" Unos 30 minutos después estaba en el consultorio del médico". Capitán Clark, es muy importante que siga viniendo para hacerse los análisis de sangre. Es muy grave. Hemos estado usando esas muestras para averiguar exactamente cuál es el problema y ahora estamos tratando de encontrar la cura correcta".

"Y quiero que me digas lo que has encontrado o me negaré a venir a hacerte más análisis de sangre". "Debes continuar. Puedo ordenarte que lo hagas. ... Está bien, te diré lo que estamos haciendo".

"Cuando vino por primera vez para su examen físico, no creímos lo que encontramos en su análisis de sangre, así que le pedimos que regresara para más análisis de sangre. En el segundo análisis de sangre encontramos exactamente los mismos resultados. Desde entonces, nosotros y el Centro Médico

Brooke hemos estado experimentando para encontrar una cura".

"Encontramos 4 cepas diferentes de malaria en la sangre. Si solo tuvieras uno, podríamos tratarlo. Pero si tuviéramos que usar el tratamiento estándar para el tipo uno y también tienes el tipo dos, la sangre se coagula en tu cuerpo y mueres a causa del tratamiento. Si tratamos primero el tipo dos, el tipo uno no causaría el problema, pero tienes los tipos tres y cuatro. No hemos encontrado una manera de tratar a alguien que tiene cuatro tipos. No te aburriré con los nombres científicos de estos tipos, pero te aseguro que son potencialmente mortales y, a menos que podamos encontrar la manera de tratar al menos uno a la vez, es posible que no te quede mucho tiempo de vida. Te habríamos hospitalizado, pero como parece que los has tenido durante un año y todavía te llevas bien, solo queremos que sigas viniendo cada cuatro horas para que podamos continuar con nuestra investigación.

***

"Dos semanas después, el médico me volvió a llamar. Capitán Clark, ¿sigue teniendo esos sudores nocturnos?

—No, no desde hace diez días más o menos. Bueno, tengo buenas y malas noticias". ¿Y bien?

"La buena noticia es que la malaria ha desaparecido del torrente sanguíneo hace diez días y no ha regresado. Hemos comprobado para asegurarnos de que seguimos realizando las mismas pruebas, pero parece haber desaparecido. Puedes dejar de venir a hacerte análisis de sangre a menos que regresen los sudores nocturnos". "Entonces, ¿cuál es la mala noticia?" Si bien parece que su cuerpo luchó contra la malaria, podría estar escondiéndose. A veces, cuando tratamos químicamente una de esas cepas, se retirará a una articulación de su cuerpo hasta que abandonemos el tratamiento y luego comenzará a multiplicarse nuevamente. Parecería que las defensas naturales de su cuerpo lo han matado y es posible que nunca vuelvan a aparecer. Podría volver en cualquier momento en los próximos 17 años y, si la fiebre vuelve a empezar, acuda inmediatamente al médico. Tal vez hayan desarrollado una cura. Mientras tanto, parece que estás totalmente libre de malaria. Debo advertirles que nunca donen sangre. Los anticuerpos que tu cuerpo puso en tu sangre para combatir la malaria son desconocidos para nosotros, pero podrían matar a alguien que obtenga tu sangre, solo dije que nuestros tratamientos podrían matarte. Puesto que no entendemos qué causó que la malaria se curara a sí misma, ni siquiera querría obtener plasma sanguíneo de usted por temor a matar a alguien que solo obtiene plasma de usted".

"En cualquier caso, a menos que las fiebres regresen, ustedes son libres de vivir el resto de su vida y pueden dar gracias a Dios por las defensas de su cuerpo".

17

ORI

Luego, en agosto de 1971, sus padres le compraron un auto nuevo y se deshicieron de su viejo Volkswagen fastback, un ChevroletMalibu con el pequeño V-8. Era de color marrón, con un techo cubierto de vinilo marrón más oscuro y un coche muy bonito. Su hijo necesitaba un coche nuevo, así que le compraron un Pontiac y, para ser justos, compraron una camioneta Ford Country Squire para la hermana de Carolyn, su Malibu, y un nuevo Chrysler Imperial LeBaron para ellos. (es bueno tener dinero). Lo hicieron ahora porque pensaban que nos íbamos a casar y sabían que yo no aceptaría un coche nuevo de ellos. No lo hicieron.

Una semana después, la base aérea tuvo una Inspección de Preparación Operacional (ORI). Eso significaba que pasé las primeras 48 horas de servicio, dormitando cuando podía en mi escritorio o en un escritorio en el edificio de mantenimiento de municiones nucleares. La inspección no salió bien. El viernes de esa semana se pidió a todos los oficiales del escuadrón de municiones que fueran a nuestra sala de conferencias para reunirse con el equipo de inspección para conocer nuestros resultados. Había salido como un simulacro de incendio de Keystone Cops, no era bueno. Entonces el inspector jefe dijo: "Capitán Clark, puede irse".

"Bueno, estoy interesado en lo que tienes que decir y si se trata de mí, tengo derecho a saberlo".

"¡Capitán Clark, dije que puede irse!" Me levanté y me fui preguntándome qué estaba pasando. Bueno, al menos, pensé, el informe de la base estaba en el teatro de la base el sábado y yo iría al escuadrón temprano por la mañana para ver qué me había perdido con el equipo de inspección que me había hecho abandonar la reunión. Era tarde cuando llegué a casa y me fui directo a mi apartamento sin ver a Carolyn.

Cuando llegué a trabajar ese sábado, entré en el escuadrón y el empleado del escuadrón estaba ocupado escribiendo a máquina y, en lugar de su habitual saludo amistoso, levantó la vista y luego me ignoró. Bien, regresé al escritorio del comandante del escuadrón y no solo no estaba allí, sino que su escritorio se limpió por completo. Luego fui a la oficina del supervisor de mantenimiento y encontré lo mismo. Bien, volví a la bahía de mantenimiento y no había nadie allí. Regresé con el empleado administrativo y le pregunté: "¿Dónde están todos, el resumen del ala ORI está en 30 minutos? ¿Cambiaron la hora?

El empleado administrativo dejó de escribir y reconoció mi presencia por primera vez: "Bueno, el comandante del escuadrón se retiró anoche, el supervisor de mantenimiento se retiró temprano de la fuerza aérea sin jubilarse. Sargento Mayor...".

Parece que fui el único oficial del escuadrón que no fue despedido y las únicas personas alistadas por encima de sargento técnico fueron transferidas a malas asignaciones, retiradas o separadas de la fuerza aérea sin jubilación. Aquellas familias que vivían en la base fueron transferidas a moteles fuera de la base y los miembros militares que aún estaban en la fuerza aérea estaban en camino a sus próximas asignaciones, no tan agradables, Vietnam, Corea, Groenlandia, etc. Esto dejó a sus familias sin hogar y teniendo que encontrar un lugar para vivir solos hasta que sus cónyuges regresaran de sus asignaciones.

Fui la única persona del escuadrón en la sesión informativa del ala del equipo ORI. La esencia del informe era que toda la base había fallado en la inspección en gran parte debido al fracaso total de mi escuadrón de municiones. Toda la base estaría cerrada durante una semana para determinar si la base se cerraba o se devolvía al servicio activo.

Cuando terminó la sesión informativa, el general de división David Jones, comandante de la 2ª Fuerza Aérea, se acercó al micrófono y dijo a la multitud: "Capitán Clark, usted se queda, todos los demás pueden irse a casa o volver a sus oficinas". Eso no auguraba nada bueno para mí. Terminé con el comandante del ala (el oficial de mayor rango en la base) conduciendo un bastón coche con dos estrellas David Jones en el asiento del pasajero y yo en el asiento trasero. "Capitán Clark, la única razón por la que usted se encuentra en el área es que ciertas áreas de armas nucleares no están disponibles a menos que esté acompañado por usted. No quiero saber nada de usted a menos que le hagan una pregunta directa.

—Sí, señor... —Rodeamos la plataforma de alerta y luego nos dirigimos a la zona de almacenamiento de armas nucleares. Las únicas palabras que pronuncié fueron para decirle a la policía de seguridad que estaba escoltando al comandante y al general mientras pasábamos por seguridad. Entonces el general Jones me hizo una pregunta directa: "Capitán Clark, ¿puede darme una buena razón por la que usted y sus suboficiales no fueron despedidos para que pudiéramos empezar de cero?"

—Sí, señor. Los únicos problemas que tenía el escuadrón eran no seguir el procedimiento escrito y permitir que el equipo de inspección se extralimitara en su autoridad y algunos planes deficientes para una ORI que no se relacionaría con tiempos de guerra".

Eso hizo que el general se diera la vuelta en su asiento delantero y me dirigiera una mirada malévola en el asiento trasero. ¿Me estás diciendo que mi 2º equipo de IG de la Fuerza Aérea se burla y causó los problemas en este escuadrón?

—Sí, señor, excepto por el plan para la ORI, estoy diciendo eso. Los problemas que teníamos con el plan los había escrito al comandante del escuadrón. El resto era permitir que el equipo de IG intimidara al escuadrón para que hiciera cosas que deberían haberse negado a hacer".

—Está bien, capitán Clark. Te haré un trato. Te daré una semana para que te prepares y luego enviaré al 15º equipo de IG de la Fuerza Aérea para que te dé otro ORI. Si aprueba, la base permanecerá abierta y cubriremos los puestos vacantes para reemplazar a las personas que despedimos. También despediré a los miembros de mi 2º equipo de IG de la Fuerza Aérea que inspeccionaron su escuadrón. Si fallas, despediré a todos los miembros de tu escuadrón, incluyéndote a ti. ¿Tenemos un trato?

—Sí, señor. Al coronel: "Está bien, coronel, lléveme de vuelta a mi avión y prepárese para otro ORI en una semana".

Después de que el coronel dejó al general en su avión, se volvió hacia mí: "Capitán Clark, no sé en qué clase de ha metido la base, pero si falla, lo perseguiré por insubordinación. Has intentado entrar a verme varias veces y literalmente me has obligado a firmar papeles para ti, pero ahora sé por qué no permito capitanes en mi oficina.

"Pero señor, ciertos documentos sobre armas nucleares tienen que ser firmados por el comandante del ala. Simplemente le estaba trayendo los papeles para esa firma y dice específicamente que tengo que presenciar la firma para que algún miembro del personal no firme por usted".

—Capitán Clark, creo que será mejor que mantenga la boca cerrada y espere que pase la próxima inspección. —Sí, señor. Y con eso, se bajó de su auto y me dejó caminar hasta donde fuera que estacionara. Estaba más cerca del edificio del escuadrón que de mi coche, cerca del teatro, así que entré y me encontré con que el sargento seguía escribiendo.

—Bueno, veo que has desafiado al general a que nos dé otra oportunidad.

—¿Qué sigues haciendo aquí y cómo lo supiste? Con todas las jubilaciones, salidas anticipadas y transferencias, tengo mucho papeleo que hacer. Todo el mundo en la base sabe lo que hiciste porque el comandante del ala entró en su despacho insultándote delante de todo su personal que le había estado esperando. Los chismes viajan rápido. ¿De verdad te atreviste?

"La verdad es que no. Dijo que quería despedir a todo el mundo y yo simplemente me opuse. ¿Hay algo que pueda hacer para ayudarte?"

—No, señor. Preferiría que nadie perturbara mis pilas de papeles, o podría extraviar algo. Estoy a punto de terminar con lo que puedo hacer hasta el lunes, cuando abra el personal de la base".

—¿Iniciaría la llamada del escuadrón y pediría a todos los nuevos jefes de sección que se reunieran conmigo en la sala de descanso del escuadrón a las 0h ochocientas de la mañana?

"Esa es una de las razones por las que estaba dando vueltas. Ni siquiera se sabe quiénes son los jefes de sección a partir de hoy, ya que todos los jefes de sección fueron despedidos, excepto aquellos para los que trabajaron tú. Supuse que querrías reunirlos mañana.

"Buen pensamiento. Tú eres el que ha sido trabajo, pero estoy emocionalmente golpeado y me voy a casa por la noche. No necesitas estar aquí por la mañana, tu sección eres solo tú y has estado trabajando duro. No hace falta que te dé nuevas órdenes, ya estás haciendo más de lo que se pide.

"Oh, estaré aquí. Quiero escuchar lo que dices".

18

Ella dijo SÍ

Cuando regresé a los apartamentos de la ciudad, todos los oficiales que vivían en los apartamentos y Carolyn vinieron corriendo cuando estacioné mi auto deportivo. La pregunta era: "¿Y bien?" (¿Por qué me mantuvieron después de que todos fueron despedidos?)

Me recosté en mi coche y les conté lo que había sucedido. También les conté sobre los disparos masivos en mi escuadrón, casi el 50% de la tripulación se había ido. "¿Qué le va a pasar a la base cuando fallas? No es posible que pases una ORI con el 50% de tu personal". "Cuando regresen al trabajo el lunes, díganle a sus respectivas oficinas que por favor cooperen con nosotros y nos respalden. Creo que están buscando una excusa para cerrar la base permanentemente, pero creo que podemos pasar si todos están de acuerdo".

Carolyn simplemente dijo: "Ven cuando te cambies de ropa y dime qué significa esto realmente".

Cuando llegué, me recibió en la puerta con una cerveza y me dijo que me sentara en su mesa donde había puesto algunas papas fritas, salsa de frijoles y salsa picante". Entonces, ¿qué significa esto?

"Significa que tenemos la próxima semana para prepararnos y luego otra inspección de una semana de duración. Soy el único oficial que queda en el escuadrón de municiones, así que asumo toda la culpa. Eso significa que el viernes, en menos de dos semanas, tendré la próxima semana libre o me enviarán a una mala tarea de inmediato, o seré expulsado y desempleado en menos de dos semanas. ¿Quieres casarte dentro de dos semanas?

"Déjame pensar en eso, SÍ".

—¿Acabas de decir que sí? —SÍ... ¿Pero qué pasa si fracasamos y me envían a algún lugar donde no puedo llevar a una familia?

"Entonces, en un año, estarás de vuelta en los Estados Unidos y entonces podremos estar juntos".

"Podría ser expulsado y quedarme sin trabajo". Tengo un trabajo y eso significa que no tienes que irte y estoy seguro de que encontrarás un trabajo en Memphis o en algún lugar donde podamos estar juntos. ¿Tendremos una luna de miel si pasas la inspección?

"Tradicionalmente, la base tiene una semana libre para recuperarse de la ORI, así que supongo que tendré una semana libre y luego, como soy el único oficial, tendré que estar aquí sin días libres hasta que asignen más oficiales. Eso podría llevar meses".

"Está bien, tengo dos semanas para planear la boda para ese viernes por la noche después de la ORI". "Podría ser ese sábado como muy pronto, y solo después de la sesión informativa de la ORI.

"Bueno, ¿puedes tomarte unas horas libres esta próxima semana para que podamos ir a buscar una licencia de matrimonio?"

—Absolutamente. No quiero una boda elegante, ¿cómo te sentirías si fueras a un juez de paz?"

"A mí me parece bien. ¿Qué tal si conseguimos a Jim y Linda como nuestro padrino, nuestra dama de honor y nuestros testigos?

"Absolutamente. Yo haré todos los arreglos, tú solo concéntrate en pasar esa inspección". (sin presión, ja, ja)

19

Preparándose para la próxima ORI

M e reuní con el 47% del escuadrón que no había sido despedido y establecí algunas reglas radicales. Cuando la ORI se pusiera en marcha, enviaríamos inmediatamente a casa a todos los manipuladores de armas nucleares para que la tripulación descansara al menos ocho horas. El equipo de la ORI estaría molesto, pero no hubo manejo de armas nucleares durante las primeras diez horas de la ORI.

El equipo de la ORI tuvo que informar al comando, instalarse en las dependencias de los oficiales visitantes (VOQ) y conseguir que se le asignaran los coches del personal para que los condujera durante la inspección.

Luego, el avión de alerta salía para mostrar que estaban listos para despegar y luego regresaba a la plataforma de alerta. A continuación, el equipo de la ORI informaría al resto de las tripulaciones sobre cuál sería su misión de entrenamiento.

Las tripulaciones de armas nucleares no harían nada durante las primeras diez horas, como mínimo. Informé a todos que, si bien el equipo de inspección de la ORI no necesitaba escolta, no romperíamos ninguna regla en absoluto. Cuando llega el momento de cargar un avión con armas nucleares, hay reglas que establecen que no puede haber más de diez personas en la zona de exclusión única. Eso significaba cinco manipuladores de armas nucleares y no más de cinco inspectores. Ninguna acción se repetiría para los inspectores de esa aeronave a menos que alguien viera que algo se había hecho mal y entonces esa acción se repetiría. Si más inspectores querían ver alguna acción, tendrían que ir a la siguiente carga de aviones.

Sabía que esto iba a molestar a los inspectores, pero les dije a todos que siguieran todas las reglas al pie de la letra y les dijeran a los inspectores que vinieran a verme si se oponían. Señalé que los inspectores no estaban en su cadena de mando, yo sí.

Los inspectores se quejaron al comandante del ala, pero, como él había estado allí cuando el mayor general Jones fue asignado Yo, como comandante del escuadrón de municiones, tuve que respaldarme.

El viernes, después de la inspección, me dijeron que habíamos pasado la inspección sin discrepancias, lo cual era inaudito para un escuadrón de municiones. El equipo de la Segunda Fuerza Aérea había sido asignado a otros trabajos en la Fuerza Aérea y yo era libre de saltarme el resumen del sábado para poder casarme el viernes por la noche e irme de luna de miel durante la semana siguiente.

Despúes de despegar una semana, iban a cerrar la parte voladora de la base, enviar todos los aviones y armas nucleares a otra base para poder repavimentar la pista principal. Después de mi semana libre no iba a poder tomar vacaciones durante al menos tres meses.

Libro Segundo

20

Matrimonio

Finalmente. Le pedí que se casara conmigo hace más de un año y hoy está aquí. Fuimos a ver a un viejo juez de paz y a su esposa. Afirmó que había sellado muchos matrimonios a lo largo de los años y que nunca habían terminado en divorcio. Jim y Linda, nuestros mejores amigos, nos acompañaron a la ceremonia, que duró muy poco tiempo. Nuestro fotógrafo fue Jim, quien usó una pequeña cámara desechable para las fotos de nuestra boda. Nos pilló mirándonos el uno al otro con la misma mirada de las fotografías tomadas 45 años después, con algunas arrugas más, pero la misma mirada amorosa.

Solo llegamos a Cape Girardeau, Missouri esa noche, llegando a las 10 p.m. No habíamos hecho reservas, ya que esperaba tener que ir a trabajar el sábado para la base de salida breve de IG. Teníamos una botella de champán que compartimos.

Nos levantamos tarde el sábado 22 de agosto de 1971 y nos dirigimos a Saint Louis, donde teníamos reservaciones para el sábado por la noche. Como llegamos temprano, fuimos a hacer turismo, subiendo a la cima del Arco de San Luis y viendo el museo que hay debajo. Esa noche cenamos en un bote de ruedas de paletas en el río Mississippi. Nos olvidamos de tomar fotos.

No habíamos hecho planes de luna de miel para un viaje porque tenía miedo de quedarme sin trabajo o tener que ir a trabajar el lunes por la mañana, pero como tenía la semana libre, nos dirigimos a la casa de su hermana en Elgin, Illinois. Carolyn me había llevado varias veces a visitar a Shirley, así que la conocía bien y nos dio la bienvenida. Antes de irnos del área de Chicago, encontré un motel y cenamos en un restaurante giratorio con una banda en vivo. Luego regresamos a casa a Blytheville, Arkansas y a nuestros trabajos. Carolyn a su trabajo como trabajadora de servicios sociales del estado, llenando solicitudes de asistencia social y haciendo investigaciones y yo a mi trabajo como comandante del escuadrón de municiones.

Poco después de casarnos, un apartamento de dos dormitorios estaba disponible junto a la piscina. Todos los apartamentos de dos dormitorios estaban en edificios de un piso, mientras que los apartamentos de un dormitorio estaban en edificios de dos pisos construidos al estilo motel con un solo pasillo cubierto al aire libre de un extremo del edificio al otro con escaleras finales y medias. El piso inferior era una acera debajo de la pasarela del segundo piso de extremo a extremo. Nuestros apartamentos originales estaban en el segundo nivel. El apartamento de dos dormitorios nos dio un lugar para todos nuestros muebles. Gran parte de la mía la tomé prestada de la base aérea que devolvimos. Mi cama estilo Hollywood iba en la habitación de invitados y su juego de dormitorio iba en el dormitorio principal.

Pasé muchas horas enviando las armas nucleares y la mayor parte del equipo a la Base de la Fuerza Aérea de Loring en Maine mientras nuestra pista estaba siendo repavimentada. Tuve que supervisar la carga de cada avión de carga C141 que transportaba armas y las áreas de carga del KC-135 con el equipo de manejo. Gran parte del personal del escuadrón fue enviado a Loring junto con las armas. Poco a poco, el escuadrón recibió nuevo personal para reemplazar a los que se habían embarcado después de ese primer ORI. Hay una norma escrita que dice que el oficial de suministro de municiones no puede ser comandante de escuadrón interino de un escuadrón de municiones por más de 90 días, por lo que el día 89 llegó un teniente coronel para reemplazar a este nuevo capitán. Mientras se instalaba, todas las armas nucleares y el equipo se enviaron de regreso a la Base de la Fuerza Aérea de Blytheville porque el trabajo de la pista se completó.

21

Conociendo a mis padres

Esa Navidad pude tomarme una semana libre del trabajo, ya que teníamos un nuevo comandante de escuadrón y mi trabajo se puso al día. Fuimos a Enid, Oklahoma, para encontrarnos con mis padres. Al entrar, nos enfrentamos a los focos de la cámara de cine de 8 mm de mi madre. En aquellos días, se necesitaban luces muy brillantes para exponer la película de 8 mm utilizada por los individuos. No pudo haber sido agradable para Carolyn encontrarse con esa luz brillante por primera vez y no poder ver realmente nada más que las luces. Mi madre final-mente apagó los focos y mis padres conocieron a mi novia por primera vez. Mis padres eran personas muy poco críticas y no habría importado si Carolyn tenía dos cabezas y morado, si me casaba con ella era un miembro de la familia. Luego llegó el momento de las fotos fijas con los flashes apagándose. Mi her-mano venía de la universidad y era tímido. La casa de mis padres era agradable, pero solo una casa de dos dormitorios y un baño con una cocina comedor. El garaje para un solo coche se había convertido en una sala de televisión y mi habitación cuando estaba en la universidad. La puerta del garaje había sido reemplazada por una chimenea de ladrillo.

A Bruce, mi hermano, lo echaron de su habitación y se llevó el televisor/dormitorio mientras estábamos instalados en su dormitorio, que nos había sido limpiado con sábanas limpias. El calor de la casa era un horno de suelo que ya no se ve. Básicamente, hay una rejilla de metal en el piso en una ubicación central, esta estaba en el cruce de la sala de estar, el baño y los dos dormitorios... No lo suficientemente grande como para ser llamado un salón. Si las puertas del dormitorio estaban cerradas, no tenías calor. La estufa eléctrica calentaba la cocina, que tenía un puerta, pero no puerta a la sala de estar. Del mismo modo, El televisor y el dormitorio tampoco tenían La casa de mi madre era Siempre ordenado, pero abarrotado de chucherías en estantes, muebles, etc.

Menos mal que Carolyn no era arrogante. Había sido educada en una familia rica con las mejores cosas, pero a ella no le importaban esas cosas. Juzgaba sobre la personalidad y la sofisticación de las personas mismas. Pasamos la víspera de Navidad allí y la mañana de Navidad, luego partimos en el Chevy Malibu de Carolyn hacia Fort Smith, Arkansas, para ver a sus padres más tarde el día de Navidad.

Yo ya conocía a sus padres, pero esta era la primera vez después de nuestro matrimonio. No habíamos invitado a nadie desde que nos casamos con poca antelación por el Juez de Paz. Sus padres sabían que nos íbamos a casar y ya me habían aprobado. Después de pasar la tarde de Navidad y al día siguiente con sus padres, regresamos a Blytheville.

Este fue el comienzo de 45 años de felicidad matrimonial cargados de milagros. El matrimonio de Cenicienta más perfecto que se pueda imaginar. Nunca fuimos ricos y nunca seríamos sabios en dinero, pero no podríamos haber sido más felices. Yo cuidaba de Carolyn y nunca nos faltó nada, pero Carolyn habría sido feliz en cualquier lugar y bajo cualquier circunstancia mientras estuviéramos juntos, y lo mismo decía de mí. Nada en el mundo me importaba más que ella. La había visto cuando tenía 12 años y me enamoré a la distancia. En realidad, no la conocí hasta los 26 años. Su talla de zapato era la 5,5, lo que también la convertía en mi Cenicienta. Había decidido que sería una vieja soltera antes de casarnos porque no podía tener hijos y ahora lo estaríamos hasta que la muerte nos separara. Pero sigamos con la historia.

Poco después de Navidad, el coronel Billings me ordenó que me mudara a la vivienda de la base. En lugar de la vivienda del capitán, se nos asignó una vivienda de grado de campo para los mayores y superiores. Como capitán subalterno, teníamos una casa de 3 habitaciones en la base con todos los servicios públicos pagados, excepto el teléfono que tenía que tener para trabajar. El coronel no había querido hablar con un humilde capitán antes de la ORI, pero ahora me quería cerca para que yo podía responder rápidamente a las misiones y responder a cualquier pregunta que pudiera tener.

Carolyn no había podido tener mascotas en casa porque su madre siempre estaba limpiando y no quería una mascota en la casa, así que encontró unos caniches miniatura a la venta y lo llamamos Snoopy. Tenía papeles, pero lo llamábamos Snoopy. Era de un negro sólido. Fue entrenado en casa casi de inmediato. Nunca ladró hasta que, durante una tormenta particularmente violenta con la lluvia a cántaros, un amigo irrumpió en la puerta lateral de la cocina y sorprendió a Snoopy. No nos importaba que no golpeara con la lluvia que caía como lo hacía, o en realidad no nos habría importado si fuera un buen día soleado. Era un amigo y nuestra casa siempre estaba abierta a los amigos. En todos nuestros años de matrimonio, nunca cerrábamos nuestras puertas a menos que estuviéramos fuera de la ciudad o cuando nos fuéramos a la cama por la noche.

22

Cambio de planes

Habíamos vuelto a nuestra rutina, excepto que ahora vivíamos juntos como marido y mujer. Había vuelto a la rutina de ser un oficial de suministro responsable de municiones nucleares. Responsable porque fui yo quien firmó la "propiedad" de todas las armas nucleares en la base del Comando Aéreo Estratégico (SAC). Mis dos trabajos anteriores fueron como MASO (oficial de suministro responsable de municiones), donde era responsable de todas las municiones convencionales en la base. De hecho, mi primer trabajo real como teniente había sido como Comandante del Destacamento de la Fuerza Aérea en el Depósito del Ejército de Tooele. Tenía 900+iglús de explosivos y 40 almacenes de cosas inertes como aletas de bombas. Se trataba de un almacenamiento temporal de municiones convencionales que se dirigían al sudeste asiático y a la guerra de Vietnam. Mi siguiente trabajo había sido el mismo en una base de allí. Luego a SAC donde conocí a mi amor.

Carolyn había regresado a su trabajo para el estado de Arkansas como trabajadora de servicios sociales. Nuestros amigos eran iguales y todavía íbamos a comer pizza los viernes por la noche y la hora feliz en el Club de Oficiales en la base. Todavía asistíamos a las fiestas en los apartamentos de una sola habitación.

Solicité salir de la fuerza aérea por segunda vez para no tener que preocuparme por obtener una asignación remota a la que Carolyn no podía ir. Todavía existía la posibilidad de volver a Vietnam o a cualquier otro lugar sin él. A modo de explicación, un oficial se inscribe para 4 años de servicio activo más 2 años por cada año de educación pagado por la Fuerza Aérea. No me pagaron nada de mi educación, así que me inscribí por 4 años para que nadie pudiera acusarme de esquivar el reclutamiento. Técnicamente, todos los oficiales se inscriben para el retiro hasta que tienen 60 años. A pesar de que la jubilación llega después de 20 años, lo que me convertiría en 42 si me quedara hasta la jubilación, aún sería elegible para el llamado al servicio activo hasta los 60 años. Para salir de la Fuerza Aérea antes de la jubilación se debe solicitar una fecha de separación después de su compromiso inicial. El mío fue de 4 años. La última vez que me presenté para una fecha de separación, recibí órdenes para ir al sudeste asiático con fecha y hora 4 horas antes de la fecha de mi solicitud de separación. Serví un año extra y cuando me asignaron a SAC no me dejaron solicitar la separación hasta después de haber regresado a los Estados Unidos por un año. Me casé durante ese año, pero como me acercaba a otro año, pedí una nueva fecha de separación.

Esta vez recibí órdenes para un período de servicio a distancia acompañado con la Luftwaffe alemana en la Base Aérea Alemana de Buchel, en las montañas Eifel de Alemania. Los pedidos fueron sellados con fecha y hora 4 horas antes de la fecha en mi solicitud de separación. Por lo tanto, me vi obligado a cumplir otros 3 años de servicio activo. Al menos era una gira acompañada en la que Carolyn podía ir conmigo. Solo tenía unas semanas antes de tener que presentarme. Decidimos vender nuestros autos aquí en los Estados Unidos y comprar un automóvil alemán que sería más fácil de mantener en la economía alemana, ya que ni siquiera iba a una base aérea estadounidense. Solo nos permitían 2000 libras más nuestras maletas que llevaríamos al avión.

Su Malibú de un año, que estaba como nuevo, se vendió a precio de libro. Tenía un Mercury Capri de menos de un año de antigüedad, que era de fabricación alemana, pero con especificaciones estadounidenses. No tenía un buen manejo, así que lo vendí por lo que todavía debía por él. Vendí mi Datsun 2000 convertible negro de 2 asientos con un coche de carreras de barra rodante barato. El comprador no creyó lo rápido que era hasta que estaba en la interestatal cerca de la base y un Mustang se acercó a su lado mostrándole su trofeo de primer lugar desde la pista de arrastre y encendió el motor, disminuyó la velocidad, encendió el motor y cuando el nuevo dueño del Datsun decidió ver cómo rápido fue, bajó la marcha a tercera marcha (debería haber usado la segunda marcha), alcanzó al Mustang, cambió a la proa al lado del Mustang, dejó un poco de goma junto al Mustang que estaba cerca de su extremo superior y luego cambió casualmente a la quinta marcha solo para mostrarles que todavía tenía otra marcha. Si se empuja, el Datsun correría a 140 en la línea roja de 7000 rpm y dejaría la goma llegando a la quinta. Solo lo hice una vez, hacer que las ruedas delanteras despeguen del suelo mientras los neumáticos traseros giran no es divertido".

Los muebles de su dormitorio, la mesa y las sillas, junto con los muebles de mi dormitorio baratos, fueron almacenados pagados por la fuerza aérea hasta nuestro regreso a los Estados Unidos en tres años.

23

El viaje a Alemania

Nos vamos a nuestra primera gran aventura. Hemos vendido nuestros coches, hemos seleccionado ropa para llevar con nosotros. Naturalmente, gran parte de los míos eran artículos de uniforme que tenían que estar en las maletas del avión porque nuestras 2000 libras de equipaje de bodega podían tardar semanas en llegar en barco a Bremerhaven, Alemania, el principal puerto marítimo para los artículos estadounidenses, y luego transportados en camión a la Base Aérea Alemana de Buchel (Luftwaffe). Carolyn empacó un mínimo de su ropa para que yo tuviera espacio para mis uniformes en las maletas. Un ejemplo más de sus sacrificios por mí a lo largo de su vida. Habíamos guardado nuestros muebles y muchos recuerdos de toda la vida durante los tres años en Alemania.

Tuvimos que alquilar una caja de envío para nuestro caniche miniatura, Snoopy. Primero, tuvimos que volar a Filadelfia para dejar a Snoopy en el transporte de mascotas que la fuerza aérea arreglaría o pagaría. Afortunadamente, Alemania no tiene un período de aislamiento siempre que el perro tenga sus vacunas. Alquilamos un coche en el aeropuerto, recogimos nuestras maletas y Snoopy de la cinta de equipajes con su caja. Luego tuvimos que navegar hasta la empresa de transporte de mascotas que habíamos seleccionado. En aquellos días, en 1972, no había GPS ni teléfonos celulares, por lo que eran mapas y detenerse en las estaciones de servicio para obtener direcciones. Pudimos verlo por un rato y entregar la caja de envío aéreo de Estados Unidos y entregar un perro llorando a los transportistas de ultramar. Luego nos dirigimos a la Base de la Fuerza Aérea McGuire para nuestro vuelo militar a Alemania. Llegamos cuatro horas antes a propósito y ya estábamos cansados de nuestro largo día.

Carolyn nunca había estado en un vuelo largo en un avión grande. Se trataba de un avión comercial contratado por el ejército para el vuelo. Nos alimentaron bien durante el largo vuelo. Había volado más tiempo sobre el Océano Pacífico 4 veces, y pude dormir en esos vuelos. Carolyn no quería dormir así que yo tampoco. Llegamos a la Base de la Fuerza Aérea de Wiesbaden, que era compartida entre vuelos militares y civiles. Después de nuestra llegada a las 12 de la noche, recogimos nuestras maletas. Luego tomamos un autobús escolar azul de la Fuerza Aérea hasta el Cuartel de Oficiales Visitantes (VOQ) para pasar el resto de la noche hasta que llegó nuestro viaje a Buchel GAB por la mañana. Finalmente nos registramos a las 3AM. Carolyn fue al baño y salió riendo histéricamente. —¿Qué tiene de gracioso?

"Ven aquí y mira el baño, Al, y verás". Lo que vi también me hizo reír. Era la primera vez que veíamos un inodoro alemán con el que viviríamos durante los próximos 3 años. Si vas al "número dos", aterriza en una pequeña depresión casi sin agua y simplemente se queda allí hasta que tiras de una cadena que permite que el agua salga del tanque de descarga montado en lo alto de la pared. El agua se lava por la pequeña depresión y entra en un agujero más grande en la parte delantera del inodoro. Hilarante.

"Me pregunto si todos los baños son así". Espero que no, AL, no sé si podré acostumbrarme a quedarme ahí sentado hasta que tires de la cadena. Estábamos agotados y nos metimos en la cama y dimos vueltas y vueltas hasta la mañana.

El capitán Dave Hill llegó a las 10 de la mañana del día siguiente en su propio coche (POV – vehículo de propiedad personal). Nos llevó a una terminal de equipaje civil en otra área para recoger a Snoopy que había volado en la bodega de carga de un avión diferente. Le habíamos advertido que teníamos un perro. Hablaba alemán con fluidez, lo que facilitó las cosas y ya había averiguado dónde recoger a los perros que habían sido enviados. Iba a ser mi padrino militar en la nueva misión en el extranjero y se convirtió en un amigo especialmente bueno.

Él era un mormón que había pasado un tiempo en Alemania en un misionero juvenil en Alemania y luego pasó otros 5 años allí en una asignación militar y ahora estaba en su tercer año en otra asignación militar a Alemania. Señaló cosas que ver en el viaje por carretera a la ciudad de Ulmen, Alemania, que estaba cerca de Buchel GAB y nos registró en el Hotel Burgerstube.

Era un pintoresco hotel encalado típico alemán en la pequeña ciudad de Ulmen, a unos 10 kilómetros de Buchel GAB. El interior era viejo, pero se mantenía como nuevo, con madera oscura pulida o molduras blancas. Tenía un pequeño comedor que servía las 3 comidas.

El conserje hablaba un poco de inglés y nos atendieron muy bien. Como nos habíamos registrado un sábado, tuvimos el fin de semana para caminar por el pequeño pueblo. El hotel tenía muy buenas comidas alemanas que superaban todo lo que hemos encontrado en el camino de la comida alemana aquí en los Estados Unidos. Nuestra habitación no era grande y tenía principalmente paredes blancas y, gracias a Dios, un baño privado. Una de las mejores habitaciones del hotel. La cama tenía un grueso edredón de algodón blanco. Lo necesitábamos porque habíamos llegado en abril y la calefacción del hotel se había apagado durante el verano, pero nuestra habitación estaba a unos 50 grados. No habíamos empacado ropa de abrigo, ya que habíamos llegado de Arkansas en abril, después de que allí hiciera calor. Tuvimos que usar chaquetas en todo momento para mantenernos calientes y acurrucarnos debajo de ese edredón grueso en la habitación.

El comedor era más cálido y afortunadamente los días eran soleados y más cálidos en el exterior que en el interior. Los dos nos sentimos muy incómodos al principio, pero el hotel era muy amable. Para cuando fui a trabajar el lunes, Carolyn no tenía miedo de quedarse allí sola. Dijo que pasaba gran parte del tiempo en el comedor, que era más cálido que nuestra habitación. De hecho, salió a pie para visitar una tienda de comestibles. El capitán Hill me recogió para presentarme oficialmente en el escuadrón. No podía ir a trabajar porque mi autorización de alto secreto aún no había llegado y podrían pasar meses, a pesar de que ya tenía una autorización de datos secretos restringidos para armas nucleares de mi asignación de SAC en Arkansas.

El capitán Dave Hill, me llevó por la base de la Luftwaffe alemana y me llevó por el área de recreación que era una cabaña doble Quonset con una bolera de dos carriles en un lado y un cine en el otro lado. El club de allranks era un viejo edificio de madera con suelos de madera chirriantes y oscuros. Tenía una pequeña zona de bar, una pequeña sala lateral con futbolines, un par de máquinas tragaperras y algo de póquer Mesas. El salón de baile, tenía una pequeña área elevada para una banda, tal vez lo suficientemente grande como para una banda de cuatro integrantes. Éramos los únicos allí, pero Dave tenía una llave. Estaba muy lejos del Club de Oficiales de la Base Aérea de Blytheville, Arkansas. Este era un club de todos los rangos porque solo había 8 oficiales y alrededor de 100 miembros alistados en el destacamento. Contando esposas e hijos, tal vez 200 personas en total.

Carolyn me preguntó cuando regresé al hotel: "¿Dónde se supone que debemos comprar? Fui a la tienda de comestibles del pueblo y todo lo que tenían era pan de masa dura como pan francés, muy poca comida enlatada, muy poca carne en su mostrador de carne, hamburguesas o perritos calientes o fiambres. Sus verduras son todas frescas".

Tendremos que hacer un viaje a la comisaría de una base aérea estadounidense.

—¿Dónde? Hay uno en la Base Aérea de Hahn, al otro lado del río Mosul, que es el más cercano y está a unas 45 millas, y luego la Base Aérea de Bitburg a unas 60 millas en la otra dirección. Hahn es nuestra base de apoyo donde el destacamento recoge el correo diariamente y donde hacemos todo el papeleo oficial". "¿El camión de correo entrega comestibles?" No, tendremos que conducir. Todavía no tenemos coche, pero Dave nos va a llevar a los dos a la Base Aérea de Bitburg mañana, donde podremos ver algunos coches. No querías que comprara el Jaguar XK12, pero tienen un concesionario base para el BMW 2002, que creo que es un coche bastante bueno, y Dave ha encontrado un Porsche 911 usado en un concesionario alemán que sólo tiene 15.000 kilómetros.

"¿Cuánto son 15.000 kilómetros en millas?" Se multiplica por el punto 62, por lo que serían 9.300 millas, casi nuevas".

"¿Cuál es la diferencia de precio?" El BMW 2002 cuesta 4300 dólares y el Porsche 911 5000 dólares".

24

Fate: la primera vez en Europa

Entonces, después de mirar el BMW 2002 con especificaciones de EE. UU. con aire acondicionado, interior de cuero por $ 4000, Carolyn vio elPorsche Red 1970 Porsche 911E con ruedas de magnesio 911S, asientos de cuero Recaro con solo 9300 millas por $ 5000 y eso fue todo. Fue una buena elección. Me explico, el 911S era el Porsche más potente de entonces, pero en Europa el 911E tenía más potencia con inyección mecánica de combustible y encendido capacitivo de doble punto que los carburadores del 911S. Sin embargo, el E normalmente venía sin las otras características del S. Nuestro E tenía las ruedas de magnesio, los asientos Recaro y el paquete completo de calibre S. Dave nos había conseguido un precio especial del distribuidor debido a su alemán fluido. El propietario anterior había recibido un DUI que en ese entonces era una multa de $ 3000 y la pérdida de la licencia por un año. Por eso estaba a la ventabarato. El nuevo precio para uno habría sido de $ 9400, que estaba fuera de mi rango de precios. A modo de comparación, un Oldsmobile 442 nuevo costaba $ 4200, por lo que $ 5000 por un Porsche usado era bueno, pero uno nuevo estaba fuera de mi alcance.

Podíamos permitírnoslo porque el apartamento del gobierno alemán que íbamos a conseguir se consideraba de baja calidad. Por lo tanto, a pesar de que no pagamos alquiler ni servicios públicos más que el teléfono. Tengo que quedarme con mi asignación de vivienda completa fuera de la base más una asignación especial alemana por costo de vida fuera de la base. Nuestro único gasto sería el pago del automóvil a mi banco estadounidense en los Estados Unidos, nuestros comestibles y ropa, y la gasolina para el automóvil, para lo cual usamos cupones, por lo que no tuvimos que pagar el exorbitante impuesto europeo a la gasolina de alrededor de $ 3 por galón. Los cupones significaban que pagábamos 23 centavos por galón de prima siempre y cuando usáramos cupones en lugar de efectivo.

Poco sabíamos, pero que Porsche era el coche adecuado para nosotros. Otorgó un estatus inequívoco en toda Europa. Te daba el derecho de paso sobre todo lo demás. A medida que nos acercábamos a las fronteras, los guardias nos hacían señas para que pasáramos mientras bajaba de marcha hacia las fronteras. Si los coches se movían, los atascos de tráfico se desvanecían frente a nosotros. El mejor ejemplo fue una vez que acabábamos de salir de Suiza en dirección al sur de Alemania y dos camiones circulaban uno al lado del otro bloqueando la autopista a 50 km/h (kilómetros por hora) o unas 30 millas por hora. Los autos estaban retrocedidos por lo menos una milla detrás de ellos. A medida que me acercaba al atasco en el carril izquierdo, los autos se fundieron en el carril derecho para dejarnos pasar y luego regresaron al carril izquierdo detrás de nosotros. No encendí las luces al estilo europeo, solo vieron un Porsche 911 y se apartaron del camino. Al final estábamos justo detrás del camión de la izquierda, que seguía rugiendo colina arriba. Me detuve en el arcén, encendí las luces una vez y el camión disminuyó la velocidad, me moví al carril derecho hasta el paso de Letus y luego volví al carril izquierdo sin dejar de bloquear a los autos menores. Conduje despacio en comparación con la mayoría de los Porsche 911. Carolyn me hizo permanecer por debajo de los 160 km/h (alrededor de 100 mph) y, por lo general, alrededor de 140 km/h (87 mph). Con frecuencia teníamos que sumergirnos en el carril derecho para apartarnos del camino de todos los demás Porsche 911 que viajaban a 140 mph. Una vez, cuando entrábamos en la autopista, un gran BMW Bavaria y un Mercedes pasaron volando junto a nosotros. Carolyn quería ver qué tan rápido iban, así que me retrasé aproximadamente media milla y aceleré hasta 200 km/h (120 mph) y, cuando me vieron, el auto en el carril izquierdo redujo la velocidad para dejarme pasar. Realmente no quería conducir tan rápido, pero ahora estaba obligado a pasarlos, así que lo hice. Lo mantuve hasta alrededor de 240 km/h (150 mph) hasta que no pude verlos más y luego me bajé en la siguiente salida y pasé por debajo del paso subterráneo de la autopista fuera de la vista. Esperé hasta que los escuché rugir un poco más antes de volver a entrar en la autopista y conducir mis 140 km/h habituales.

Una cosa divertida de la que nos reímos fueron los letreros de entrada y salida de la autopista. El letrero de entrada decía Einfahrt y el letrero de salida era Ausfahrt. Cuando llegamos a Europa no había límites de velocidad, ni siquiera en las carreteras de dos carriles. Afortunadamente Pisar los frenos del 911 era como golpear un banco de arena. Estaría navegando a 80 mph y llegaría a una colina para encontrar a dos agricultores detenidos en direcciones opuestas con sus tractores bloqueando la carretera hablando.

A veces, estabas subiendo una carretera de montaña sinuosa detrás de un camión que se arrastraba más lento de lo que yo podía ralentí en 1ª marcha. Intentaría mirar 2 o 3 esquinas más adelante para ver si hay tráfico en sentido contrario y luego golpearía el 911. Estaría al lado de los duelos traseros cuando tendría que golpear la 2ª marcha a 7300 rpm y luego la 3ª marcha a 7300 rpm antes de llegar a la cabina del camión.

Algunas de las calles de la ciudad eran lo suficientemente anchas para mi Porsche 911. Una vez uno de mis alistados trató de seguirme. No sabía que lo estaba siguiendo, pero se quedó atascado en una calle con las dos manijas de las puertas encajadas entre las paredes. Tuvo que conseguir que un granjero con un tractor lo sacara para encontrar una calle más ancha.

25

Nuestro primer viaje por carretera por Europa

Como no podía ir a trabajar sin una autorización de alto secreto, decidí usar un tiempo de vacaciones para conducir a París la segunda semana completa en Alemania. Conseguimos nuestros cupones de gasolina francesa para el ejército de EE. UU. por 23 centavos por galón de alta prueba. El precio europeo con impuestos era de casi 3 dólares el galón. Tenía el máximo de 60 días de vacaciones que había acumulado con la intención de tener el pago de esos días cuando salí de la fuerza aérea. Como fuimos a Europa, me quedaban la mayor parte de los 60 días y tendría que tomarme 30 días durante el año siguiente. Había aprovechado un permiso para visitar a mis padres y a los de ella antes de salir de los Estados Unidos. La Fuerza Aérea me dio varios días de permiso para viajar a Europa, que no aprovechamos todos.

Recuerden, no hablábamos los idiomas y el GPS no se había inventado, así que lo mejor que podíamos hacer era AA mapas turísticos de Europa (todavía tengo algunos). No podíamos dormir, así que cogimos nuestras maletas y Snoopy y partimos temprano por la mañana hacia París, Francia. Cuando atravesamos Luxemburgo, los puestos de guardia fronterizo no estaban atendidos, a pesar de que los carteles en inglés decían que tendríamos que detenernos para inspeccionar. Seguimos conduciendo. Estaba amaneciendo cuando entramos en Francia por una bonita pero desierta autopista de dos carriles. Poco después vimos un coche de policía francés en el arcén y un policía con una señal de stop en la mano salió a detenernos. Había tomado francés en la universidad, pero lo dejé después de 4 semanas con una F. Pude entender más o menos lo que decía el policía porque "pasaporte" es pasaporte. Cuando Carolyn le entregó su pasaporte y yo le entregué mi tarjeta de identificación militar, Snoopy prácticamente saltó a los brazos del policía. Hablamos sobre el hecho de que yo acababa de llegar a Alemania y nos dirigíamos a ver París y "Sí, teníamos reservas de hotel". No recuerdo el resto de la conversación, pero me sorprendió saber y entender más francés del que sabía y entendía más francés del que tenía cuando abandoné la clase de francés años antes. El policía nunca miró mi identificación o el pasaporte de Carolyn y nos devolvió a Snoopy y nos dijo que tuviéramos un viaje seguro (en francés).

26

os milagros vuelven a suceder. Carolyn no podía
leer mapas. No quería entrar en el tráfico de París,
pero nos hizo detenernos en el estacionamiento de
cercanías y tomar el transporte público hasta nuestro hotel. Nunca vimos el estacionamiento y pronto
quedamos atrapados en el tráfico. La calle estaba
marcada como de 4 carriles, pero había 3 carriles
de tráfico en cada sentido. Cuando llegábamos a un
semáforo, teníamos las manijas de las puertas de los
automóviles a menos de una pulgada de las manijas
de las puertas de nuestros automóviles. No podíamos
ver ningún letrero de la calle, así que no teníamos
idea de dónde estábamos. Cuando nos detuvimos en
los semáforos, intenté averiguar dónde estábamos en
el mapa, pero aún así no pude encontrar señales de
tráfico en las calles transversales. Cuando pude ver

los letreros, estaban demasiado lejos o estaban en mi espejo retrovisor.

Finalmente decidí que antes de seguir adentrándonos en París tenía que averiguar dónde estábamos, porque "sentía" que debíamos acercarnos al hotel. Encontré una calle de un solo sentido a nuestra derecha y giré. Una cuadra más adelante vi una P para un estacionamiento que volvía por donde vinimos, pero a una cuadra de la carretera principal. Me detuve en el estacionamiento subterráneo de pago a mitad de camino por la calle de 3 cuadras (sin calles transversales). Cerramos el coche y caminamos hasta el nivel de la calle para caminar hasta la esquina para encontrar un letrero de la calle que pudiera identificar en nuestro mapa turístico. Habíamos aparcado al otro lado de la calle de nuestro hotel. ¿Es esa suerte o un milagro?

Volvimos a bajar, cogimos nuestras maletas y desactivé el coche quitándole el rotor de 75 dólares a la distribuidora. Nosotros Se registró y comió en un bistró al lado de la calle y luego decidió buscar a Snoopy y caminar por la calle para encontrar algo de césped para que hiciera sus necesidades. A una milla del hotel llegamos al Louvre que estaba cerrado por la noche. Frente al Louvre había un gran parque urbano con amplios pasillos pavimentados y bancos del parque. El parque va desde el Louvre hasta el inicio de los Campos Elíseos, la famosa calle que conduce al Arco del Triunfo, la principal calle comercial de clase alta.

Debido a toda la gente en ese camino principal, encontramos una acera pavimentada más privada a lo largo de la cerca exterior. Aproximadamente a la mitad del parque escuchamos silbidos de la policía, gritos y gente corriendo, así que nos quedamos donde estábamos y seguimos caminando. Cuando llegamos al otro extremo del parque, las puertas de hierro forjado de treinta pies de altura estaban cerradas con llave y, a lo lejos, el Arco del Triunfo estaba iluminado. Habíamos pasado por algunas puertas laterales, así que regresamos por donde habíamos venido y encontramos que las puertas laterales de hierro forjado de quince pies de altura también estaban cerradas. Ahora nos sentíamos un poco asustados ya que el parque estaba cerrado con nosotros adentro y la mayoría de las luces de la calle en el parque estaban apagadas.

Cuando regresamos al Louvre, la valla tenía solo unos 4 pies de altura, con bancos del parque a ambos lados. Los bancos y las escalinatas del Louvre estaban llenos de adolescentes franceses. Pasamos por encima de la valla yendo de banco en banco del lado del Louvre. Alguien preguntó: "¿Americanos?" y yo respondí: "Sí". Entonces se oyó el grito de que éramos americanos que nos habíamos escondido en el parque después del toque de queda para pasar un rato a solas. Todos los adolescentes nos aplaudieron. Carolyn estaba avergonzada. No negué que habíamos estado en el parque después del toque de queda.

Varios de los cumplidos fueron en inglés con acento. Regresamos al hotel alrededor de las 10 p.m. ¿Fue un milagro o simplemente otra de nuestras muchas aventuras?

⸺∾⸺

A la mañana siguiente, acompañamos a Snoopy de regreso al parque, luego de regreso al hotel, luego de regreso al Louvre para entrar y ver el famoso arte. Pasamos por la mayor parte del Louvre y estábamos sentados estudiando La ronda de noche Rembrandt cuando nos dimos cuenta de que éramos las únicas personas allí. Decidimos salir al pasillo y no vimos a nadie. Revisé la hora y vi que eran alrededor de las 5:10 p.m. ¿El museo cerró a las 5?

Decidimos que era mejor que nos dirigiéramos hacia la puerta principal. A medida que avanzábamos, las luces del pasillo detrás de nosotros se apagaron. Al llegar al vestíbulo principal, el último guardia, con las llaves en la mano, salía por la puerta cuando le dije que íbamos. Me preguntó por qué no nos habíamos ido cuando dieron el anuncio y le dije que no lo entendíamos. Le dije: "Sí, somos estadounidenses". No sé lo que dijo, pero estuvimos a punto de tener "Una noche en el museo".

¿Fue otro milagro en el que no nos encerraron o arrestamos o simplemente otra aventura?

27

Paseo por las calles de París

A la mañana siguiente, tomamos al perro y caminamos la milla hasta el Louvre, la media milla a través del parque, luego caminamos toda la distancia desde los Campos Elíseos hasta el Arco del Triunfo. En el camino, un par de turistas estadounidenses mayores hicieron el comentario sobre Snoopy. "Mira cómo matan de hambre a sus perros. No se les debería permitir tenerlos".

No les dijimos que éramos estadounidenses y, desde el viaje en avión de Snoopy desde los Estados Unidos, ella había estado forzando comida enlatada para perros en su boca porque se negaba a comer. Empecé a contárselo, pero Carolyn me agarró del brazo y nos hizo avanzar antes de que pudiera decírselo. Después del paseo hasta el Arco del Triunfo, Carolyn no estaba preparada para subir las escaleras hasta la cima y no podíamos llevar al perro, así que subí las escaleras, solo, de dos en dos mientras ella esperaba abajo. Cuando bajé, caminamos todo el camino hasta la Torre Eifel. De nuevo, me dijo que siguiera mientras esperaba en un banco del parque con Snoopy. Debido a la multitud, solo logré subir al primer nivel y luego me preocupé de que Carolyn tuviera que esperar allí sola, así que volví a bajar. Habíamos estado caminando muchos kilómetros en los últimos días, así que decidimos tomar el metro hasta la Catedral de Notre Dame. Cuando bajamos no pudimos averiguar qué metro tomar porque todo estaba en francés y mi francés que había estado funcionando hasta ahora falló. Un hombre de negocios francés vio que estábamos perdidos y preguntó en buen inglés si podía ayudar. Nos dijo qué metro tomar y qué parada bajar y también qué parada estaría cerca de nuestro hotel después de Notre Dame.

Una vez en Notre Dame, encontramos un grupo de turistas que subía por una escalera estrecha, así que nos unimos detrás de ellos y una vez que Al comenzar a subir las escaleras, no se podía dar la vuelta porque la escalera cerrada de roca en espiral solo era lo suficientemente ancha para una vez. Finalmente llegamos al balcón con las gárgolas. El recorrido era en francés, así que nos fuimos a un lado y nos tomamos fotos junto a las gárgolas. Desafortunadamente, la película no se alimentó bien y todo fue de doble exposición y no fue bueno.

El grupo de turistas salió por otra puerta para salir y esperamos unos minutos y luego fuimos a la puerta que estaba cerrada con llave. Nos dirigimos a la otra puerta por donde habíamos entrado al balcón y también estaba cerrada con llave. Empezaba a oscurecer, veíamos venir una fuerte lluvia, ya estaba lloviendo ligeramente, y buscábamos el mejor lugar para pasar la noche encerrados en el balcón hasta la mañana bajo la lluvia y el frío. Unos minutos después se acercó un conserje a vaciar el bote de basura y escapamos. Otro milagro, o simplemente otra aventura. Era la tercera noche consecutiva que casi nos quedábamos encerrados en un lugar emblemático de París. La primera noche en el parque, la única valla baja había sido en el Louvre y había bancos a ambos lados que hacían posible la salida. Luego, el Louvre y el Norte Dame son los últimos en salir después del cierre.

Un viaje a París no estaría completo sin una oportunidad en la vida nocturna. Habíamos reservado un recorrido por los lugares nocturnos para esa noche. Gracias a Dios, el autobús nos recogió justo en el hotel. Primero hicimos un viaje a las Follies Bergere para cenar y ver el espectáculo. Estábamos sentados justo contra el escenario. A mitad del espectáculo, unas bailarinas se acercaron a nosotros y nos tomaron una foto Polaroid y nos llamaron "El árabe y una de sus esposas". Yo era moreno por el sol de Arkansas y la mayoría de los europeos de entonces eran muy pálidos en comparación. Fue genial ser los únicos en la enorme multitud señalados. Un milagro, o simplemente una aventura más.

De ahí fuimos al Moulin Rouge para otro espectáculo.

28

Después de París

A la mañana siguiente, nos levantamos temprano para evitar el tráfico de París, a primera hora de la mañana salimos del hotel a las 5 de la mañana. Condujimos alrededor del Arco del Triunfo mientras había poco tráfico, solo para decir que lo hicimos, y luego salimos de París hacia la autopista (en comparación con la autopista en Alemania). Llené el tanque de gasolina justo antes de que llegáramos a la carretera abierta en dirección sur. Creo que Carolyn se fue a dormir antes de que yo me pusiera al día porque realmente conducía entre 160 y 200 km/h (100-120 mph). Se despertó cuando me detuve a cargar gasolina con la luz roja del indicador de gasolina parpadeando baja. Nuestro rendimiento de gasolina había bajado a 16 mpga a esas velocidades. No se nos escapó nada.

Pasamos la tarde en Grenoble, Francia, pasamos la noche en un motel y a la mañana siguiente nos dirigimos a Marsella y luego a Mónaco a lo largo de la costa.

Pasamos por Niza en el camino. Siempre habíamos oído hablar de las playas de allí, pero todas eran de grava, excepto enfrente de algunos hoteles de alto precio donde habían recogido arena. En la frontera entre Francia y Mónaco descubrimos que podíamos cambiar francos franceses por una tasa, luego cruzar la frontera y cambiar el dinero de Mónaco por francos y obtener una ganancia de más del 12%. Había un número de turistas que caminaban de un lado a otro obteniendo esa ganancia cada vez. Lo hice una vezsolo para verificar que podía, luego nos fuimos a nuestro hotel en Montecarlo, Mónaco.

El hotel se encontraba en lo que la semana anterior fue la línea de salida de llegada del Gran Premio. A la mañana siguiente, nos levantamos temprano, subimos al palacio, tomamos fotos de todos los yates en el puerto, luego regresamos al hotel y tomamos el auto para dar una vuelta por la ruta tomada por el Gran Premio. Obviamente, no podíamos conducir tan rápido, pero aun así fue divertido.

Esa noche entramos en el famoso Casino de Montecarlo. Nos vestimos con nuestras mejores ropas que teníamos y simplemente deambulamos. No podíamos entrar a gran parte del casino sin un pase donde habían verificado nuestro crédito, pero incluso en la sala principal vimos apuestas de más de $ 100,000 dólares en mesas de rueda de theroulette y Baccarat. Al tener el Porsche 911 rojo de los guardias, los porteros y los encargados del estacionamiento nos trataron como si fuéramos alguien y no solo un par de turistas relativamente pobres. De hecho, uno de los porteros nos dijo que había un torneo al que podíamos ir para obtener un depósito de $100,000 en crédito. Fingí que teníamos el dinero, pero solo quería ver qué tipo de acción estaba sucediendo esa noche. Otra ventaja de conducir un Porsche 911 en Europa. Pasamos un par de horas allí, luego caminamos hasta uno de los viejos grandes hoteles que tenía habitaciones a $ 3500 la noche solo para ver el vestíbulo. Luego volvimos al casino, les explicamos que acabábamos de salir de Grenoble, Francia, y que íbamos a dar por terminada la noche.

A la mañana siguiente, nos levantamos temprano y regresamos a Ulmen, Alemania. Es increíble cómo se puede moverse por Europa rápidamente, sin límites de velocidad, conduciendo un Porsche 911.As nos dirigimos hacia el norte, atravesamos el túnel de 11 kilómetros a través del Mont Blanc hacia Suiza. Pasamos la noche en un hotel Holliday Inn en Lucerna, Suiza, y esa noche cenamos en una rueda de paletas en el lago de allí. Era mucho más elegante que la rueda de paletas que habíamos tomado en el Mississippi en Saint Louis, Missouri, en nuestra luna de miel.

A la mañana siguiente, nos dirigimos a casa en Ulmen, Alemania y a nuestro hotel allí. Había sido una semana agotadora, pero muy divertida viajando por Europa mientras esperaba que llegara mi autorización de alto secreto. A la mañana siguiente, yendo a Alemania, es donde encontramos esos dos camiones ralentizando el tráfico en la autopista, excepto para dejar pasar mi Porsche 911E.

Llegamos a casa en Ulmen y al hotel antes del anochecer y tuvimos el domingo libre. El lunes, descubrí que mi Top SecretClearance había sido procesado apresuradamente. Mientras que normalmente tardaría 2-3 meses, el mío había tardado 2-3 semanas, o poco más de una semana en Alemania. Había reemplazado a un oficial cuyo Su padre era comandante de la Escuela Superior de Guerra Aérea que había obtenido una liberación anticipada de la asignación para ir a una facultad de derecho pagada por la Fuerza Aérea. Mientras que las personas normalmente tenían 6 meses de anticipación antes de ese tipo de asignación, yo solo tenía semanas, por lo que habían impulsado mi autorización de seguridad. Dado que ya tenía una autorización secreta más alta de lo normal, la actualización fue rápida.

<h1 style="text-align:center">29</h1>

La vida cotidiana en Alemania

También nos asignaron un apartamento del gobierno alemán. Regresé al hotel, hicimos las maletas y nos mudamos al apartamento. Tenía todos los muebles nuevos tipo Ikea, incluida una cama king size (con dos colchones individuales). Alguien nos había encontrado un refrigerador congelador de estilo americano con un transformador para bajar la energía de 220 a 120 voltios para que funcionara. También nos habían instalado una lavadora y una secadora en una habitación en el sótano debajo del edificio de apartamentos. El edificio tenía varias puertas exteriores, cada una de las cuales tenía 2 apartamentos en la planta baja y 2 apartamentos en la planta superior. La cocina era alemana y muy pequeña, con un horno de aproximadamente 1 pie cúbico y tres quemadores en la parte superior.

Teníamos algo único de otros estadounidenses allí. Tenían un calentador de agua para la cocina que calentaba el agua solo cuando presionaban el botón y sostenía alrededor de un galón. Su baño tenía un calentador de agua más grande, pero de nuevo, tenías que presionar el botón y esperar horas a que se calentara antes de poder bañarte. Teníamos un calentador de agua eléctrico de 20 galones, con un termostato automático para mantener la temperatura, suspendido sobre la bañera del baño que también suministraba agua a la cocina y a los lavabos del baño, por lo que siempre teníamos agua caliente.

Todos los apartamentos se calentaban con una estufa de carbón ubicada en el centro de la pared que emitía calor al dormitorio principal y a la sala de estar sin calefacción en el segundo dormitorio, baño o cocina. Teníamos que bajar al sótano todos los días y recoger carbón en nuestros cubos de carbón y llevarlos hasta el calentador de carbón. Esta estufa de carbón en la pared entre la sala de estar y el dormitorio principal estaba destinada a calentar solo esas dos habitaciones sin calefacción en el segundo dormitorio, la cocina, el pasillo o el baño. Quité las puertas de la sala, de la cocina y segundo dormitorio y dejamos la puerta del baño abierta cuando no estaba en uso para calentar todo el apartamento. Eso significaba usar más carbón que no pagamos, sino que tuvimos que subir desde la sala de carbón del sótano. Rápidamente aprendimos a mantenerlo almacenado y ardiendo continuamente. Si dejas que el fuego se apague y elapartamento se enfríe, entonces tendías a quemarlo demasiado rápido para calentar el apartamento. Cuando se quemaba el carbón demasiado rápido, la impureza de hierro en el carbón creaba un trozo de escoria, llamado aclinker, como una roca que era demasiado grande para salir por la puerta de limpieza de cenizas en la parte inferior y solo se podía hacer con el fuego. Esto requirió el uso de un cincel y un martillo para romper el trozo y sacarlo.

La mayoría de los estadounidenses no mantenían el apartamento caliente en todo momento y terminaban con clinkers casi a diario. Al mantenerlo ardiendo lentamente todo el tiempo, solo tenía que limpiar la ceniza una vez cada semana o dos y rara vez tenía clínkeres que no salieran de la ceniza limpia de la puerta. Tan pronto como lo limpiaba, volvíamos a quemar lentamente para mantener el fuego bajo, pero sin crear los grandes clinkers.

Fue interesante porque los alemanes quemaron toda su basura en la estufa de calefacción. Al salir, se podía ver humo negro, amarillo, azul y verde que salía de las chimeneas de nuestros vecinos, pero nuestra chimenea no tenía mucho humo.

El último año que estuvimos allí, el gobierno alemán instaló "calefacción central". En lugar de que cada apartamento del edificio tenga 4 escaleras de 4 apartamentos, cada uno de los 16 apartamentos tenga su propia sala de carbón, tendríamos una habitación en cada edificio con una caldera de gasóleo que proporcionaría agua caliente a los radiadores de pared de calor de vapor en cada habitación, incluido el segundo dormitorio.

Los alemanes se quejaron al principio porque no tenían control sobre la cantidad de combustible que se utilizaba. Utilizando salas de carbón individuales, llenaban la habitación por X número de marcas y la hacían durar el invierno. Ahora el costo de operación de la caldera se agregaría a su alquiler.

Cuando escuché la calefacción central, pensé en aire forzado en lugar de radiadores anticuados con el estallido y el agrietamiento de la calefacción y la refrigeración y las burbujas en las líneas.

Era divertido ver a los trabajadores alemanes. Comenzaban a las 8 de la mañana y trabajaban duro y con precisión, pero a las 10 de la mañana se tomaban un descanso para tomar una cerveza. Luego, a medida que instalaban tuberías para el calor del vapor, con frecuencia perforaban mal los agujeros y tenían que perforar otro a unas pocas pulgadas de distancia y luego reparar el agujero en el lugar equivocado. Después del almuerzo, empeoró y luego se detuvieron por el día a las 2 de la tarde. Vi lo mismo de los trabajadores civiles en la base aérea alemana. El personal alemán, tanto militar como civil, era siempre profesional. Eran solo las abejas obreras civiles las que se emborrachaban al mediodía todos los días.

Por otro lado, teníamos enormes cantidades de basura que los alemanes no tenían. No quemamos nada más que carbón y un periódico ocasional para encender un fuego de carbón. Compramos una gran cantidad de productos envasados como latas de comida, cajas de cereales, etc. Los alemanes no solo quemaron su basura, sino que no compraron alimentos envasados. Compraban casi a diario lo que iban a comer ese día. Compraron verduras frescas y pan para tener poca basura.

Esto significaba que sus pequeños botes de basura que tenían aproximadamente un pie de diámetro y 3 pies de altura solo estaban llenos el día de la basura. Los estadounidenses tenían un mínimo de 3 de esos botes de basura al aire libre y en la noche de la basura, usaban la parte vacía de los botes de sus vecinos alemanes. El año pasado, los alemanes instalaron una serie de contenedores de basura en lugar de vaciar todas esas latas individuales. Esto resolvió nuestro problema de basura.

Inmediatamente nos dimos cuenta de que éramos los únicos estadounidenses en ese lado de la carretera en la colina. Todos los demás estadounidenses en viviendas de base alemanas estaban en un lugar bajo al otro lado de la carretera, en viejas casas adosadas de dos pisos que no habían tenido muebles nuevos, pintura o papel tapiz en 20 años. Se llamaba el gueto americano y estábamos "en la colina". Muchos estadounidenses optaron por usar su asignación de vivienda y el subsidio por costo de vida (COLA) para vivir en viviendas privadas fuera de la base. Por lo general, se trataba de alquilar el piso de arriba o En la planta baja en una casa de dos pisos con los propietarios viviendo en la otra mitad. Yo era el único oficial en la vivienda del gobierno en ese momento.

❧

Carolyn era una esposa perfecta de la fuerza aérea. Ella nunca se quejó de estar aislado de otros estadounidenses. Nunca se quejó de tener que llevarla a una base estadounidense para comprar comestibles porque no quería conducir 45 millas por las carreteras de montaña alemanas. No teníamos estaciones de radio ni televisión que hablaran inglés. Por la noche, leíamos libros turnándonos para leernos unos a otros. Leemos todos los libros de James Harriot sobre el veterinario ruralbritánico como "Todas las criaturas grandes y pequeñas". No sé cómo sobrevivió a la soledad esos primeros meses. Aproximadamente un mes después de que nos mudamos, sacó al perro a pasear y se olvidó de tomar su llave. La puerta del apartamento se cerró rápidamente y se bloqueó automáticamente. Ella estaba excluida del perro. Nuestros vecinos alemanes del apartamento de abajo salieron a la escalera y la ayudaron a quitar la manija de la puerta para que se pudiera soltar la cerradura y volver a entrar. Nuestro vecino no había hablado con nosotros porque la esposa estaba estudiando inglés y había sido obligada a estudiar en una escuela pública en Alemania. Carolyn y ella llegaron a ser buenas amigas. Tan buenos amigos que cuando tuvo que ir al hospital para recibir tratamientos contra el cáncer y su esposo iba a la escuela a largo plazo, confió en nosotros para cuidar a su hijo de dos años, Karsten, durante seis meses. Su esposo la visitaba cada mes más o menos para darnos una actualización sobre sus tratamientos y ver a su hijo.

Unos meses más tarde, conseguí un nuevo sub-oficial del chowhall que dirigí como una tarea adicional como oficial de logística. Lo asignaron a uno de los dos apartamentos de arriba, en el nuestro, ya que nos llevábamos bien con nuestros vecinos alemanes. Marge y Joe se hicieron amigos rápid-amente. De hecho, 35 años después, Marge y Joe nos buscaron y pasaron por nuestra casa en Florida. Intercambiábamos tarjetas de Navidad todos los años desde Alemania. Por las noches, con frecuencia jugábamos a las cartas con Marge y Joe Hills o con nuestros vecinos alemanes que ahora hablan inglés. Cosa interesante. Los alemanes tienen que pagar una cuota mensual a su gobierno para escuchar la radio o ver la televisión a través de las emisiones de aire. De hecho, nuestro caro, todas las opcionesPorsche 911 no tenía radio, por lo que el propietario anterior, un alemán, no tendría que pagar una cuota men-sual por él. Como militares americanos, no tenía-mos que pagar la cuota, pero estábamos demasiado lejos de la estación de radio militar para recibirla y la GermanTV estaba en alemán, naturalmente, pero compramos un televisor alemán. Era interesante ver viejos programas de la televisión estadounidense en alemán. Su transmisión no comenzó hasta alrededor del mediodía y salió del aire a las 9 de la noche, pero teníamos un televisor. Pusimos muchos discos de 32 rpm esos años sin radio y televisión de habla inglesa.

Vimos los Juegos Olímpicos alemanes en esa televisión alemana, especialmente cuando tenían al equipo olímpico de Israel tomado como rehén y el tiroteo subsiguiente en vivo. La mayoría de nuestras noticias provenían del Air Force Times, un periódico publicado por la Fuerza Aérea para traer noticias de casa. También nos suscribimos a varias revistas.

Como oficial de logística, una de mis muchas tareas adicionales fue estar a cargo de la escuela americana para niños dependientes en nuestro destacamento. Eso significaba que teníamos maestros de escuela primaria estadounidenses que trabajaban para mí (técnicamente). El gobierno alemán transportaba en autobús a nuestros hijos mayores a la Base de la Fuerza Aérea de Bitburg para la escuela secundaria y preparatoria todos los días escolares. En la Base de la Fuerza Aérea de Hahn, los niños de secundaria eran enviados a un internado estadounidense en Wiesbaden, Alemania, de lunes a viernes, por lo que lo pasábamos mejor a medida que nuestros hijos llegaban a casa cada noche. Si había un partido de fútbol o un concierto de música después de que el autobús escolar volviera a casa, los padres tenían que conducir las 50 millas para recogerlos. Negocié y los alemanes acordaron retrasar el autobús para permitir que nuestros estudiantes asistieran a estos eventos después de la escuela.

Después de estar allí varios meses, Carolyn se dio cuenta de que los niños estadounidenses no tenían nada que hacer por las tardes y los fines de semana. Yo hice el papeleo y Carolyn hizo el trabajo de estableciendo una tropa oficial de Girl Scouts Americanas en Ulmen, Alemania, nuestro hogar durante los próximos 3 años. Cada apartamento de nuestro edificio tenía habitaciones asignadas en el sótano. Limpié una de las habitaciones, pinté las paredes y el techo, recogí algunos muebles usados y allí fue donde se reunió la tropa de exploradores. Carolyn hizo todo el trabajo regular de conseguir suministros scouts e hizo todos los planes para las reuniones scouts y el 100% de las chicas asistieron a las reuniones. Consiguió otra esposa estadounidense para que la ayudara con las reuniones y la búsqueda de suministros. Ayudé en todo lo que pude.

Las esposas de los oficiales (las ocho) tenían cenas y fiestas mensuales en los apartamentos de los demás, y la organización rotaba cada mes. Tuvimos muchos meses en los que ibas a un apartamento para tomar bebidas y aperitivos antes de la cena, te mudabas a otro apartamento (o dos) para cenar y luego a otra casa para el postre. Las esposas de militares, especialmente en el extranjero, tienen que ser mujeres especiales. El hecho de que no estuviéramos en una instalación americana, hizo que fuera mucho más difícil para ellos.

Muchas veces, nos encontrábamos en un restaurante alemán en Cochem, Alemania. Ulmen no era lo suficientemente grande. Tenía un pequeño restaurante sin cita previa donde podías conseguir Bratwurst y Pom Frites o papas fritas servidas con mayonesa, sin mostaza ni salsa de tomate. La otra alternativa era comer en el hotel en el que nos habíamos alojado cuando llegamos por primera vez. Echo de menos las comidas que servían allí y recuerdo especialmente el Spiessbraten de este restaurante apartado a las afueras de Cochem. La primera vez que un militar estadounidense cenaba allí, el propietario sacaba su álbum de fotos de personas famosas que habían comido allí, entre las que se encontraban Hitler y varios generales alemanes y estadounidenses a lo largo de los años. Su Spiessbraten era filete de cerdo relleno de cebollas cocidas y especias que era fabuloso.

Una vez, Carolyn y yo habíamos ido solos y cuando llegamos a nuestros apartamentos, las esposas americanas nos recibieron antes de que llegáramos al apartamento para decirnos que había una alerta real y que todos los militares debían presentarse en sus lugares de destino. Agarré un uniforme y conduje hasta la base en el Porsche, alcanzando más de 100 mph en los dos carriles. Reduje la velocidad a tal vez 80 mph mientras Pasó la señal de alto y cruzó la carretera fuera de la puerta. Los guardias alemanes habían oído mi Porsche mientras me dirigía hacia ellos y mantenían la puerta abierta y me hacían señas para que pasara. Mientras volaba por el edificio del paso de visitantes, vi muchos vehículos personales estadounidenses estacionados allí. Iba demasiado rápido para detenerme y, con los guardias haciéndome señas para que pasara, seguí bajando la marcha y tomé el giro de 90 grados justo dentro de la puerta a alrededor de 40 mph antes de acelerar por las calles de la base hacia la plataforma de alerta donde los aviones alemanes estaban parados en alerta. Una vez más, los guardias escucharon mi Porsche e hicieron que se abrieran las puertas interior y exterior y me hicieron señas para que pasara. Pensé que no debía conducir mi vehículo personal hacia la plataforma de alerta, así que me detuve en la hierba fuera de la puerta y corrí hacia la instalación de alerta. Cuando corrí a nuestra sala de alerta, no había nadie, excepto el oficial y la persona alistada que normalmente estaban de servicio. No sabían por qué no había aparecido nadie más.

Llamé al edificio de visitantes, donde había visto muchos coches americanos, y descubrí que la Luftwaffe alemana los había detenido en el edificio de visitantes y no les permitía entrar en la puerta. Hablé con el jefe alemán en la línea directa desde la sala de alerta hasta el centro de visitantes y dejaron que los estadounidenses entraran en la base y en sus lugares de trabajo. Supongo que otra ventaja de conducir un Porsche 911. Tenía el único en la base de la Luftwaffe y todo el mundo lo sabía, así que los guardias estaban dispuestos a romper las reglas por mí.

Solo un par de oficiales tenían la edad adecuada para tener hijos allí. O eran jóvenes y esperaban tener hijos o mayores y sus hijos estaban en la universidad. Una pareja se había quedado embarazada mientras estaba allí y fue a ver a un médico alemán creyendo que eran mejores que los médicos de la Fuerza Aérea y mucho más cerca al estar estacionada en una base alemana de la Luftwaffe por algo para las náuseas matutinas, la talidomida. A los pocos meses de regresar a los Estados Unidos, su hijo nació sin manos ni pies, talidomida. Se convirtió en Shriner después de que su hijo fuera ayudado por los Shriners. Perdimos el contacto con ellos.

Teníamos otro buen amigo que estaba en su segunda gira en Alemania y decidió que quería ir a visitar Yugoslavia en Alemania. vacaciones. No necesitábamos decirle a nadie a dónde íbamos, así que condujeron hasta allí. Les hicieron señas para que pasaran por la frontera, entrando y saliendo de Yugoslavia, pero cuando regresó a la base descubrió que todas sus cosas habían sido enviadas de vuelta a su casa de registro en los Estados Unidos y él y su esposa tenían billetes de avión para hacer lo mismo.

Se convirtió en un civil instantáneo después de 9 o 10 años de servicio. Nuestras autorizaciones de seguridad nos prohíben ir a cualquier país comunista e incluso ir a Berlín Occidental tardó unos 6 meses en obtener el permiso para tomar el tren de tropas militares de EE.UU. para ir a Berlín Occidental. O que le hicieron señas para cruzar la frontera a pesar de que no parecía que hubiera ningún estadounidense en la frontera y no lo detuvieron. Lo mismo le sucedió a otro oficial cuando él y su esposa obtuvieron permiso para viajar en tren a Berlín Occidental, pero tomaron un autobús turístico comercial a Berlín Oriental. Al autobús turístico no se le permitió detenerse en el lado este. Ambos oficiales sabían que no era así, pero pensaron que no había nada de malo ya que eran estadounidenses leales y nadie los estaba mirando, o eso pensaban.

30

Aventuras en Camping

Había traído una tienda de campaña para dos personas en nuestro bidón de 2000 libras porque había oído que acampar era bueno en Europa. No estábamos interesados en nada en Europa del Este ya que no habíamos visto Europa Occidental. Después de nuestra primera experiencia de campamento en Europa, la mayoría de nuestros muchos viajes fueron con esa tienda de campaña para dos personas, una pequeña parrilla de barbacoa de butano y una linterna de butano. Mientras que encontramos que los hoteles estaban por debajo de lo que queríamos, con solo unas pocas habitaciones en un pequeño hotel con un baño compartido al final del pasillo, o en la habitación libre de alguien. El otro extremo era un bonito hotel de estilo americano donde la gente era fría, no se hablaban y los trabajadores eran casi antipáticos. Había algunos Holiday Inn que ofrecían un descuento militar del 50% y eran similares a los hoteles americanos, pero rara vez eran donde queríamos alojarnos. Los campamentos eran muy diferentes. Todos eran amables, incluso si no hablaban inglés, lo intentaban.

A veces, alguien tenía una fogata con 3-5 nacionalidades sentadas tratando de conversar entre sí. Alguien llevaba consigo una botella de alcohol, yendo de fogata en fogata ofreciendo una bebida y luego iba a la siguiente. Acampar era conveniente y barato. Nos alojamos varias noches en un camping en Roma, en los terrenos del Palacio de Saboya. Costó 25 centavos para el automóvil, 25 centavos para el campamento y 25 centavos para cada persona, por lo que podríamos quedarnos por $ 1 al día, frente a un Holiday Inn que costaría $ 50 por día, incluso con el descuento militar del 50%. Alojarse en la habitación libre de alguien (Zimmerfree) costaría $ 20 por noche.

El primer día completo allí en el campamento de Roma tomamos un autobús turístico "alrededor de la ciudad" que llegó a la campamento y luego recogí a algunas personas en varios hoteles. Mientras cabalgábamos, el guía nos decía en inglés por lo que pasábamos. Anoté los números de los autobuses urbanos que vi parando en los sitios turísticos.

Al día siguiente tomamos el autobús del campamento hasta la última parada de autobús urbano cerca del campamento y tomamos un autobús urbano hasta la terminal principal donde nos subimos al número de autobús apropiado para llevarnos al Coliseo o a la Ciudad del Vaticano o donde sea. También caminamos mucho cuando las cosas estaban a poca distancia unas de otras. Lo hicimos durante varios días. Por la noche, nos uníamos a la camaradería de nuestros compañeros de campamento. Conocimos a muchos turistas de habla inglesa de nuestra edad de los Países Bajos, Australia y Gran Bretaña propiamente dicha. También nos hicimos amigos rápidamente con otros europeos que hablaban inglés.

Una noche, cuando fui a tomar una ducha caliente, tomé muchas monedas para pagar la ducha. Había una larga fila y cuando llegué al frente de la fila, el chico que salía de la ducha me explicó que alguien tenía una navaja que habían puesto en la ranura para monedas para que todos pudieran ducharse gratis, pero que yo debía pasar a la siguiente persona el número de campamento del tipo que tenía la navaja para que la devolviera. Probablemente 30 personas después de mí se ducharon gratis con su navaja. A la mañana siguiente, después del café, fui al campamento y, efectivamente, recuperó su navaja.

Un día nos dimos una pequeña ducha mientras explorábamos Roma y sus alrededores. Cuando regresamos, una pareja se acercó para explicar que habíamos dejado nuestros utensilios de cocina bajo la lluvia, así que los pusieron en nuestra tienda. También habían subido las ventanillas del Porsche que no estaban completamente cerradas. Se disculparon por haber tocado nuestras cosas y les agradecimos profusamente por hacer todo lo posible por nosotros.

Una vez a la semana pasábamos una noche en un buen hotel solo para poder dormir en una cama normal y darnos una ducha larga sin tener que hacer cola fuera de la ducha.

¿Cuántas chicas americanas de veintitantos años que se habían criado en una familia acomodada disfrutarían acampando en un apartamento de dos pisos por toda Europa? Carolyn era única en su especie. En camping Baratos pudimos viajar más y comprar más recuerdos mientras vivíamos dentro de nuestras posibilidades. Hicimos numerosos viajes a otros lugares de Alemania, Francia, Bélgica y los Países Bajos los fines de semana. Conduzca el sábado por la mañana temprano y a casa tarde el domingo por la noche. En nuestro viaje a España, el plan era conducir hasta Gibraltar pasando por Madrid. Cuando llegamos a la frontera española, estaban construyendo una de 4 carriles y la de dos carriles era increíblemente lenta. Cuando llegamos a la ciudad de Figueres, España, en Cataluña, a lo largo de la Costa del Sol (costa del sol) con bonitas playas de arena en el Mediterráneo, vimos un letrero de camping y era demasiado tarde en la noche para llegar a Barcelona, ese había sido nuestro plan. Al salir de la carretera, vimos el problema en la carretera principal. Había una carreta de dos ruedas cargada a gran altura tirada por un solo burro que bloqueaba el tráfico. Había demasiado tráfico para que alguien pasara y habíamos estado siguiendo ese carro tirado por burros durante millas sin acercarnos lo suficiente como para ver el problema del tráfico.

De todos modos, encontramos el camping justo en la playa. Habíamos montado la tienda cuando descubrimos una gran hormiga cerca de la tienda. Luego, los campistas al otro lado de la calle comenzaron a empacar su tienda para irse. Había un LandRover allí con el aire acondicionado encendido. Tan pronto como los otros campistas se fueron, trasladé todo a su campamento ahora vacío. La gente del Land Rover se acercó, bajó la ventanilla y dijo: "Te cronometramos 2 minutos y 38 segundos para moverte. ¿De dónde sacaste esa tienda?

Dormimos hasta tarde a la mañana siguiente y salimos a disfrutar de la playa y el agua. En 45 minutos, nuestras pobres excusas para el bronceado alemán se convirtieron en una quemadura leve y tuvimos que dejarlo. Decidimos conducir de regreso a Figueras y ver qué había allí. Nos dirigimos al centro de la ciudad, que era una plaza empedrada totalmente vacía. No vimos otros coches ni personas y nos preguntamos si íbamos a entrar en la plaza, pero seguimos conduciendo y aparcamos cerca de una catedral española que parecía interesante. Antes de que pudiéramos subir, un sacerdote salió a darnos la bienvenida en español y dejó en claro que estaba bien dejar nuestro auto allí.

Mi español es más o menos como mi francés, no mucho. El sacerdote explicó que el órgano de tubos de madera sobre la entrada principal era el órgano de tubos de madera más grande del mundo. Luego nos llevó de vuelta detrás del altar para mostrarnos su colección de cosas. Una cosa que estaba por encima de todas las demás era una Biblia en una caja de vidrio abierta a una página en la que pude leer que la fecha de 1491 y la firma de Colón. El sacerdote transmitió el mensaje de que era la Biblia personal de Colón que había dejado en la iglesia antes de su viaje a América. Vaya, fue otro milagro. ¿Cuántos otros americanos se han parado a verlo o el órgano de madera? ¿Fue un milagro nuestra visita allí? ¿Cuántos estadounidenses han visto esa Biblia firmada por Cristóbal Colón? De hecho, Google no pudo encontrar el órgano de tubos de madera en 2017. Intenté buscar más información sobre la catedral de Figueres, pero no había nada. El órgano era mucho más grande que el que figura en Wikipedia que ni siquiera era comparable.

Más tarde, vimos un cartel de una corrida de toros en el pueblo, así que fuimos a ella. Era sangriento y éramos los únicos estadounidenses allí. Algunas personas sentadas cerca de nosotros hicieron que otras se movieran para que pudieran sentarse con nosotros y explicarnos la corrida de toros en inglés y traducir al locutor. Otra experiencia especial que pocas personas tienen. Ni Carolyn ni yo éramos aprensivos, pero, más tarde, ambos decidimos que no necesitábamos ver otra corrida de toros, aunque nos preguntábamos si una corrida de toros para turistas sería tan sangrienta. Una cosa es descuartizar animales para comer, y otra es verlos torturados y a la gente arriesgando su vida y la de sus caballos para entretenerse.

Al día siguiente fuimos a Barcelona. El tráfico era mejor. Dos cosas que destacan de Barcelona. El primero fue nuestro viaje a pie para ver el Museo Picasso. Condujimos cerca de donde se suponía que debía estar y luego estacionamos en el estacionamiento de un Museo Español, obtuvimos direcciones y comenzamos a caminar. Habría un letrero a nuestra derecha a unas cuadras por esta calle. Después de al menos 2 millas llegamos al Zoo de Barcelona donde terminaba la calle. Caminamos por la siguiente calle hasta donde estaba estacionado el auto y obtuvimos direcciones de otra persona y comenzamos a caminar por el original calle. Llegamos a la mitad del camino hasta el zoológico de nuevo y decidimos que el Museo Picasso cerraba a las 5 y que era mejor que nos desistiéramos y volviéramos al coche. Aproximadamente a mitad de camino hacia el automóvil, caminando en esa dirección, había un pequeño letrero de aproximadamente 4 pulgadas de alto con una flecha que apuntaba hacia el Museo Picasso. Esa era la única señal y no se podía ver a menos que estuviéramos caminando de regreso hacia el automóvil y miráramos hacia arriba a unos 10 pies de altura en el costado del edificio en la entrada del callejón.

El callejón era estrecho, por lo que tuvimos que caminar en fila india junto a un par de pequeños coches españoles aparcados en el callejón. Si alguien quisiera pasar, todos los coches del callejón tendrían que moverse. Llegamos a un área más amplia donde había un mercado de agricultores y obtuvimos direcciones nuevamente. A unas dos cuadras más abajo del mercado llegamos al Museo Picasso, que estaba a punto de cerrar. Hicimos un paseo rápido y nos fuimos. Habían mantenido el museo abierto solo para nosotros y ya habían cerrado la puerta con llave y no queríamos retrasar más su salida. Me hubiera encantado pasar horas allí.

Al día siguiente estábamos conduciendo y vimos estos viejos veleros de estilo español, encontramos un lugar para estacionar y caminamos hacia ellos. Obtuvimos un recorrido personal de un futuro miembro de la tripulación que explicó que estaban construyendo los barcos para recrear el viaje de Colón y planeaban estar en los EE. UU. para el 500 aniversario del descubrimiento de América en 1992.

Años más tarde, en 1992, habíamos conducido a Corpus Christi, Texas, para unas vacaciones de invierno y vimos a esos mismos tres barcos navegar hacia la bahía de Texas, donde iban a ser una exhibición permanente. Hicimos mentalmente la conexión con esos tres barcos que habíamos visto en

Barcelona, España, y nos asombramos del milagro de que estuviéramos allí en Corpus Christi, donde estaban terminando su viaje casi 20 años después de que los habíamos visto por primera vez. Al día siguiente bajamos para verlos en el muelle de Texas. Se realizaron más de 100,000 visitas a ellos durante los siguientes 10 días, pero obtuvimos nuestro propio recorrido temprano semiprivado por ese mismo miembro de la tripulación que teníamos Nos reunimos en Barcelona ya que se acordó de Carolyn e invitó a nuestros dos hijos a ver los barcos y a nosotros a verlos de nuevo, terminados.

Otro pequeño milagro. Me alegro de no haber tenido que hacer cola cuando comenzaron las visitas oficiales al día siguiente. En 1993, un año después de que los vimos, una barcaza los embistió, dañando a dos de ellos y fueron trasladados a tierra. Las naves en desintegración fueron destruidas en 2014.

Habíamos pasado 5 días en España y nunca habíamos salido de Barcelona, donde íbamos a pasar la primera noche, y en lugar de enfrentarnos al lento tráfico para ir a Madrid, decidimos volver y ver más de Francia. Tomamos una carretera diferente a la que estaba en construcción, por lo que estábamos en una carretera de montaña de dos carriles cuando llegamos a la frontera francesa. El tráfico se atascó al menos en un kilómetro. Había un cañón y podíamos mirar a través y ver la estación fronteriza española. Detenían todos los coches, sacaban todo el equipaje y lo revisaban. De vez en cuando llevaban un coche a un garaje para hacer cosas como quitar las llantas en busca de algo. Nuestro Porsche estaba lleno de recuerdos donde había dejado un pequeño agujero en el asiento trasero de aproximadamente un pie de ancho y 6 pulgadas de profundidad para poder ver por el espejo. Carolyn tenía los pies apoyados en otros recuerdos en el asiento delantero derecho. Comentamos que si teníamos que sacar todo, probablemente nunca lo volveríamos a meter. Al Porsche 911 con especificaciones europeas no le gustaba estar al ralentí y se aceleraría terriblemente si lo intentara. El camino de montaña era demasiado estrecho para dar la vuelta, sin arcén junto al cañón y una pared de roca en el lado derecho. Dejaba que los coches de delante avanzaran un poco y luego arrancaba el coche, lo conducía hacia delante para alcanzarlo, aceleraba el motor y luego lo apagaba. Cuando nos desparamos con los guardias fronterizos del otro lado del cañón, uno de ellos me señaló e hizo un gesto para rodear el tráfico y llegar a la frontera. Saqué la mano por la ventanilla y señalé el techo del coche usando el lenguaje de señas para preguntar si se refería a mí, y él hizo una reverencia por la cintura en un exagerado SÍ, y me hizo señas para que me diera la vuelta. Fui por el centenar de coches por la carretera, doblé la curva cerrada y volví al guardia estación donde me hizo señas sin parar. Otra ventaja de conducir un Porsche 911 en Europa.

No vi a nadie en el lado francés de la frontera. Unos kilómetros más arriba vimos esta enorme ciudad amurallada, miramos el mapa y descubrimos que nos acercábamos a Carcassonne, así que hicimos un viaje lateral hacia allí y caminamos por la ciudad y seguimos a un grupo de turistas en inglés explicando la historia y las cosas particulares para ver.

Habíamos planeado quedarnos en un hotel esa noche, pero cuando llegamos a una ciudad más grande después de caminar por Carcassonne se estaba haciendo tarde. Había marcado un hotel en el lugar, pero, como de costumbre, estábamos medio perdidos en la ciudad. Vi un letrero de campamento y acampamos.

El campamento parecía una subdivisión, con calles bien pavimentadas con bordillos y farolas frecuentes como las viejas luces de gas de principios de siglo, pero solo unas pocas tiendas de campaña aquí y allá donde la gente había pasado por encima de las aceras para montar sus tiendas. Mi Porsche no se sentó tan cerca del suelo, pero tuve mucho cuidado al pasar por encima de la acera. Monté la tienda en un área abierta debajo de un árbol pequeño bastante nuevo. Instalamos nuestra pequeña estufa de campamento de butano y calentamos una lata de estofado Dinty Moore y luego me dirigí al baño.

Cuando me puse bajo las luces del baño, vi todo el edificio adornado con telas de araña y arañas rastreras. Lo mismo ocurría en el interior, con telas de araña y arañas a lo largo de la parte superior de las paredes. Carolyn tenía un miedo terrible a las arañas y esperaba no verlas, ya que yo estaba muerta de cansancio por haber conducido durante 14 horas y no tenía otro lugar a donde ir que tratar de encontrar un hotel en una ciudad donde ya estábamos perdidos en la oscuridad.

Menos mal que Carolyn fue al baño llevando los platos sucios para lavarlos con agua caliente en la zona del lavabo y no levantó la vista. Vio una araña cerca del fregadero y salió: "Al, hay una araña junto al fregadero. Entra y termina de lavar los platos y sácalos de nuevo. No me voy a quedar ahí con un rematador".

No se daba cuenta de que había miles y miles de arañas por todas partes a lo largo de la parte superior del río. edificio. Terminé los platos y los dos nos metimos en la tienda y dormimos profundamente después de nuestro largo día.

A la mañana siguiente, se levantó y fue a la pequeña tienda del campamento y compró algunos panecillos. Me quedé en la tienda y calenté un poco de agua para tomar un café instantáneo y guardé nuestro equipo de campamento en el Porsche.

Carolyn regresó, comimos los panecillos y bebimos el café. Carolyn miró hacia arriba y vio las telarañas y las arañas en el árbol bajo el que acampamos. "Al, ese árbol está lleno de arañas. Tenemos que salir de aquí. Voy al baño antes de que vayamos y quiero que esperes cuando salga.

"Salió corriendo. El lugar está plagado de arañas por todas partes. ¿No los viste?

"Mira hacia arriba a las vísperas". Dios mío, Al, el lugar está lleno de ellos. Quiero que entres y te quejes. Más vale que no se hayan metido en nuestras cosas de acampada. Tal vez deberíamos dejarlo todo aquí".

Entré en la oficina y pregunté por las arañas. La respuesta: "Estamos junto al río y no tenemos mosquitos. Las arañas son inofensivas y las queremos". Traté de decirle esto a Carolyn mientras conducíamos hacia el norte a través de Francia.

Otra cosa memorable de ese viaje fue porque había conseguido reservas en el Mont Saint-Michael para comer en el famoso restaurante y alojarme en el hotel adjunto. Conducimos nuestro Porsche por la calzada, nos registramos en nuestra pequeña sala de estar, recorrimos el Mont Saint-Michael y luego fuimos al restaurante para cenar. Ninguno de nosotros podía leer el menú y, como muchos otros lugares europeos, se negó a hablar inglés. Se suponía que este era uno de los mejores restaurantes del mundo, por lo que Carolyn pidió la comida más cara para dos. No quería pedir eso porque no podía leer el francés, pero podía leer algunas de las otras opciones menos costosas. No me preocupaba el precio, ya que con todo nuestro campamento no nos faltaba dinero, solo tenía miedo de lo que podría ser.

No me gustan los mariscos y los rechazaré si me dan a elegir, pero Carolyn odiaba los mariscos. Lo primero que sacaron fue una gran fuente de ostras. Carolyn me echó un vistazo y me hizo rechazarlos. Luego sacaron una langosta muy grande y Carolyn se encogió. Luego se levantó y salió del restaurante, dejándome a mí tratando de explicarle en francés que no, que no nos parecía mala la comida, pero que mi esposa había decidido no comer allí. Pagué la cuenta y luego, cuando encontré a Carolyn fuera del restaurante, me hizo recoger nuestro equipaje de la habitación del hotel y regresamos a tierra y encontramos un hotel rechoncho para pasar la noche.

En otro viaje, acampamos junto a otra ciudad amurallada en el este de Francia y entramos caminando al día siguiente. No se podía conducir un coche porque las calles no estaban hechas para los coches. Era interesante, pero nunca he sido capaz de encontrarlo en un mapa y nunca supe cómo se llamaba.

Podría seguir muchas páginas de nuestras experiencias en Europa. Podíamos conducir a muchos lugares y llegar a casa en viajes de fin de semana y utilicé 120 días de tiempo de vacaciones ahorrado y acumulado mientras estuvimos allí. Tuvimos grandes experiencias, nos encantó todo, excepto esa comida en MontSaint-Michaels que fue vergonzosa, pero hizo otro recuerdo. En este punto, solo agregaré un par de cosas más que sucedieron en Europa y luego llevaré esta historia de nuestro amor y milagros a los Estados Unidos.

31

Alemania cuando no estás de turismo

¿Qué hacíamos en Alemania cuando no estábamos haciendo turismo o de fiesta con nuestros amigos allí? La Base Aérea Alemana de Buchel tenía un rango de skeet improvisado. Aparcabas en la cima de la colinadonde tenían un pequeño refugio para la lluvia. Salías con tu escopeta y te parabas encima de un viejo fortín alemán (donde durante la guerra tenían ametralladoras para defender la base) y alguien en el fortín usaba un lanzador de palomas de arcilla para disparar palomas de arcilla para que la persona de arriba intentara disparar. Había comprado la escopeta más barata en el club de tiro de la Base de la Fuerza Aérea AmericanHahn, que era una escopeta semiautomática Winchester de calibre 12 de 3 disparos. Los estadounidenses y los alemanes se reunían allí una vez al mes, cuando hacía buen tiempo, para competir entre sí. No se trataba de alemanes contra estadounidenses, sino de sálvese quien pueda y de la camaradería entre los militares alemanes y estadounidenses. Vaciábamos nuestras armas y luego la siguiente persona traía su arma y tomaba su turno. También nos turnamos para bajar al fortín para disparar a las palomas de arcilla. Cada persona tuvo la oportunidad de intentar disparar a 25 palomas al plato ese día, dos o tres rondas por turno de tiro, dependiendo de si tenían 1, 2 o 3 rondas. Los tipos que disparaban a las palomas de arcilla desde el interior del búnker/fortín trataron de hacerme fallar disparando no a una, ni a dos, sino a tres palomas de arcilla a las que tuve que intentar golpear antes de que cayeran al suelo. Una de las pocas palomas al plato que me perdí por completo fue cuando dispararon 4 palomas al plato y mi arma solo tenía tres proyectiles. Por lo general, quedé en primer lugar con 25 de 25 hits. Carolyn, usando la misma escopeta de calibre 12, generalmente acertaba 17 o más de 25 intentos y, con frecuencia, quedaba en segundo lugar. Era la única mujer que estaba allí porque yo no quería ir sin ella y así sucesivamente.

sácame a divertirme con los chicos, ella también iría. Había estado cazando palomas al plato con una escopeta desde que tenía unos 10 años. Arma grande, mujer pequeña, pero más capaz que la mayoría de los hombres. Se rieron de ella la primera vez, pero después de vencer 2 o 3 veces a la mayoría de los

20-30 hombres cada vez, la aceptaron como uno de los hombres, aunque solo medía 5 pies y peso ligero disparando un arma casi tan larga como ella era alta.

Otra aventura en casa fue cuando otros estadounidenses hicieron un trato con un establo de equitación alemán para enseñar a los estadounidenses a montar al estilo militar alemán. Carolyn había crecido montando a caballo para exhibirse, así que, naturalmente, íbamos juntos. Solo soy un jinete regular, pero al igual que Carolyn hacía cosas que no necesariamente le gustaba para que yo hiciera, así que fui a las clases de equitación con ella porque ella quería. Todos los alemanes tenían el equipo de equitación completo, con uniformes de equitación especiales como los que se ven en los Juegos Olímpicos, mientras que los estadounidenses generalmente solo tenían jeans azules, el sombrero de montar oficial y botas de montar oficiales como los alemanes, pero no el uniforme completo. No soy tan grande con 5 pies y diez pulgadas y 187 libras, pero mis pantorrillas eran demasiado grandes para las botas de montar altas. Tuve que cortar el interior de ambas botas para que me quedaran encima de las pantorrillas y usar bandas elásticas para que pareciera que me quedaban.

No pasó mucho tiempo antes de que el maestro de equitación alemán, dueño del establo y de todos los caballos, pusiera a Carolyn en elcaballo monstruoso. La única otra persona que podía montar el caballo era su hija, que utilizaba la fusta sin piedad en el caballo para que se comportara. Iba en círculo para evitar que se subiera y luego intentaba apartarla hasta que la sometiera con el buche. Cada pocos minutos tenía otra pelea con el caballo y tenía que golpearlo de nuevo. Otros jinetes ni siquiera podían subirse al caballo. Digo caballo monstruo, no sólo porque era rebelde, sino porque era enorme, como los caballeros de antaño debían haber montado con toda su armadura. Estaba construido como un pura sangre pesado, pero tenía la altura de un Clydesdale, solo que no era ni de lejos tan pesado y sin el plumaje alrededor de las pezuñas.

Carolyn le preguntó si podía intentar montar el caballo. Al maestro de equitación le pareció gracioso, pero como ella no entendía el alemán y él no entendía el inglés, hizo la moción de seguir adelante y probar. Carolyn tuvo que levantarse del suelo para agarrar la silla de montar de estilo inglés y llegar hasta donde pudiera poner un pie en el estribo alto. El caballo trató de ir en círculo para que ella no se subiera, pero ella lo hizo. El caballo trató de zafarla, pero Carolyn estaba atascada como pegamento. Cuando Carolyn trató de usar la fusta como lo hacía la hija, pero no con fuerza, el maestro de equitación dijo: "Nueve". A Carolyn no se le permitió usar la fusta como la hija del amo, solo la teníamos para mostrar, pero el caballo rápidamente se dio cuenta de que tenía el control y se comportó por ella y fue a donde ella lo guiaba sin luchar contra ella. El resto de nosotros podríamos usar suavemente la fusta para hacer que el caballo se moviera más rápido. Carolyn no necesitaba la cosecha.

Mi caballo era el único otro caballo rebelde, pero de tamaño normal, aunque tal vez un poco más pequeño que el resto. Mi caballo quería buscar peleas mordiendo a los otros caballos o a mí si me sentía demasiado cómodo. No soy un buen jinete como Carolyn, pero puedo arreglármelas para montar si es necesario. Probablemente habría golpeado el suelo si mi caballo realmente hubiera corcoveado. A veces conseguí un poco de dinero, pero no en serio.

Después de un par de semanas de montar en línea alrededor de la pista cubierta, nos pidieron a Carolyn y a mí que nos uniéramos al equipo de equitación avanzado alemán. Eso era mucho más interesante en el sentido de que no sólo cabalgábamos por el exterior de la arena, sino que también cabalgábamos en línea recta, donde cada caballo estaba al lado de otro caballo, veinte caballos de ancho y no sólo a pie o al trote, sino a todo galope.

Una de las cosas más difíciles era cuando el maestro gritaba "Aus", "Sitzen". Íbamos en línea recta a todo galope cuando él llamaba "Aus" y poníamos una pierna sobre la silla de modo que ambas piernas quedaran en el lado izquierdo, luego, un momento después, gritaba "Sitzen" y se esperaba que detuviéramos el caballo deslizándose, y que aterrizáramos sobre ambos pies al mismo tiempo que todos los demás caballos y jinetes al lado de los caballos ahora detenidos, con la cabeza quieta en nuestro perfecto fila de veinte caballos. No era difícil para mí desde mi pequeño pura sangre, pero para Carolyn eso significaría caer seis pies desde el lomo del caballo hasta el suelo y aterrizar a dos pies junto a su monstruoso caballo. Cuando todo se detenía, él llamaba "Ein", y nosotros poníamos un pie en el estirar y luego él llamaba "Sitzen" y se esperaba que estuviéramos sentados en nuestro caballo. Podía pararme casi con los pies planos y meter un pie en el estribo alto. Para Carolyn, esto significaba saltar en el aire para agarrar la silla fuera del alcance de sus manos si solo estaba de pie, levantarse para poner un pie en el pie y luego montar el caballo a la última orden. Esa orden de "Ein" no fue fácil para ella. Déjame recordarte que el estribo no es un estribo occidental, sino más cercano al estribo inglés que es corto y alto del suelo, por lo que estás en cuclillas sobre el caballo.

Estaba orgulloso de este enorme monstruo, rebelde, casi caballo blanco. Quería que compitiéramos en su equipo contra otros equipos de toda Europa porque la pequeña Carolyn era la única que podía montar ese monstruo y era muy pequeña en comparación con él. No podía lucir este caballo en la competencia sin ella, porque solo su hija podía controlarlo y luego con un uso generoso de la fusta de montar que no se veía bien en la competencia y resultó en que el caballo tratara de zafarse de su hija hasta que ella lo sometiera y cada pocos minutos tuviera otra pelea. El caballo se portó bien con Carolyn en el sentido de que, a pesar de lo pequeña que era, era muy fuerte, y el caballo sabía que ni siquiera podía empezar a desalojarla o luchar contra ella. Después de la primera vez que lo montaba, el caballo se calmaba de inmediato. Si alguien más lo intentaba, era peligroso. Varios jinetes alemanes insistieron en tratar de intercambiar caballos, pero no pudieron subirse al caballo o se encontraron en el suelo. Solo tres hombres lo intentaron en los meses que rodamos con el equipo. No podían creer que la pequeña Carolyn pudiera controlar al caballo y que no pudieran subirse o quedarse si se subían. Algunos miembros del equipo alemán hablaban inglés y destacaban su habilidad para la equitación. Era solo una de las cuatro mujeres del equipo.

Desafortunadamente, cuando llegaba el momento de una competencia, me iba a quedar atrapado en el trabajo y no podía competir. Esto no fue justo para el equipo de equitación alemán con el que habíamos practicado, así que nos retiramos del equipo y dejamos de montar.

Carolyn no se quejó, pero cuando vio a un médico para obtener una nueva receta de TEDROL para su asma, el médico le dijo que probablemente tendría que someterse a un reemplazo de cadera en algún momento. Dijo que la fuerza aérea podría hacerlo, pero que no lo recomendaría a su edad porque se desgastaría demasiado pronto. Debía esperar hasta que no pudiera soportar el dolor y, cuando estuvieran mejor, se desarrollaran articulaciones de cadera más duraderas. Él le recetó Ansaid. Es un AINE, pero funcionó mejor que cualquier otra cosa. Lo sé porque después de una lesión probé algunos de sus Ansaid y fue maravilloso. Supongo que fue un pequeño milagro que mi trabajo hiciera que abandonáramos el equipo de equitación porque su cadera estaba recibiendo un castigo. Carolyn nunca se habría retirado hasta que el dolor fue más grande de lo que cualquier otra persona podría haber soportado. De esta manera, era mi culpa que no pudiéramos seguir montando, así que naturalmente Carolyn, como siempre, me acompañó.

En 1974, la Fuerza Aérea tuvo un programa temprano al final de la Guerra de Vietnam en el que permitían a cualquier oficial la oportunidad de dejar la Fuerza Aérea independientemente del tiempo adeudado para la educación o lo que fuera. Presenté mi solicitud y unas semanas más tarde se envió un mensaje que se extendió a todas las bases y destacamentos del mundo. Decía: "Todo el personal que se postule bajo este programa queda aprobado por la presente con la fecha de separación solicitada con la siguiente excepción, Capitán Albert LClark. Luego había 3 párrafos más explicando que no podían dejarme ir debido a mi autorización de seguridad, capacitación única y asignación actual. Tendría que terminar mi gira y un año en los Estados Unidos. Te suena familiar. Esta era la tercera vez que no se me permitía establecer una fecha de separación.

Los alemanes se acercaron a nosotros y nos dijeron que querían cerrar nuestro club de todos los rangos que se usó muy poco. Cuando la fuerza aérea cerró las máquinas tragamonedas, nuestro club de todos los rangos se puso en ruinas. La USO se había negado a volver de nuevo. A mí me fue dado Otro deber adicional es ser también el oficial del club. Había un viejo club fuera de la puerta de la Base Aérea Alemana de Buchel y conseguí que los alemanes nos dejaran usar ese club. Tenía un gran bar en herradura con una sala refrigerada debajo para barriles de cerveza, un buen escenario, espacio para unas 75 mesas de 4 en el salón principal, una bolera de estilo alemán en el sótano. Estuvieron de acuerdo y se pusieron a arreglar lo que había que arreglar y luego nos mudamos. Conseguí a unos chicos y un camión alemán y recogimos mesas y sillas viejas de otros clubes americanos que estaban siendo reformadas y suficientes manteles para disimular su desaliño y sus diseños desparejados.

Tenía múltiples fuentes de abastecimiento. Como también teníamos algunos miembros del Ejército de los Estados Unidos, pude comprar cosas del Ejército, de la Fuerza Aérea de los Estados Unidos, por supuesto, y de la Luftwaffe alemana.

Finalmente conseguí suficientes vajillas y vasos para equipar el bar y el comedor. Contraté cocineros por un salario extra que trabajaron para mí como militar en el salón de comidas. La comida de nuestro comedor era tan buena que pronto tuvimos a muchos oficiales alemanes de la Luftwaffe y sus esposas que venían a nuestro club para disfrutar de filetes y hamburguesas que no podían conseguir en la economía. A los alemanes también les gustaban nuestros vinos tintos americanos.

Conseguí que la USO nos diera una prueba en el nuevo club. Cuando tuvimos ese primer espectáculo de la USO, el lugar estaba lleno de nuestro destacamento estadounidense y todos sus niños, además de oficiales alemanes, y abarrotamos a casi 500 personas. Ganamos tanto dinero que la sede central estaba hablando de tomar dinero de nuestro pequeño club de todos los rangos con 120 miembros y dárselo a grandes bases con cientos de miembros. Para contrarrestar eso, comenzamos a contratar entretenimiento caro de los estados. El viernes por la noche, podría haber un concierto para 25.000 personas en Frankfurt y en la televisión alemana en vivo, y la noche siguiente estaban en nuestro pequeño club. Tuvimos que empezar a limitar la cantidad de alemanes que podían asistir, a pesar de que nos dejaban asistir a sus clubes cuando quisiéramos y tuvimos que limitar la conducción militar de EE.UU. de 50 millas para venir a nuestro pequeño club.

Como en todo lo que hacía, eso no era una parte clasificada de mi trabajo, Carolyn era mi asesora, organizadora y caja de resonancia de mis ideas. Al desarrollar nuestro nuevo club, organizó a las esposas y a los militares fuera de servicio en proyectos de autoayuda para hacer del club nuestro propio club en lugar de ser solo un edificio vacío y frío. La Luftwaffe alemana proporcionó los suministros necesarios y la ayuda técnica con cosas como los sistemas eléctricos y de calefacción.

Durante la semana, cuando no teníamos entretenimiento, teníamos un flujo constante de nuestros propios miembros del servicio y oficiales alemanes que solo venían a cenar. ¿Dónde en Alemania se puede conseguir Tex-Mex y buenos filetes a un precio razonable si se puede encontrar? Simplemente no están disponibles en Alemania. Toda mi ayuda fue alistada militarmente en busca de algo de dinero extra pagado con las ganancias del club.

Nuestro cine había sido cerrado y nuestra bolera de dos carriles había dejado de tener leguas porque el equipo seguía descomponiéndose. Adivina qué, otro deber adicional. Revisé nuestros viejos proyectores de películas, conseguí un poco de capacitación para nuestros alistados contratados por mí para dirigir las películas. Hicimos arreglos con un grupo de unidades del Ejército cercanas para cambiar nuestro envío de correo, de modo que cada unidad tuviera un día diferente para el envío de correo en el que recogerían el correo para todos y lo entregarían a todos los destacamentos militares del Ejército de los EE. UU. cercanos. Mientras hacían esto, también recogerían películas que ya se habían mostrado en una base y las entregarían a la siguiente base en la nueva ruta de correo. Esto significaba que, en lugar de recibir una nueva película cada dos semanas o una vez a la semana, o tal vez no durante 3 semanas, ahora teníamos una nueva película casi todas las noches y todos en la ruta por correo recibían el mismo excelente servicio de películas. Si bien esto significaba que el correo diario tomaba un día largo, cada destacamento no tenía que hacerlo a diario y teníamos un mejor servicio.

Una vez más, mientras yo estaba en el trabajo, Carolyn organizó a sus esposas y a los militares fuera de servicio para arreglar el lugar que tenía tejas en el techo y asientos de madera rotos del estadio. Teníamos una buena persona de mantenimiento que sabía todo lo que había en nuestros libros de mantenimiento. Le di una palmada en el suelo- Manual de mantenimiento grueso para las máquinas de bolos de colocación de bolos en la bolera y le ofreció 3 veces el salario mínimo para intentar arreglar las boleras con nuestros fondos de servicios de recreación. Para tener los fondos para pagarle, despedimos a los mantenedores contratados del fabricante, que tenían que venir de Frankfort, que estaban haciendo un trabajo terrible y ahora teníamos bolos confiables y reiniciamos la liga de bolos. Aparte del beneficio, también teníamos un excelente bar de bocadillos en efectivo que servía la combinación de cine y bolera ahora popular.

Cuando me preparé para terminar mis 3 años allí y regresar a los Estados Unidos, la Luftwaffe alemana me honró con su despedida estándar, una comida de 5 platos, una banda en vivo y baile. Los alemanes pasaron toda su carrera en una base o tal vez se fueron por 3 años y regresaron para terminar su carrera. Sirvieron hasta los 55 años, por lo que pasaron 30 años en esa base. Una fiesta de despedida alemana era un gran acontecimiento.

También me dieron una preciada jarra de cerveza ($ 2) que solo se regaló a los militares alemanes. Fui el primer estadounidense en recibir este honor. Tiene el JABO 33 pintado y mi nombre y fechas grabados en el lid.It de peltre, que normalmente está reservado para los oficiales alemanes retirados que pasaron la mayor parte de sus 35 años de carrera en esa base. Fui el primer no alemán en conseguirlo. No tengo forma de saber si otros han conseguido la jarra de cerveza. Tiene mi nombre y mis fechas de servicio en BuchelGAB grabados en la tapa de peltre. Carolyn pidió delante de todos que se pusieran a mi lado mientras me presentaban la jarra de cerveza". Un oficial debe su éxito a su esposa", como dijo el comandante alemán.

El día en que se suponía que nos íbamos a ir, los alemanes dijeron que querían que cerráramos el teatro y la bolera y que si podía darles un diseño, construirían una nueva instalación cerca de donde estaban nuestros cuarteles y el edificio del cuartel general. Me puse en contacto con Buchel en los años siguientes y me enviaron algunas fotos de las nuevas instalaciones que diseñé ese día.

Carolyn me aconsejó en todo, desde el nuevo club, hasta el teatro y la bolera y todo lo que hice que no estaba clasificado. Nunca cuestionó cuál era mi verdadero trabajo.

32

Más aventuras europeas

Estuvimos mucho tiempo explorando las diversas catedrales y castillos de Europa. Hicimos varios viajes de cuatro horas a Ámsterdam y creo que vimos todos los museos de arte allí, además de pasear por las calles. Visitamos La Haya, Bruselas, Bélgica y muchos otros lugares los fines de semana.

El único otro viaje largo que hicimos allí fue nuestro viaje a Londres, Inglaterra. Gran Bretaña es el único lugar que me gustaría volver a visitar algún día. Fue la única gira que hicimos como miembro de la gira en Europa. Tenían un precio especial para el ejército de los Estados Unidos. Aparcamos en nuestra base de apoyo, la Base de la Fuerza Aérea de Hahn, Alemania, y nos subimos al autobús que nos llevaría hasta allí.

Dormí o leí en el autobús. Era estrecho y aburrido en comparación con conducir el Porsche y tardamos horas en llegar a la costa, donde abordamos el ferry. Afortunadamente, debido a que teníamos tantos estadounidenses en la gira, el autobús se detuvo en paradas de autobús establecidas con restaurantes y baños en lugar de como un autobús típico que simplemente se detendría y dejaría que los pasajeros hicieran sus necesidades a lo largo de la carretera. Los americanos son demasiado modestos. No está lejos de la Europa continental hasta la costa de Inglaterra.

Acababa de salir el sol cuando pudimos distinguir los acantilados blancos de Dover a lo lejos. Atracamos y volvimos a los autobuses. Este viaje en autobús fue más interesante porque había salido el sol y las viviendas inglesas eran muy diferentes de lo que habíamos visto en el resto de Europa hasta la fecha. Incluso los edificios de apartamentos eran diferentes, con paquetes de 6 a 10 chimeneas juntas en lugar de separadas como en Alemania. Algunas casas parecían haber sido Techos de paja como en los libros de cuentos y películas. Nuestro hotel estaba al otro lado de la calle del Royal BritishMuseum, que mostraba los tesoros del Rey Tuts. Nos hubiera gustado ir allí para ver la exposición, pero la fila, o cola como la llaman allí, dio la vuelta a todo el museo dos veces. Nos acercamos y preguntamos a algunas personas en la línea de afuera. Habían estado allí toda la noche y les habían dicho que tendrían suerte si llegaban al día siguiente. Solo íbamos a estar en Inglaterra por días y la gira tenía lugares para que fuéramos, así que eso estaba fuera.

A la mañana siguiente, cuando miramos por la ventana, pudimos ver que las colas del museo seguían allí. El recorrido nos llevó en un viaje en autobús por Londres, yendo a la "City of London" donde hay cientos de bancos y terminando en la Torre de Londres, que es un tipo de estructura de fortaleza con la torre real dentro de la fortaleza. Debajo de la Torre es donde vimos las Joyas de la Corona custodiadas por el Beefeaters.It estaba realmente abarrotado allí abajo. Paseamos por la fortaleza viendo los apartamentos de Ana Bolena en la fortaleza. Está cerca del Tower Bridge, que mucha gente piensa que es el Puente de Londres, pero el Tower Bridge sigue en pie en Londres.

Al día siguiente, nuestro autobús nos llevó al Castillo de Windsor. Había tanta niebla que no podíamos ver los lados de la calle. Finalmente, el autobús aparcó en este pueblo y nos dijeron que cruzáramos la calle, encontráramos el muro y fuéramos a la derecha a lo largo del muro hasta que llegáramos a la puerta. Lo hicimos. No era más que una pared en blanco, del color de la niebla. No podíamos verlo a más de un metro de distancia.

Llegamos a la puerta y tomé una foto de Carolyn con un guardia real. Nos guiaron a través del castillo y a las habitaciones que querían que viéramos. Terminamos comprando algunas fotos del Castillo de Windsor a la luz del sol, ya que solo teníamos fotos borrosas del exterior y fotos oscuras del interior oscuro. Esto fue antes de las fotos digitales, por lo que necesitabas una cierta cantidad de luz, pero no estaba permitido usar flash.

Cuando volvimos a Londres, hicimos algunas compras y me compré un bonito traje de tres piezas con dos pares de pantalones. Luego caminamos kilómetros y visitamos algunos pubs agradables de Londres y hablamos con algunos londinenses reales. Londres, en comparación con la mayor parte de Europa, era casi como estar en los Estados Unidos. Parecía británico. La gente hablaba inglés con acento. Pero allí nos sentimos como en casa. Podríamos leer los carteles en inglés y preguntar a cualquiera por direcciones.

Por supuesto, vimos los campos de tulipanes de Holanda, condujimos a lo largo de los diques y vimos cómo se secaba la tierra. Los pintorescos molinos de viento y los pueblos holandeses fueron oportunidades para tomar fotos mientras hacíamos varios viajes de día y fin de semana a los Países Bajos.

Una cosa interesante que no era graciosa en ese momento, pero que fue memorable en los Países Bajos, fue cuando estábamos paseando a nuestro caniche miniatura y Carolyn soltó su correa. Snoopy se acercó demasiado a un canal de tierra cerca de un molino de viento y se deslizó en el agua turbia y maloliente. No recuerdo cómo lo saqué, pero apestó el auto de camino a casa.

* * *

Otro punto de interés era esta ciudad en miniatura donde varias catedrales, calles famosas, un aeropuerto con aviones y barcos turísticos en ríos en miniatura pasaban por castillos. Eso valió bastantes fotos.

33

Destacados de Alemania

Hicimos muchos viajes por Alemania. Sin límites de velocidad en la autopista y teniendo un Porsche 911 poner toda Alemania a pocas horas de nuestro apartamento. Fuimos a Heidelberg, Alemania, y caminamos por las murallas del castillo. Heidelberg fue uno de los primeros lugares a los que fuimos Germany. It también fue el lugar de nuestro único accidente automovilístico. Estábamos buscando una carretera que nos llevara al castillo y vi una gasolinera para repostar el Porsche en el lado izquierdo de la carretera. El río estaba a nuestra derecha. Tuve que detenerme y esperar a que algunos coches se aproximaran antes de girar a la izquierda. Unos seis coches se detuvieron detrás de mí mientras parpadeaba mi giro.

Luego comencé a cruzar la carretera de dos carriles hacia la estación de servicio y escuché el chirrido de los neumáticos. Mientras miraba a mi izquierda, vi un sedán Mercedes a la deriva alrededor de los autos que se habían detenido detrás de mí y venía a más de 60 mph en una zona de velocidad de 30 mph. Volví a girar a la derecha, pero el Mercedes me enganchó el guardabarros delantero. Llamaron a la policía y el conductor alemán del Mercedes dijo que todo era culpa mía. Como estadounidense, naturalmente yo tuve la culpa. El conductor del VW que había estado detrás de mí dijo que tenía puesto el intermitente y que era una zona de prohibición de adelantamiento de doble amarilla, por lo que no todo fue culpa mía.

Decidimos que cada uno de nosotros arreglaría sus propios autos y nadie tuvo la culpa. El Mercedes intentó alejarse, pero el parachoques y el guardabarros fueron empujados hacia su rueda delantera derecha, que no giraba. Varios espectadores tiraron del metal para que la rueda pudiera girar. Condujo alrededor de una cuadra y se detuvo a la derecha con vapor saliendo de su capó cuando el radiador había sido empujado hacia el ventilador del motor. Conduje mi Porsche se fue con el daño más grave y costoso siendo la lente de plástico de la señal de giro que se envolvió en el costado del guardabarros. No era el plástico, sino el borde cromado de la luz de señalización. Para cuando lo llevé a un distribuidor para reparar el círculo de ocho pulgadas que tenía aproximadamente una pulgada de profundidad en la esquina delantera del guardabarros izquierdo, había doblado la llanta cromada recta.

Después de obtener el presupuesto de reparación, llamé a USA, un seguro que aseguraba a los oficiales militares de EE. UU. en Europa. Apretaron los dientes y preguntaron cuánto. 400 dólares. 200 de los cuales fueron para la luz de señalización. Se sintieron aliviados. Dijeron que el 50% de los Porsche que aseguraron en Europa fueron destruidos o robados en el primer año. De todos modos, esto mostró la fuerza de Porsche frente a Mercedes. Su parachoques debería haber protegido la parte delantera de su automóvil en lugar de moverse hacia atrás cuando simplemente miraba hacia afuera de mi Porsche, Un poco de historia sobre la conducción de un Porsche 911. Si estás en una carretera de montaña y ves una curva marcada a 25 mph e intentas rodearla a 25 mph como si condujeras un sedán, es mejor que te agarres fuerte y estés preparado para la pesada parte trasera del Porsche que se dirige hacia el exterior de la curva. Si va a entrar en la curva a 35 mph y simplemente suelta el acelerador cuando la parte trasera se desliza hacia afuera, el automóvil abandonará primero la cola de la carretera. Si sabe cómo conducir un Porsche, puede ingresar a esa curva a más de 100 mph, pisando los frenos con fuerza para bajar a 70 mph en el vértice de la curva y salir de la curva a más de 100 mph sin ningún deslizamiento o incluso el chirrido de una llanta. Pisar los frenos con fuerza hace que el automóvil se agache y extienda todo el ancho de los neumáticos a la carretera. La aceleración hace que el backend se ponga en cuclillas y obtenga una tracción increíble. He adelantado coches en curvas con las 4 ruedas deslizándose utilizando con cuidado los frenos y el acelerador para derrapar alrededor de ellos. Agregar gasolina te saca y, al soltarlo con cuidado, regresa a tu carril. Suena peligroso, pero el coche tenía un control perfecto en todo momento, ya que podía dirigir el coche añadiendo o reduciendo la aceleración.

Soltar el acelerador en una curva hace que las ruedas traseras se plieguen en el centro, dejando solo una pulgada más o menos de caucho en los bordes exteriores de los neumáticos en el suelo, lo que hace que la parte trasera se deslice incontrolablemente a medida que aumenta la cantidad de caucho en la carretera pasa instantáneamente de las varias pulgadas de ancho de los neumáticos traseros a ese borde exterior de una pulgada del neumático. El Porsche me sorprendió muchas veces siempre y cuando condujera rápido. Conducirlo como un sedán era peligroso.

⁓⁓⁓

Pasamos varios días en Baviera, en el sureste de Alemania Occidental. Caminamos por el largo paseo a través del bosque hasta el Castillo de Neuschwanstein y luego hicimos la visita guiada por el Castillo de Disney. Fue construido por el rey Luis

II, el rey de Baviera, a partir de 1869, utilizando principalmente su propio tesoro real y dinero prestado.

Luego fuimos a uno de sus palacios en medio de un lago, Herrenchiemsee, que es un modelo parcial del Palacio de Versalles que comprende más de 90,000 pies cuadrados y tiene jardines esculpidos que lo rodean como el Palacio de Versalles.

Vimos el Nido de Águilas de Hitler y condujimos a través de Oberammergau, Alemania, donde compramos un recolector de uvas de madera tallada de dos pies de alto y cuatro pulgadas de grosor que cuelga en nuestra pared. Nos alojamos en un pintoresco hotel alemán con una bonita vista de las montañas.

A lo largo de las carreteras de Alemania, particularmente en Baviera, se encuentran estos pequeños santuarios al borde de la carretera que se encuentran cada pocos kilómetros y que con frecuencia representan a un santo. Grandes oportunidades para tomar fotografías.

⁓

Hay que entender que Europa Occidental cabría en el lado oriental del río Mississippi. Podíamos conducir desde Alemania Occidental hasta España en un día. Con nuestro Porsche911 podríamos conducir a Roma en un largo día o a España. Fueron 4 horas a Ámsterdam, 5 horas a Munich, Viena, Austria en un día largo. Debido a las visitas turísticas, pasamos dos días en Viena conduciendo mi Volkswagen Beetle de $ 80 que no superaría las 80 mph. Condujimos el Beetle porque mi Porsche había sufrido un fallo de motor en el camino de regreso de Ámsterdam el fin de semana anterior y el viaje a Viena estaba programado previamente durante la semana.

Me lleva a otra historia. Cuando volvimos a Alemania, después del viaje a Viena, solucioné problemas con el Porsche 911 y encontré un mal resistente a las bujías. Fui al concesionario Porsche, a 80 millas de distancia, y les dije que necesitaba un nuevo resistente. Al principio pensaron que era una barrera lingüística, pero les mostré en el libro de partes lo que necesitaba. Intentaron decir que no listan la resistente como una pieza que pueden pedir y me enviaron de vuelta a su departamento de servicio. El jefe del departamento de servicio había sido el jefe del equipo internacional de carreras de Porsche durante años y hablaba un inglés excelente, aunque con acento. Tampoco creía que fuera una mala resistencia. Insistí en que el mal resistente estaba en la bujía número 6. Dijo que ordenaría una puesta a punto completa para incluir 6 bujías de platino, un cambio de aceite de 9 cuartos, nuevos filtros de aceite y aire, nuevas pastillas de freno en las 4 ruedas, equilibrio y rotación de las ruedas, ajuste de los cables de cambio y embrague, y alineación de las cuatro ruedas. Si fuera el resistente, cobraría el equivalente a 15 dólares, de lo contrario, serían 300 dólares más las piezas. No tuve otra opción y supe que era esa resistencia porque había aislado el problema moviéndolo en el motor para ver cuándo fallaba y lo había dejado en la bujía número 6.

Unas horas más tarde, lo llevó a su pista de carreras de media milla detrás del concesionario y pude escuchar el rugido del motor y el chirrido de los neumáticos. Lo trajo de vuelta, subió a la nueva sala de exposición de coches, quitó una resistencia del motor, lo trajo de vuelta, lo puso en la bujía número 6 y volvió a la pista de carreras. El motor sonaba mejor y los neumáticos chirriaban más fuerte. Lo trajo de vuelta y dijo: "Resiste en el enchufe número 6. Tráigalo de vuelta cuando sea el momento de un cambio de aceite y costará $ 15 cada vez. El resto de mi tiempo en Europa lo tomé para el servicio completo por $ 15 cada vez, lo que apenas cubrió el costo del petróleo. ¡Menuda ganga! Pensó que yo podía saber qué enchufe al conducirlo y debía ser un gran conductor. Nunca le dije que había movido a ese resistente por todas partes tratando de diagnosticar el problema.

34

De vuelta a los Estados Unidos

Mi asignación fue a otra pequeña unidad, Saratoga Springs, Nueva York. My vecinos alemanes comentaron que sería bueno para nosotros conducir los fines de semana para visitar a nuestros padres en Oklahoma y Arkansas desde el norte del estado de Nueva York. Todavía tenía un globo terráqueo en la mesa de café del gobierno alemán y les mostré lo lejos que íbamos a estar de casa en comparación con el tamaño de Alemania. "Nunca nos dimos cuenta de lo grande que es Estados Unidos. No es de extrañar que perdiéramos la guerra".

Teníamos otro amigo estadounidense que estaba destinado en Oklahoma. Su vecino alemán voló a Estados Unidos y los llamó por teléfono para pedir que lo recogieran en el aeropuerto.

—¿En qué aeropuerto? LaGuardia en Nueva York". Necesitas otro avión. Tardaría al menos dos días en llegar a Nueva York.

A Carolyn le gustó mucho nuestra nueva tarea. A ella le encantaban los caballos y allí estábamos al otro lado de la calle de los establos de pura sangre para el famoso hipódromo de Saratoga, a unas 4 cuadras de la pista de trotes, a unas 6 cuadras del hipódromo principal. Saratoga Springs fue agradable en muchos sentidos. En invierno, era una ciudad amigable de unos 25.000 habitantes. La calle principal era de dos carriles. Cuando encendía la luz intermitente izquierda en un semáforo, los autos contrarios se detenían para dejarlo girar a la izquierda para no detener el tráfico detrás de usted. ¿Qué tan amigable es eso? Las tiendas eran pintorescas por sí solas, con vigas de madera oscura expuestas alrededor de las ventanas y puertas con letreros escritos a mano, sin luces intermitentes. Las tiendas eran Amigable para un pueblo pequeño. Fuimos a la Iglesia Episcopal allí, que era casi una iglesia católica formal en su ritual de servicio, con acólitos balanceando quemadores de incienso humeantes por la isla al comienzo del servicio. Era una de las iglesias más grandes de la ciudad, con hermosas vidrieras y vigas oscuras expuestas en las paredes y el techo abovedado.

Era un sitio de radar y mi primera misión real sin municiones. En cambio, tenía partes de radar. Una vez más, como oficial de logística, también estaba a cargo de los servicios de recreación que incluían un bote de esquí acuático, rifles de caza, una gran sala de pesas, juegos de palos de golf que podía ver para jugar al golf en los campos de golf civiles de la ciudad. También volví a tener el salón de comidas que servía a las familias al menos una vez a la semana para una comida razonable, a un costo. Un pequeño economato. Ingeniería civil que incluía plantas de tratamiento de agua para el tratamiento de agua de pozo y aguas residuales. Nos jactábamos de que el agua de nuestras alcantarillas dejaba la base más pura que el agua potable de la ciudad en la mayoría de las ciudades. También tenía todo el mantenimiento del edificio, el mantenimiento de carreteras en la base y las casas base familiares para los otros oficiales.

Elegimos vivir en el centro de la ciudad en un bonito apartamento, ya que no había suficientes viviendas ni siquiera para todos los oficiales y las casas de la base estaban llenas. Todos los alistados casados vivían en las ciudades circundantes en viviendas civiles. Fui responsable de contratar el combustible para calefacción de la estación y de todas las viviendas fuera de la base. Nuestra factura de electricidad era de varios cientos de miles de dólares al año y sólo pagábamos un centavo y medio por kilovatio hora frente a nueve centavos por kilovatio hora para todas las viviendas privadas de la compañía de servicios públicos. Nuestro radar estaba sediento.

Debo mencionar que teníamos el juego de dormitorio de Carolyn y la mesa y sillas de la cocina, pero tuvimos que comprar un sofá y sillas y mesas de la sala de estar. El sofá tenía cojines extraíbles y cajones debajo para el almacenamiento. También compramos estanterías prefabricadas que nuestra hija sigue utilizando hoy, 40 años después.

También teníamos el requisito de tener 30 días de combustible para nuestros generadores en caso de que la energía comercial no estuviera disponible. Esos tanques eran lo suficientemente grandes como para generar durante más de 60 días. Lo utilicé como una forma de comprar combustible en el verano, cuando los precios eran bajos, por lo que tendríamos un precio por galón más bajo durante todo el año. Al llenar nuestros tanques de gasóleo para calefacción y nuestros tanques de generadores a los precios baratos de verano, podríamos transferir el exceso de combustible del generador a nuestros tanques de gasóleo para calefacción y evitar tener que comprar combustible a los precios más altos de invierno. El mismo contrato de combustible también nos permitió llenar los tanques de combustible de las viviendas fuera de la base con combustible al precio de verano más barato, por lo que cuando llegó el invierno, todos los tanques estaban llenos Había varios otros miembros del ejército viviendo en nuestros apartamentos civiles en el centro de la ciudad. Carolyn se puso con ellos mientras yo estaba en el trabajo para visitarlos y hacer cosas artesanales. Pasó mucho tiempo mirando escaparates en Saratoga Springs. Habíamos comprado buenas bicicletas en Europa y fuimos a montar en bicicleta al maravilloso parque de Saratoga Springs. Tenía alforjas en mi bicicleta que usé para llevar a nuestro caniche miniatura al parque. Tuvimos muchos, solo nosotros dos, picnics allí. En el verano, ese parque tiene un área de conciertos al aire libre donde el escenario y algunos asientos están bajo techo y el exceso de personas pueden colocar mantas en el césped en un área tipo anfiteatro, ya que el escenario estaba rodeado por una colina de hierba artificial para que todos pudieran ver y escuchar lo que sucedía en el escenario. Ese teatro no solo tenía grupos musicales populares casi todos los fines de semana, sino que en julio era el hogar de la Orquesta de Filadelfia y agosto era el hogar del Ballet de Nueva York. Se solaparon durante unos días y pudimos ver el Ballet de Nueva York con música de la Orquesta de Filadelfia. ¿Qué tan grande es eso?

Tenía que pasar por los muelles del lago dos veces al día cuando iba y venía del trabajo en la cima de la montaña. Compré un velero Sunfish. En los días cálidos del verano, podía ponerme un traje de baño en el trabajo e ir a navegar durante un par de horas de camino a casa desde el trabajo. Fue idea de Carolyn, que no fue más que otro ejemplo de su absoluto altruismo. No fue el costo en dinero, ya que compré uno usado bonito. Pensé que podríamos disfrutarlo juntos, pero ella solo me acompañó dos veces porque le tiene miedo a las aguas abiertas. Una vez más, ella estaba pensando en mí y se tomó un tiempo para que los dos estuviéramos juntos.

Realmente nunca pensé en todas las horas solitarias en las que estaba con gente en el trabajo mientras ella estaba sentada sola en casa. Qué gran mujer. Desearía poder retroceder en el tiempo y no hacer las cosas egoístas como navegar después del trabajo en Saratoga en lugar de estar con ella en bicicleta hasta el parque.

Carolyn estaba en el cielo cuando tuvieron las subastas anuales de caballos de un año en Saratoga Springs, cerca del hipódromo. Caminamos allí ese agosto. El granero de la subasta es un edificio de ladrillo en forma de herradura. Un lado es plano, el otro redondo. Hay enormes ventanales con un alféizar acolchado de 2 pies de ancho en el exterior para que los espectadores puedan sentarse y ver y escuchar la subasta en el interior que se transmite electrónicamente al exterior. Rolls-Royce, Lincoln y Caddys se alineaban para devorar a los millonarios postores en la puerta principal. Creo que tenías que haber verificado el estado de millonario para ingresar al "granero" de la subasta. El escenario era plano y justo afuera había corrales de ejercicio donde se paseaba a los añeros antes de entrar al escenario. Los postores se sentaban en la herradura redondeada en asientos bien acolchados al estilo de un estadio donde todos podían ver. Ese verano el primer potro de Secretariat se vendió en Kentucky por $1 millón, la primera vez que un potro se vendía por esa cantidad.

Un mes después, en Saratoga Springs, dos potros de Secretariat se vendieron por más de $ 1.5 millones mientras mirábamos, pero nunca fue noticia en comparación con las noticias nacionales de la subasta de Kentucky.

Una noche, Carolyn y yo estábamos paseando por las casas fuera del establo de subastas y mirando los caballos. Cada establo tenía una media puerta en el exterior de los establos para mantener a los caballos, pero se podía caminar hasta las medias puertas y mirar a los caballos. Carolyn vio un caballo en un establo, "Ese es un caballo hermoso. Si tuviéramos el dinero y un lugar para el caballo, ese sería el que elegiría". Una pareja se había acercado detrás de nosotros y el tipo dijo:

"Me alegro de escuchar eso. Lo acabo de comprar". Eran Nelson Rockefeller y su esposa. Hablábamos con ellos como si fuéramos de la misma clase de personas. Siendo él de un viejo dinero y yo siendo el hijo de un maestro de escuela de Oklahoma que hacía Más dinero del que mi padre había ganado, pero ni siquiera cerca de ser rico. Cuando nos fuimos, Nelson preguntó: "¿Estará aquí mañana por la noche?" ¿Fue una coincidencia, un pequeño milagro que tuviéramos una larga conversación con una persona muy rica como si estuviéramos en igualdad de condiciones?

Tuve que decir que no, era una noche de trabajo.

35

La adopción milagrosa

He mencionado que Carolyn no podía tener hijos y que adoptaríamos. Las cosas habían cambiado. Cuando fuimos a Europa en 1972, la adopción de un recién nacido era fácil, pero en 1973 en Roe contra Wade, la Corte Suprema de los Estados Unidos había legalizado el aborto, por lo que adoptar a un recién nacido era muy difícil.

Al final de ese feliz verano en Saratoga Springs, Carolyn y yo decidimos que exploraríamos la adopción. Cuando nos pusimos en contacto con el servicio social de Nueva York, casi se rieron y se negaron a dejarnos presentar la solicitud. Tomé el teléfono y llamé y encontré New York Family and Children Services en Albany, Nueva York, una de las tres ciudades al sur de SaratogaSprings. Cuando llamé, me dijeron que lo olvidara, que la adopción llevaría años y, como yo era militar, probablemente seguiría adelante antes de que mi nombre apareciera en la lista. Le expliqué que habíamos estado en el extranjero y que cuando salimos de los Estados Unidos en 1972 habría sido fácil. ¿Podríamos hacer una cita con un consejero solo para obtener un poco de asesoramiento sobre el nuevo proceso ahora difícil? Dijeron: "Sí, pero tendríamos que pagar por la cita y la investigación. No vamos a investigar, pero no tenemos forma de cobrar solo por una visita informativa".

Acepté de inmediato y a la semana siguiente me tomé un día libre del trabajo y Carolyn y yo fuimos allí para reunirnos con el consejero. Le explicamos que Carolyn no podía tener hijos debido a su defecto genético ahora conocido, donde las dos segundas células no se dividían correctamente. Cuando salimos de los Estados Unidos, Carolyn había sido trabajadora de los Servicios Sociales de Arkansas y estaban buscando parejas que estuvieran dispuestas a adoptar. Había recibido pedidos menos de un año después de casarnos y había pasado los últimos 3 años en Europa solo para volver a casa a los Estados Unidos y descubrir que las reglas habían cambiado.

El consejero dijo que podíamos llenar los papeles para una investigación sobre nosotros, pero que no esperáramos nada en menos de 3 años, y que tendríamos que regresar a Nueva York, pero como yo era militar entenderían si tenía que mudarme antes de que terminaran los 3 años. No podía prometer nada, incluso después de 3 años. Llevamos los papeles a casa, los llenamos, y yo salí temprano del trabajo al día siguiente y los llevé antes de la hora de cierre de las 5 p.m. Esto fue a principios de octubre de 1975. No habíamos usado el tiempo de vacaciones desde que regresamos a los Estados Unidos, así que en Navidad usamos dos semanas para ir a casa a visitar a sus padres en Arkansas y a mis padres en Oklahoma.

Mientras conducíamos hacia allí, una ventisca llegó al norte de los Estados Unidos. Cuando llegamos a Buffalo, Nueva York, las salidas estaban cerradas con caballetes debido a la ventisca, por lo que no pudimos salir de la interestatal. Acababa de poner una radio Citizens Band (CB) ese otoño y los camioneros en la carretera dijeron que la frontera estaba cerrada hacia Ohio, así que seguimos a los camioneros a través de las montañas hasta la interestatal sur a través de Ohio. Para cuando llegamos a Columbus, Ohio, los caminos habían sido arados y estaban secos. El coche rojo estaba casi blanco de sal y, como era un Pacer de American Motors, era redondo y los camioneros nos llamaban bola de nieve en la radio CB.

Llegamos a casa en enero y tuvimos dificultades para encontrar nuestro apartamento debido a los montones de nieve creados por los quitanieves que tenían de 6 a 10 pies de altura. Tuve que usar mi compás interno para llegar a la zona correcta y encontramos un agujero en el banco de nieve que entraba en el estacionamiento. La nieve entre los edificios llegaba casi hasta el balcón del segundo piso, con las aceras aradas para pasar entre los edificios, razón por la cual la nieve era tan alta. Las máquinas quitanieves de las aceras habían arrojado nieve a los lados, creando enormes paredes de nieve casi hasta los balcones del segundo piso. Los habitantes de las unidades inferiores habían quitado la nieve de sus patios y la habían arrojado del edificio desde las aceras.

Solo habíamos regresado unos días cuando Carolyn recibió una llamada telefónica de los Servicios para Familias y Niños de Albany que Tuvieron un bebé al que tal vez querríamos ir a ver sobre una posible adopción. Gran milagro. Se suponía que tomaría un mínimo de 3 años, si es que alguna vez lo hacía, y habían pasado menos de 4 meses desde que lo solicitamos. Por supuesto, salí del trabajo y nos dirigimos directamente hacia allí. Tenían un niño de 3 semanas que había nacido el 21 de diciembre de 1975 y era perfecto. Técnicamente, no podían adoptarlo hasta después de haberlo tenido durante un mínimo de 30 días, pero estaríamos interesados. Pregunta tonta.

Había una ventisca pronosticada de nuevo, así que milagro de milagros se ofrecieron a dejarnos llevarlo esa noche debido a la ventisca pronosticada y que conocían a la madre y sabían que estaría feliz de que lo tuviéramos. Así que aquí estamosen el camino a casa a Saratoga Springs. Nuestro nuevo hijo no tiene nada más que una habitación libre vacía a la que ir. Está empezando a nevar con fuerza. Nos detuvimos en Sears, cerca de la interestatal hacia Saratoga Springs, y entramos en el departamento de bebés con nuestro hijo en brazos.

Los empleados pensaron que estábamos locos por tener un hijo de 3 semanas y comprar todo como si nunca hubiéramos esperado tener un hijo. Realmente se involucraron cuando descubrieron que realmente no sabíamos que íbamos a tener un niño adoptado de la nada. Los empleados se divirtieron guiándonos para comprar cosas de 3 y 6 meses en lugar de recién nacidos. Cargamos fórmula para bebés, ropa, pañales desechables y de tela, mantas y sábanas para bebés, andadores, asiento para el automóvil y una cuna con colchón que tuvimos que atar a los rieles del portaequipajes en la parte superior del AMCPacer ya que no cabía dentro. Tuvimos que raspar un par de pulgadas de nieve ya que habíamos estado en Sears durante una hora comprando todo lo que un bebé podría necesitar durante un mes o más.

Esa noche armé la cuna en la sala de estar y luego la empujé por el pasillo hasta la habitación de invitados al otro lado del pasillo de nuestra habitación, ya que nuestra habitación era demasiado pequeña para nuestra cama más una cuna. No pude hacer el giro hacia el dormitorio, así que tuve que desarmar la cuna nuevamente, moverla pieza por pieza al dormitorio de invitados y ensamblarla de nuevo. Por primera vez, Carolyn no sería una esposa soltera, viviendo sola mientras yo estaba en el trabajo y éramos una familia con niños en lugar de solo una pareja casada. Estaba feliz de tener un hijo, pero Carolyn estaba extasiada. Pensó que nunca tendría hijos y siempre había deseado poder ser otra persona hasta el punto de iniciar y dirigir esa tropa de niñas exploradoras en Europa.

Estaba feliz de tener un hijo al que llamar, pero estaba muy orgullosa de haber ayudado a Carolyn a convertirse en madre. Tanto mis padres como los padres de ella hicieron el viaje a Nueva York para verlo. Carolyn fue una buena madre. Hicimos algunas cosas que fueron inteligentes. Lo despertábamos y le dábamos un biberón mientras veíamos el programa nocturno con Johnny Carson e inmediatamente comenzaba a dormir toda la noche sin tener que levantarse en medio de la noche para alimentarse. Las primeras noches se despertaba y lloraba, y Carolyn escuchaba al instante el primer gemido y entraba y lo acariciaba para asegurarle que no estaba solo hasta que volviera a dormir. Si bien pasaba muchas horas meciéndolo en la mecedora que nos regalan sus padres, no lo hacía a altas horas de la noche y en unas pocas noches él dormía hasta que yo me levantaba a trabajar por la mañana.

Cuando el clima comenzó a calentarse, conseguí un asiento para niños en la parte trasera de mi bicicleta y trasladé las alforjas a la bicicleta de Carolyn para que los cuatro pudiéramos ir de picnic al parque. Missy, la sobrina de Carolyn, vino a visitarnos durante una semana y jugó con Craig en el suelo de la sala. Ourpoodle lo aceptó de inmediato. Cogí una caja grande y una puerta cortada y algunas ventanas para una casita de juegos en la sala de estar, y el perro y Craig entraban y salían de la caja.

El invierno siguiente, Craig caminaba a los 8 meses. Le habíamos comprado un camión volquete que tenía un motor de fricción que sonaba como un camión cuando lo empujaba. Se paraba parcialmente y le daba un empujón, y el motor de fricción lo arrastraba a medida que él lo empujaba. Probablemente ayudó a que caminara temprano. Le compramos todo lo que pudimos encontrar que fuera apropiado para su edad, de un columpio que pusimos en el pasillo donde podía rebotar y empujarse del suelo y rebotar y reír, juguetes de peluche, incluido Quack Quack, un pato de peluche que chupaba cuando no tenía biberón ni chupete. Carolyn tuvo que coser muchas veces y tuvimos que encontrar patos de reemplazo. Ahora, 40 años después, Craig todavía tiene los restos del último Quack Quack.

El invierno siguiente hubo rumores de que iban a cerrar la Estación de la Fuerza Aérea de Saratoga, Nueva York. Llamé a unos viejos amigos y me enteré de que iba a conseguir una asignación como el único estadounidense en una base aérea coreana. Una pluma de encargo de área. Los dos seríamos tratados como miembros de la realeza. Si me levantaba de mi escritorio en el trabajo y agarraba ahat, habría un coche del personal que aparecería en la puerta antes de que yo llegara para llevarme a donde quisiera ir. Tendríamos una casa con un muro alrededor de un gran patio de césped. Si parecía que Carolyn quería ir a algún lugar, para cuando llegara a la mitad del camino hacia la puerta, un coche del personal aparecería en la puerta para llevarla a donde quisiera ir. Nos llevaban a cualquier lugar al que quisiéramos ir o a cualquier restaurante al que quisiéramos ir o a una base de la Fuerza Aérea Americana y cuando no estábamos en la Base Aérea Americana pagaban nuestros hoteles, comidas o lo que fuera.

Sería incluso más remoto que la base aérea alemana de Buchel. Cuando regresamos de Europa descubrimos que el padre de Carolyn había comenzado a tener algunos problemas cardíacos. La asignación coreana fue una asignación remota acompañada de dos años. No quería someter a Carolyn a una asignación aún más remota en la que no habría otros estadounidenses y, con la salud de su padre en cuestión, hice lo que tenía que hacer para evitar la tarea, que era dejar la fuerza aérea escribiendo una carta a la junta de promoción para que el comandante les dijera que no aceptaría el ascenso obligándolos a dejarme salir de la fuerza aérea. El 17 de marzo de 1977, fui liberado y la Fuerza Aérea pagaría para que nos trasladaran a mi casa de registro en Oklahoma, donde me había unido a la Fuerza

Aérea. Me encontré desempleado durante una grave recesión y tenía un poco de dinero para mantenernos mientras cobraba el desempleo. El día que firmé mi salida del servicio activo, regresé a la Estación de la Fuerza Aérea de Saratoga para despedirme de todos los que estaban allí y Descubrí que mientras yo estaba ausente ese día, las órdenes de cerrar la estación habían llegado y todo el mundo recibiría órdenes muy pronto para ir a otro lugar.

36

civiles

Así que aquí estábamos en Norman, Oklahoma, un capitán de la fuerza aérea desempleado, su esposa, Carolyn, y su hijo de un año, Craig. En circunstancias normales, un oficial que saliera de la fuerza aérea sabiendo la fecha durante un año o más, habría podido encontrar un trabajo civil al que ir inmediatamente después de la separación.

Mis padres tenían una pequeña casa de dos habitaciones, pero tenían un garaje separado para un auto con una sala de trabajo. Mi padre la había convertido en una habitación de invitados con un calentador eléctrico y un aire acondicionado de ventana. Nos mudamos. No mucho tiempo después, tenía una tía en la ciudad que era dueña de una bonita casa antigua de 3 dormitorios que estaba vacía y que nos alquilaría razonablemente. Nos mudamos del garaje de mis padres a la casa de alquiler de mi tía, al otro lado de la calle de otra tía y un tío. Tenía varios árboles grandes con un par de años de hojas en el suelo e insectos por todas partes. Empaqué bolsas de hojas de 38 hojas para que los basureros. Descubrí que había sido construida sobre una alcantarilla de aguas residuales que estaba infestada de cucarachas y que la casa tenía arañas. Cuando rocié el árbol de amimosa frente a él, miles de arañas cayeron al suelo. Hice estallar bombas de insectos en la alcantarilla y fumigé arañas en la casa. Al final lo tuvimos casi libre de errores. Al menos una vez a la semana jugábamos al bridge con mis padres y al menos una vez a la semana jugábamos al bridge con mi tía y mi tío al otro lado de la calle. Tenemos una bonita foto de Craig empujando un coche de pedales con nuestro caniche miniatura, Snoopy, supuestamente conduciendo. La tía a la que le alquilábamos no quería al perro en la casa, pero mis otros tíos con los que jugábamos a las cartas nunca se lo dijeron ella y como vivía en California nunca se quejó, aunque estoy seguro de que ella lo sabía.

Tenía varios primos que vivían en Oklahoma con los que visitamos. Vivíamos de los cheques de desempleo y del dinero que teníamos en el banco. Pasé los días visitando oficinas de empleo y consiguiendo periódicos de todo el país en busca de trabajo. Estuve desempleado durante más de seis meses cuando se acabaron los cheques de desempleo. Finalmente encontré un empleador, pero él no me ofrecía el dinero que quería ganar, así que fijamos una fecha para que viniera a trabajar si no había encontrado el trabajo adecuado.

Justo cuando mis cheques de desempleo se agotaron después de 6 meses, esa compañía me llamó por teléfono y me pidió que fuera a trabajar esa noche, un viernes por la noche. Tenía que volar a Dallas, que estaba a solo 4 horas en coche, conseguir un coche de alquiler y presentarme en un almacén cerca del aeropuerto de Dallas Fort Worth. Así que, a las 7 de la tarde, allí estaba yo. Había más de 200 semirremolques esperando ser descargados en lo que parecía ser un almacén lleno. Era un simulacro de incendio. Tenían a gente de la oficina central en San Francisco retorciéndose las manos. Tan pronto como me presentaron, hice un recorrido a pie, detuve la descarga ya que no había espacio vacío en el piso para descargar de todos modos y conseguí que las carretillas elevadoras se movieran para crear pasillos en el almacén para mover las cosas. Puse a trabajar la mitad de las carretillas elevadoras moviendo cosas similares enbásicamente montones de cosas similares y haciendo islotes entre ellas. Cuando despejamos un poco de espacio, conseguí que la otra mitad de las carretillas elevadoras se devolviera a descargar los camiones. A las 2 de la tarde del día siguiente teníamos todos los camiones descargados. A las 8 de la mañana del día siguiente estábamos haciendo envíos aéreos.

Esperaban que pasaran al menos dos semanas para realizar los envíos. Aquel viernes, una semana después de haber sido contratado como ayudante de un subdirector de almacén, me ascendieron a director de almacén completo con el doble de salario que el de la primera semana. Los vicepresidentes de ARAMCO, la gran compañía petrolera de Arabia Saudita, habían venido a ver nuestra increíble operación tan rápido y me conocieron. El viernes siguiente me ascendieron para dirigir un total de tres almacenes en el área de Dallas y una empresa separada de envíos de contenedores. Mi sueldo se duplicó con respecto al viernes anterior y ahora me prometían un 50% más de lo que ganaba como capitán.

El sábado por la noche, cumplimos con el horario de envíos aéreos, nos mantuvimos al día con los camiones que llegaban y habíamos organizado el almacén con letreros de ubicación para indicarnos dónde estaban las cosas para que pudiéramos encontrarlas. Teníamos pasillos lo suficientemente anchos como para trabajar a través del almacén para llegar a los lugares para encontrar los envíos salientes. Esa noche me ofrecieron un trabajo en la base de la Fuerza Aérea Wright-Patterson, Ohio, para estar a cargo de todas las ventas militares de la Fuerza Aérea al norte de África como parte de los Acuerdos de Paz de Camp David. Sería un recorte del 50% en el salario, pero más importante que este trabajo. Antes de irme esa noche, un par de los hombres más experimentados que había contratado me acompañaron a inspeccionar las alarmas de seguridad de ADT.

Usábamos alarmas similares en la fuerza aérea, así que sabía cómo se suponía que debían funcionar. Encontramos varias puertas en las que los sensores estaban desalineados y no habrían funcionado si alguien hubiera cortado las cerraduras y abierto las puertas. Hicimos varias llamadas a ADT hasta que estuvimos seguros de que todos los sensores funcionaban y nos sentimos seguros para disparar y dejar el almacén vacío. Llevé a toda la cuadrilla del almacén a comer para celebrar nuestro trabajo y gastar parte del nuevo salario que aún no me habían pagado.

El domingo, el gran jefe de San Francisco llamó para decir que todos los almacenes, pero el mío había sido robado el sábado por la noche llevándose el 50% de las importaciones de la tienda SEARS de un almacén. ¿Por qué no había llamado? Le expliqué que habíamos comprobado que todas las alarmas funcionaban antes de salir por la noche, y el sábado por la noche me había llamado por teléfono para decirme que había sonado una alarma, pero cuando llegaron, la puerta estaba asegurada y no había nadie alrededor, así que tal vez los mismos malos habían saboteado las alarmas de todos los almacenes que la empresa tenía en todo el país. pero habíamos arreglado el nuestro antes de dejar el almacén sin personal.

El lunes, el gran jefe se ofreció a hacerme entrenador de la parte central de los EE. UU. con un salario enorme. yo iba a alquilar todo el piso de un edificio de oficinas en cualquier lugar del centro de EE. UU. y tengo capacidad de contratación completa para contratar a quien quisiera, y un automóvil de la empresa, por supuesto.

Le dije que iba a rechazarlo y volver a trabajar para la fuerza aérea como un GS-11, que era más o menos equivalente a un capitán, y que ganaba menos que mi salario actual, por no hablar del nuevo puesto. Les di 10 días para que encontraran la manera de arreglárselas sin mí, pero en la semana que había trabajado allí, había convertido el desastre en algo que estaba funcionando mucho más allá de las expectativas y obteniendo el doble de las ganancias que la empresa había planeado.

Mientras tanto, había estado trabajando de 18 a 19 horas al día, estaba muerto de cansancio de todo el tiempo de pie sobre el concreto y apenas tenía tiempo de llamar a Carolyn por teléfono en Norman, Oklahoma. Naturalmente, ella decía que todo estaba bien, ya que era muy capaz, aunque solo estaba sola, con Craig, mis padres, la tía Clara y el tío Lester. Acababa de rechazar que le pagaran muy bien, donde Carolyn podría haber tenido una casa grande y todas las cosas que merecía, solo para que yo pudiera tener un trabajo peor pagado que pensara que valía más la pena. Carolyn estaba contenta con esa decisión. Ella quería que yo tuviera lo que yo quería y me dijo que mientras estuviéramos juntos, eso era todo lo que importaba. Preferiría que fuéramos ricos en experiencia y orgullo que ricos. ¡Qué esposa tan maravillosa que debería haber apreciado más! La amaba y la apreciaba, pero no me di cuenta de cuánto hasta que murió y recordé todos los sacrificios que hizo por mí. Mis padres eran así. Mi padre había rechazado un buen sueldo por ser un buen maestro de escuela.

37

Se establecieron en Dayton, Ohio

Acepté el puesto de GS-11 del servicio civil federal en el Centro Internacional de Logística de la Base de la Fuerza Aérea Wright-Patterson como ventas militares extranjeras de la Fuerza Aérea de los EE. UU. para el norte de África. Esto fue para ponerme a cargo de Egipto, Sudán, Zaire, Marruecos y, técnicamente, Argelia, Libia, Malí, Mauritania, Níger y todos esos pequeños países. Sin embargo, Egipto, Sudán, Zaire y Marruecos fueron los países con verdadera actividad.

Este no fue un movimiento pagado por el gobierno, por lo que tuvimos que empacar nuestras escasas pertenencias que pudimos meter en nuestro AMC Pacer y en el portaequipajes. Había comprado un remolque de tienda de campaña desmontado de la Estación de la Fuerza Aérea de Saratoga cuando se les indicó que vendieran su equipo de servicios rec-reativos, así que empacamos el remolque con todo lo que pudiéramos caber y encontramos una empresa de mudanzas para mover el resto. Antes de irnos de Oklahoma, había hecho reservaciones en un Days Inn Motel ubicado en el centro, lo cual fue un gran error. No sabía que Dayton, Ohio, y el motel resultó ser un motel de luz roja con prostitutas por todas partes y un motel no tan limpio. Estaba muydecepcionado en Days Inn. La primera noche allí, Carolyn estaba tratando de bañar a Craig en el lavabo del baño y se resbaló, Carolyn lo atrapó antes de que cayera al suelo, pero se golpeó la cabeza contra el borde del mostrador de fórmica cortándole la parte posterior de la cabeza, así que a las 10 p.m. fuimos a buscar un hospital sin idea de dónde estábamos. Encontramos un hospital después de obtener direcciones, luego encontramos un letrero de hospital en la interestatal y regresamos al motel, además de algunos puntos de sutura en la cabeza alrededor de las 2 a.m.

Me levanté a las 6 de la mañana el 31 de octubre de 1977 en Halloween.Milagro o coincidencia. Era el primer día de un período de pago, así que por casualidad tuve que levantarme temprano para encontrar la base y presentarme a trabajar. Recuerde, no había GPS en esos días, solo Mapas. Gracias a Dios, Carolyn era flexible y capaz. Nada la desan-imó. Ahora me maravillo de todas las cosas que hizo por su cuenta sin mí.

Me inscribí para trabajar, encontré dónde me sentaría, me reuní con mi supervisor y luego pude irme temprano. Encontré un apartamento amueblado justo afuera de una de las puertas de la Base de la Fuerza Aérea Wright-Patterson. Luego regresé al Days Inngetting allí alrededor de las 3 p.m. y rescaté a Carolyn y Craig. No quería cometer otro gran error con el apartamento, así que la llevé a ver el apartamento. Era bastante malo, pero la mayoría de las personas estaban asociadas con la base aérea, por lo que era segura y la gente era amable. Resultó que era el único apartamento amueblado con alquileres mensuales que encontré allí. Todas las unidades estaban amuebladas, un dormitorio/sala de estar/cocina/comedor como una gran habitación con paredes que separaban el dormitorio del resto, con las únicas puertas siendo la puerta principal y el baño. Probablemente fue un motel fracasado en un momento. No había unidades de dos pisos y consistía en una calle en el medio y unas 30 yardas de apartamentos a ambos lados de la calle.

Naturalmente, Carolyn dijo: "Está bien". Al menos estábamos fuera del "semáforo rojo" Days Inn Motel en Dayton y ahora en Fairborn, Ohio, la pequeña ciudad al lado del Área A de la base aérea. La oficina de los apartamentos acababa de cerrar cuando llegamos a la oficina, pagamos dos meses de alquiler, un mes como depósito y el siguiente mes de alquiler, obtuvimos las llaves del apartamento.

Resultó que estos apartamentos de una habitación en mal estado estaban alquilados en gran parte a otras personas que se acababan de mudar a la base y no habían encontrado una vivienda más permanente, por lo que estábamos entre amigos.

Regresamos, salimos del motel y cogimos el remolque que estaba en el estacionamiento del motel y lo estacionamos en uno de los dos lugares de estacionamiento asignados a ese apartamento. Desempacó el auto y sacó la cuna de Craig del remolque. Luego compramos algo de comida rápida y algunos comestibles en una tienda para llevar a nuestro apartamento. Preparé la cuna y nos desplomamos.

Mientras estaba en el trabajo al día siguiente, Carolyn trajo cosas del remolque de la tienda y se acercó a una tienda de conveniencia a una cuadra de los apartamentos y conseguí algunos comestibles adicionales. Al día siguiente, en el trabajo, me acompañaron para reunirme con los grandes jefes y me entrevistaron de nuevo. Me permitieron salir temprano de nuevo, así que Carolyn, Craig y yo fuimos en busca de una casa para comprar. Encontramos a un agente inmobiliario que nos mostró fotos de casas en venta que estaban fuera de nuestro rango de precios o que estaban en mal estado en vecindarios cuestionables, o demasiado lejos para considerar conducir al trabajo en la base todos los días.

Durante los siguientes días, pasé un día completo de trabajo con un mentor para que me ayudara a aprender el nuevo trabajo. Mientras que antes, tenía mi propio sistema de suministro y todo lo que gestionaba estaba ahí para tocarlo. Había manejado el presupuesto y la financiación diaria. Ahora tenía millones de dólares de dinero extranjero de los que rendir cuentas y ninguna mercancía que pudiera tocar porque estaba ubicada en plantas de contratistas y aún no se había fabricado o estaba almacenada en los centros de logística aérea, gran parte de ella en la Base de la Fuerza Aérea Kelly en San Antonio, Texas o en la Base de la Fuerza Aérea Warner-Robins al sur de Atlanta, Georgia.

Cuando llegué a casa, íbamos de un lado a otro en busca de casas, buscábamos casas en los periódicos y luego íbamos allí la noche siguiente después del trabajo. Al conducir, encontré un automóvil deportivo convertible de dos asientos Triumph Spitfire amarillo usado que era barato y lo compré al contado. Ese sería mi coche de trabajo y Carolyn tendría el Pacer para conducir durante el día. Pasamos el fin de semana buscando casas. El lunes siguiente conduje el Spitfire al trabajo y Carolyn anduvo en busca de casas. Carolyn encontró una zona de viviendas no muy lejos de la base que era una edición de viviendas muy bonita y grande que estaba poblada por mucha gente de la base. Era un desarrollo de Ryan Homes. Las calles eran anchas, con muchas zonas verdes entre ellas, por lo que las casas no estaban apiñadas entre sí. Los patios no eran grandes y las casas estaban bastante juntas, pero muchas de ellas se apoyaban para abrir áreas comunes cubiertas de hierba y sin mejorar.

La oficina de ventas estaba cerrada a las 5 de la tarde, por lo que no pudimos entrar. El agente inmobiliario nunca nos había hablado de esta zona. Aprobé absolutamente la adición, pero no sabíamos los precios. Las casas eran principalmente de ladrillo revestidas en el frente con vinilo o Revestimiento de aluminio en el resto de la casa. Muchos tenían cercas de privacidad en los patios traseros o cercas de alambre. Realmente queríamos una cerca para nuestro caniche para que no tuviera que ser paseado en el invierno. Hasta ahora, el invierno no ha sido malo. Sin nieve y no hace tanto frío. Pudimos ver varias casas en construcción y caminamos por algunas de ellas que aún no tenían puertas para tener una idea del tamaño. Las paredes eran de dos por cuatro, pero podíamos ver los diseños. No había muchas casas de un piso estilo rancho. En las colinas, un lote se dividía a nivel con un garaje y un semisótano debajo de la casa principal de arriba. Muchas eran casas de dos pisos con el garaje debajo de los dormitorios principales y una sala de estar detrás del garaje.

No vimos letreros de venta en las casas más antiguas o más nuevas. Mientras yo estaba en el trabajo, Carolyn fue a la oficina de ventas y consiguió folletos que mostraban fotos de casas terminadas con cortinas y muebles para mostrar. Todas las casas eran parcialmente prefabricadas con paredes, cerchas de techo, revestimientos, ventanas y puertas entregadas en semirremolques y ensambladas en el lugar para una casa.

Esto nos pareció genial. El costo de estas casas era razonable y la construcción prefabricada sería rápida. El plazo más largo para una casa fue el trabajo de hormigón. Todas las casas de dos pisos estaban en un sótano completo, lo que aumentó enormemente los pies cuadrados. El nivel inferior de las casas de dos niveles era básicamente un sótano con una pared abierta para una puerta de garaje y una pared que separaba el área del sótano del garaje. Eso significaba que podíamos comprar una casa nueva por menos de una casa personalizada existente y poder mudarnos casi tan rápido como comprar una casa existente.

El agente inmobiliario había explicado que obtener un préstamo para la vivienda y cerrar la venta de una casa de segunda mano existente llevaría de 3 a 6 meses, lo que parecía mucho tiempo para vivir en ese pequeño apartamento en el que vivíamos. Carolyn pasó un par de días buscando un mejor apartamento para esos 3-6 meses, después de que finalmente encontramos una casa que queríamos comprar en un vecindario en el que queríamos vivir cerca del trabajo. No había muchas casas existentes en venta cerca de Navidad. La primavera vería muchas casas en venta, pero ahora era mediados Noviembre y la gente no buscaba moverseNavidad.

Ese sábado fuimos a la oficina de ventas de Ryan Homes. Tenían algunos sótanos ya vertidos y con su financiación podíamos solicitar un préstamo VA sin pago inicial allí mismo y, mientras esperábamos la financiación, completarían la casa con las opciones que queríamos y posiblemente podríamos mudarnos para Navidad. Estábamos limitados a las casas donde ya había un sótano vertido debido a la llegada del invierno. Si no cogiéramos uno de los sótanos pre-vertidos tendríamos que esperar hasta febrero para mudarnos. Las 40 casas que se están construyendo ya estaban pre-vendidas y tenían otras 10 casas que tuvieron que ser terminadas antes que la nuestra.

Así que, para poder salir de ese pequeño apartamento en Navidad, nos limitamos a los sótanos ya vertidos. Después de mirar los diferentes planos, terminamos eligiendo la segunda casa más cara para esa subdivisión, la Vicksburg, que, si se contaba el sótano y el garaje, tenía unos 3300 pies cuadrados. Tenía un garaje para dos autos debajo de un gran dormitorio principal que iba desde el frente hasta la parte trasera de la casa con su propio baño. Un dormitorio muy pequeño al lado del dormitorio principal y frente al baño del pasillo de arriba que sería una guardería si logramos adoptar un segundo niño, un dormitorio de tamaño mediano que sería la habitación de Craig, y un enorme dormitorio de 20 pies por 12 pies encima de la sala de estar para una habitación de invitados. La planta baja tenía una sala de estar de 18 pies por 11 pies con una chimenea funcional de ladrillo con una limpieza de cenizas exterior, un medio baño, una cocina decente, un área de desayuno perfecta para la mesa de comedor y las sillas de Carolyn cuando obtuvimos nuestros muebles almacenados, una sala de estar de 20 por 12 si no contaba la entrada y las escaleras al segundo piso y un área de comedor formal de 10 por 11.

El pago de nuestra casa con intereses, seguro y capital sería de unos 500 dólares al mes o casi uno de mis dos cheques de pago al mes. Mi sueldo era de unos 700 dólares cada dos semanas antes de impuestos y seguro médico. Básicamente, tendríamos solo $500 al mes para servicios públicos, comestibles, ropa, etc. Todavía tenía casi 10.000 dólares en el banco y mi trabajo en la administración pública debería estar seguro con mi preferencia de veterano. De hecho, el VA no me dio dinero en efectivo, pero confirmó mi condición de veterano discapacitado, por lo que me costaría mucho perder mi trabajo. Nuestros dos autos estaban pagados ya que tenía el efectivo para pagar ambos cuando los compramos. El Triumph Spitfire era lo suficientemente simple como para que pudiera arreglarlo yo mismo si se rompía y el Pacer solo tenía unos 3 años y no debería tener nada grave por un tiempo.

Ahora, solo teníamos que esperar a que se construyera la casa en el sótano existente, encontrar algunos muebles y electrodomésticos y simplemente explorar Dayton.

Desastre. A medida que se acercaba la Navidad, todavía no habían entregado nuestra casa en camiones y no pudimos obtener ninguna respuesta, pero era obvio que no nos íbamos a mudar a nuestra nueva casa antes de Navidad como dijeron. Con el tiempo nos enteramos de que la pared trasera del sótano de nuestra casa se había derrumbado después de una gran lluvia y una fuerte helada. Sin tener el peso y la resistencia de la casa en sí, el hormigón no tenía la resistencia y se había derrumbado. Ahora hacía demasiado frío para volver a verter la pared del sótano.

Naturalmente, Carolyn se mantuvo estoica, nunca se quejó, mientras yo estaba furioso, de que la casa que le había prometido para Navidad no tuviera una fecha programada de terminación. Amenacé con cancelar nuestro contrato y buscar otra cosa, pero Carolyn había elegido el ladrillo, el color del revestimiento, las alfombras y decidió qué cortinas compraríamos para que combinaran con las alfombras.

Decoramos el apartamento para Navidad lo mejor que pudimos con nuestros muebles y adornos en el almacén. Nuestro año de almacenamiento desde mi separación de la fuerza aérea expiraría el 17 de marzo y ella estaba segura de que para entonces tendrían la casa terminada. Como siempre, Carolyn me tranquilizó para que pasara. Regresamos a Oklahoma y Arkansas para Navidad con nuestros padres. Eso agotó todo el tiempo de vacaciones que había ganado en los dos meses que había trabajado.

38

Política

A mediados de enero me había instalado en mi nuevo trabajo y trabajaba casi sin supervisión. Estaba entregando aviones de carga C-130 y F-5 a Egipto y haciendo el trabajo de tierra para entregar aviones de carga C-130 a Sudán. Había llegado a conocer a nuestro embajador en Marruecos y a la gente de la embajada marroquí por teléfono y mensajes electrónicos codificados de ida y vuelta. El negocio marroquí consistía principalmente en la entrega de piezas de repuesto para sus aviones, por lo que era rutinario, a pesar de que casi a diario había mensajes y llamadas telefónicas de ida y vuelta.

La actividad egipcia estaba realmente aumentando porque, como parte de los Acuerdos de Paz de Camp David, Arabia Saudita había acordado pagar por los aviones y las piezas de repuesto egipcios y sudaneses. Mi idea de simplificar el proceso de un rápido aumento de la actividad era establecer un destacamento estadounidense en esos dos países que serían mis homólogos en lugar de tener que trabajar a través de las embajadas en los ahora múltiples mensajes por día que fluyen de un lado a otro. Los embajadores tenían que traducir los términos de suministro a un personal de un país extranjero que no entendía y luego averiguar cómo solicitarme los artículos en los Estados Unidos.

Esto requirió reclutar a un oficial militar y personal de nuestra Fuerza Aérea para trasladarse a esos países, establecer una oficina, conseguir vivienda, conseguir muebles y vehículos, organizar los envíos a ese país. Sudán estaba en la etapa de conversación, así que no tuve que preparar nada para ellos todavía, pero estaba llegando.

Finalmente habían entregado el primer camión que transportaba las vigas del piso para nuestra casa de Vicksburg, por lo que solo fue cuestión de un par de semanas antes de que finalmente pudiéramos tener nuestra casa. Cuando tuve que ir a TDY (servicio temporal) fuera de la ciudad, sentí que dejaba a Carolyn en buenas condiciones.

Habíamos encontrado los electrodomésticos, el sofá de la sala, los sillones, la cafetera y las mesas auxiliares en una tienda de Fairborn que no parecía gran cosa, pero estaba repleta de cosas. No nos gustó mucho lo que tenían en stock, pero cuando se enteraron de que íbamos a comprar muchas cosas para una casa nueva (con nuestros $ 10,000 restantes) nos ofrecieron un trato. Podíamos buscar cualquier cosa en cualquiera de sus catálogos, tomar el precio de lista, tomar el 50% del precio y agregar $ 20 a cada artículo y ellos ordenarían todo y lo entregarían en nuestra nueva casa. Poco después de haber elegido los muebles del comedor y un nuevo juego de dormitorio para nuestro dormitorio, nos mostraron algunos electrodomésticos Frigidaire que habían comprado de fábrica cuando GeneralMotors decidió dejar de fabricar Frigidaire y vendió la marca a White-Westinghouse. Estos fueron los últimos electrodomésticos fabricados por la fábrica Frigidaire en Dayton, Ohio. Compramos una estufa de cocina, un refrigerador grande por encima y por debajo (todavía no tenían congeladores de refrigerador uno al lado del otro) con hielo, agua y tres sabores de bebidas de frutas en polvo a través de la puerta, y lavadora y secadora. Nos los vendieron al 50% del precio normal de Frigidaire y mucho más baratos que cualquier otro electrodoméstico nuevo que pudiéramos comprar en cualquier lugar. Guardarían todo gratis hasta que nuestra casa estuviera terminada. Entonces, parecía que todo estaba listo.

Mi supervisor directo me acompañó al Centro de Logística Aérea de Warner Robins en Warner Robins, Georgia, para reunirme con el gerente del C-130 y su personal con el que trabajaría para entregar los C-130 a Egipto y Sudán. Volamos al Aeropuerto Internacional de Atlanta y luego a Macon, Georgia, alquilando un automóvil para conducir el resto del camino hasta Warner-Robins. En la noche del 25 de enero, mi supervisor y yo acabábamos de comer en el Club de Oficiales de la Base de la Fuerza Aérea Warner-Robins y estábamos tomando una copa. Debíamos salir para ir a nuestro avión a las 6 a.m. de la mañana siguiente para llegar a Dayton a las 10 a.m. e irnos a casa. Mientras estábamos sentados allí, un televisor a color en la esquina mostraba una línea azul en negrita que se acercaba a Ohio y me levanté y fui a donde podía escuchar el pronóstico del tiempo. Predecían una gran ventisca para Ohio a la mañana siguiente. Mi supervisor se había levantado y se había unido a mí para ver qué había pasado.

llamó mi atención y comentó: "No creo que vayamos a casa mañana".

"Tenemos que hacerlo. Mi esposa está atrapada en un apartamento de una habitación sin chimenea con mi hijo de dos años".

Mi supervisor se habría contentado con pasar el fin de semana en Warner Robins, Georgia, lejos de la nieve, pero acordó que intentaríamos volver a casa. A la mañana siguiente, nuestro vuelo había sido cancelado y la Base de la Fuerza Aérea Wright-Patterson fue cerrada por el resto de la semana. Logramos obtener un vuelo más tarde y a las 3 p.m. fuimos el primer avión comercial en aterrizar en Dayton la tarde del 26 de enero de 1977. La noche y la mañana anteriores Dayton tuvo vientos huracanados con un pie de nieve cayendo encima de 16 pulgadas de nieve preexistente. Cuando volamos, el cielo aún estaba oscuro, pero lo peor de la tormenta había pasado. El estacionamiento había sido parcialmente arado. Cuando llegué a mi Triumph Spitfire, apenas pude reconocerlo. Primero limpié el capó, el techo y el maletero para asegurarme de que era mi pequeño coche usando mi maletín y un raspador. Luego aparté la nieve de la puerta del conductor para poder abrirla. Cuando pude abrir la puerta, parecía una cueva de hielo. Había nieve que llenaba el coche hasta la parte inferior de las ventanillas con estalactitas de nieve de la capota descapotable. Recogí la nieve, de nuevo con mi maletín y las manos congeladas hasta que pude entrar, saqué el estrangulador manual y giré la llave. Se encendió de inmediato. Para entonces, mi supervisor me había encontrado y me había explicado que su nuevo Cadillac no arrancaba. Limpiamos el asiento del pasajero lo mejor que pudimos y luego derribamos la deriva detrás del automóvil para que pudiera retroceder hacia los pasillos arados del estacionamiento. Las carreteras desde el aeropuerto habían sido parcialmente aradas, pero el camino era lento.

Para cuando llegamos a una estación de servicio con café y baño, el motor había fallado. Cuando abrí el capó, no había señales del motor, ya que estaba cubierto de nieve. Quitamos un poco de nieve, tomamos nuestro café y nos dirigimos a Fairborn,

Ohio, por la carretera interestatal que había sido arada. Cuando pasamos por Fairborn, todas las salidas estaban cerradas con derivas de 10 pies. Cuando llegamos a la En la última salida, decidimos que embistiríamos la deriva y veríamos qué tan cerca podíamos llegar a una calle de Fairborn que podíamos ver que había sido arada y caminaríamos el resto del camino si era necesario.

Mi Spitfire tenía mucha poca potencia y había estado usando gasolina probablemente a 8 millas por galón en comparación con sus 30+ millas por galón normales. De todos modos, no íbamos a llegar muy lejos sin conseguir gasolina y faltaban kilómetros para la siguiente salida interestatal. Subí a toda la velocidad que pude, alrededor de 50 millas por hora y nos desplazamos sobre la parte superior de la acumulación de nieve de 10 pies y bajamos a la calle de abajo a aproximadamente 5 millas por hora. Su esposa lo recibió en un bar en su vehículo todoterreno y yo fui al edificio de apartamentos después de llenar el tanque de gasolina. Al llegar a los apartamentos, había ventisqueros que casi cubrían los coches. La antena CB de 10 pies del Pacer y parte del portaequipajes era todo lo que mostraba del automóvil. No había lugar para aparcar, pero al otro lado de la calle no parecía que hubiera un coche allí, así que aceleré y me acerqué a la deriva hasta que el coche se detuvo. Cogí mis maletas y llegué a la puerta del apartamento. Carolyn le pidió a un vecino amable que sacara la puerta de la puerta para que pudiera abrir la puerta principal.

Naturalmente, Carolyn se alegró de verme y se sorprendió de que hubiera llegado al aeropuerto. La última noticia que había escuchado era que el aeropuerto estaba cerrado. Dijo que todo el edificio tembló toda la noche, puso toallas debajo de la puerta principal porque la nieve caía debajo de ella hasta la mitad del piso. Afortunadamente, nunca se quedó sin electricidad, pero el apartamento había bajado a 60 grados porque no podía soportar el frío y las corrientes de aire que entraban. Cuando llegué allí, el viento había disminuido por completo y el apartamento se había calentado a más de 70 grados. Estaba oscureciendo. La temperatura esa noche fue de 18 grados bajo cero. A la mañana siguiente, el sol había salido y la temperatura había subido a unos agradables 35 grados. Salí a ver si podía arrancar mi Triumph Spitfire. Arrancópero apenas corría con mi pie empujando el pedal hasta la mitad del suelo. Abrí el capó para ver si había caído más nieve durante la noche. No lo había hecho y parecía estar bastante seco. Quité el filtro de aire y descubrí uno de los Dos carburadores estaban congelados y cerrados, lo que explicaba por qué no tenía potencia. Tomé un destornillador grande y rompí el pistón del carburador y luego volví a arrancar el automóvil, que ahora sonaba como normal a pesar de que todavía estaba sentado encima de varios pies de nieve y a un par de yardas de la isla arada en el estacionamiento. Giró hasta la zona arada y llevé a Carolyn y Craig a buscar una buena comida caliente en un restaurante y luego a una tienda para comprar una pala de nieve. Pasé horas paleando el Pacer. Algunos vecinos salieron a ayudar hasta que quedó libre de nieve y pude abrir las puertas. Revisé debajo del capó y había sido estacionado lejos del viento y estaba libre de nieve. Miró hacia arriba.

Luego ayudé a otros vecinos a sacar sus autos hasta que comenzó a oscurecer. A la mañana siguiente, habíamos sacado un lugar de estacionamiento para el Spitfire y tomamos el Pacer para dar una vuelta por el área. Nos dirigimos a donde supuestamente se estaba construyendo nuestra nueva casa y encontramos vigas del piso por todas partes y sin signos de trabajo. Uno de mis nuevos vecinos, dijo que había estado fumando un cigarrillo cuando escuchó un fuerte estallido y las vigas del piso de sierra volando por el aire como si mi sótano hubiera explotado.

El lunes me fui a trabajar. Las temperaturas ahora eran frías pero casi normales y el cielo estaba despejado, lo que hacía que el sol se sintiera bien. Hubo muchas historias de ventisca y mucha gente no pudo entrar porque todavía estaban nevados y esperando quitanieves.

Llamé a Ryan Homes para hablar de mi casa y no sabían nada. Finalmente, el viernes dijeron que la pared del sótano había vuelto a ceder y que no tenían horario para arreglarla, diciendo que podría ser abril antes de que terminaran la casa. Naturalmente, me dio un ataque. Nuestros muebles tenían que estar fuera del almacenamiento antes del 17 de marzo o tendría que empezar a pagar por el almacenamiento.

Después de otras dos semanas sin que sucediera nada en nuestra casa, se pusieron a trabajar en ella y la completaron rápidamente. Nos mudamos en la primera semana de marzo después de haber pasado cuatro meses en ese pequeño apartamento. Carolyn nunca se quejó, aunque tenía que haber sido miserable. Yo iba a trabajar y trabajaba con otras personas todo el día mientras ella estaba Principalmente solo en ese pequeño apartamento. Creo que hizo muchas compras sin comprar mucho solo para mantenerse cuerda. Instalamos nuestros electrodomésticos y entregamos los muebles de la tienda en el centro de la ciudad y del contratista de mudanzas y almacenamiento de la fuerza aérea. Trabajaba horas ridículas principalmente en Egipto y eso dejaba a Carolyn para desempacar todo ella misma y averiguar dónde ponerlo. Salía a trabajar a las 7 de la mañana y, por lo general, llegaba a casa alrededor de las 6 de la tarde. Ella servía la cena y luego yo instalaba estantes y la ayudaba con los objetos más pesados, luego iba a trabajar al día siguiente.

Desafortunadamente, me llamaron al trabajo varias veces cada fin de semana. El director de logística internacional era el único autorizado para recoger y responder los mensajes inmediatos de las operaciones, pero leía el mensaje y luego me llamaba para escribir una respuesta, ya que pediría detalles de los que solo yo podía saber la respuesta. Yo redactaba el mensaje, lo escribía yo mismo, ya que no teníamos secretarias trabajando el fin de semana, luego él firmaba el mensaje y lo llevaba al centro de mensajes y lo enviaba con su firma.

Se cansó de eso y, a pesar de que yo era solo un GS-11 en ese momento, obtuvo una autorización especial del comandante general de 4 estrellas del Comando Logístico de la Fuerza Aérea para permitirme recoger los mensajes y enviarlos bajo mi humilde firma. Las reglas decían que debías ser al menos un coronel de pleno derecho o un equivalente al GS-15, pero hicieron una excepción porque yo dirigía el espectáculo en el norte de África por mi cuenta y los coroneles y generales de la base solo tenían una idea pasajera de lo que estaba sucediendo. Los mensajes recibidos siempre estaban bajo la firma de los embajadores americanos de esos países, por lo que estaban autorizados a utilizar la prioridad inmediata de los mensajes. No habían inventado los teléfonos seguros, por lo que la única forma rápida de obtener respuestas era a través de los servicios seguros de mensajes de teletipo en el gobierno. Un mensaje inmediato de operaciones requería una respuesta dentro de las 24 horas, por lo que me llamaban al trabajo cada vez que llegaba uno de cualquier país del norte de África.

Carolyn finalmente tenía la casa bastante bien preparada. Teníamos los nuevos muebles de dormitorio en nuestro dormitorio principal y su antiguo dormitorio principal en la gran habitación de invitados. Nuestros nuevos muebles incluían una litera para la habitación de Craig. Habíamos quitado los lados de su cuna para que los usara mientras esperábamos que nuestra casa estuviera terminada para que nuestros muebles pudieran ser entregados. Teníamos una pared entera de su dormitorio empapelada con un enorme diorama de Star Wars. Lo había llevado a ver la película original de Star Wars en un cine cuando solo tenía unos 18 meses y estaba paralizado y buscaba cualquier cosa que Star Warshe viera en las tiendas, por lo que ya tenía muchos juguetes de Star Wars.

Craig era físicamente muy avanzado para su edad, pero en realidad no había hablado mucho. Una noche leí un cuento infantil de Craig y estaba trabajando con él en libros de lectura tempranos. Craig y yo mirábamos por la ventana de su dormitorio. Empecé a preocuparme de que no dijera frases hasta que salió con su primera frase completa y muy perspicaz: "Me pregunto si hay otros seres inteligentes en un planeta alrededor de una de esas estrellas por ahí".

A partir de ese momento habló como un adulto. En lugar de preocuparse de que no hablara a los dos años, ahora hablaba como un niño de 1º o 2º grado y leía libros para un niño de escuela.

Estaba abrumado en el trabajo. Recibía llamadas telefónicas del presidente Carter, el secretario de Estado, el secretario de Defensa, muchos subsecretarios y oficiales generales, así como una correspondencia masiva con las diversas embajadas. De vez en cuando me llamaban para informar al comandante general de 4 estrellas del Comando de Logística de la Fuerza Aérea y el director de logística internacional venía a escuchar. Estaba trabajando en modo de crisis, principalmente respondiendo a los grandes apostadores, e incapaz de hacer las tareas diarias de mi trabajo. Mi bandeja de entrada solía tener más de un pie de altura y tenía otros 2 pies de correo sin respuesta que dejaba para cuando tenía tiempo. Algunos de los otros gerentes de logística internacional me ayudarían revisando las impresiones diarias de la computadora de las solicitudes de suministro de rutina y emitiendo las órdenes de envío. No tenía tiempo para cosas rutinarias.

Finalmente, crearon una nueva oficina solo para Egipto y la dotaron de personal a 15 personas para quitarme parte de la carga. El arduo trabajo en Egipto ya se había completado para entonces y teníamos un equipo en el país de otra docena de miembros de la fuerza aérea. El único trabajo que quedaba era el seguimiento del trabajo diario de envío de piezas y facturación a la cuenta de financiación egipcia establecida por Arabia Saudita. También había un equipo de contratistas en Egipto para ayudar con el mantenimiento de las aeronaves. Eso fue bueno, ya que no tuve tiempo para la rutina porque Sudán ahora estaba tomando mucho tiempo con más grandes apostadores mientras establecíamos los procesos y los pedidos de aviones y la colocación inicial de piezas para esos aviones. Hubo que establecer equipos de contratistas para Sudán y un homólogo en el país para mí en Sudán, lo que requirió trabajar a través de la embajada de Sudán para encontrarle un apartamento, comprar y enviar muebles a ese apartamento, adquirir un vehículo para que él condujera e instalar teléfonos en su apartamento y en su oficina en la base aérea de Sudán. Ese gerente en el país fue aceptado, mientras que el país de Sudán no quería a lo que consideraban "espías" de la embajada.

Carolyn, a su manera estoica y eficiente, se encargó de todas las compras, la limpieza, la cocina, el cuidado de los niños y el pago de todas nuestras facturas. Estaba en un estado constante de pánico porquedespués de pagar la cuota mensual de la casa, no quedaba suficiente dinero para pagar todas las facturas.

En la temporada navideña de 1978, todos los altos cargos del gobierno sudanés vinieron a firmar el acuerdo para comprar aviones y apoyo de la Fuerza Aérea de los Estados Unidos. Pasé varios días informándoles sobre lo que había hecho hasta la fecha y lo que había planeado para sus millones de dólares en dinero saudí. Visitaron varias otras bases y terminaron sus últimos días antes de Navidad en Ohio. Todo el trabajo estaba terminado, todos los documentos firmados y tenían el día libre.

Cuando llegaron por primera vez a los EE. UU., todos nos conocimos en el Centro de Logística Aérea de Warner Robins en Georgia. Teníamos conductores de USAir Force para la pequeña flota de coches de personal que habíamos organizado para ellos. Todos habían recibido formación en la Unión Soviética y habían oído hablar de los campos de concentración de Estados Unidos para los negros en nuestro país, por lo que pidieron a los conductores de la Fuerza Aérea de los EE. UU. que los llevaran allí. Los conductores no tenían idea de lo que querían, así que pidieron que los llevaran a los barrios bajos de WarnerRobins, pero no había ninguno, así que los llevaron a Macon, Georgia, y trataron de mostrarles lo peor. Lo peor que pudieron encontrar fue lo que consideraban viviendas de clase media alta en Sudán, por lo que a la noche siguiente pidieron encontrar los barrios bajos de Atlanta con el mismo resultado.

A la tercera noche, preguntaron si podían conducir ellos mismos los coches. Tenían licencia de conducir internacional y estaban protegidos diplomáticamente, así que les entregamos las llaves para que pudieran conducir ellos mismos. Durante las dos semanas siguientes recorrieron Georgia, California,

Washington D.C. y, finalmente, Ohio sin encontrar lo que les habían dicho en el entrenamiento de la Unión Soviética. En ese momento, confiaban más en nosotros. Me enteré de que después de la primera semana algunos de ellos estaban recogiendo prostitutas y llevándolas a moteles sombríos. En ese momento, estábamos obteniendo autos civiles de alquiler en lugar de arriesgarnos a que los vieran en autos del personal etiquetados por el gobierno. Alquilaron coches de lujo en lugar de conducir nuestros coches de personal.

Los sudaneses de alto rango vivían en las dependencias de los oficiales visitantes y sus ayudantes en las habitaciones estándar. Fui a visitar a los peces gordos y luego bajé para encontrar a sus asistentes sintiéndose claustrofóbicos en los cuartos estándar. Los generales controlaban los coches del personal para que quedaran atrapados en sus habitaciones. Invité a los 3 ayudantes de mayor y teniente coronel a cenar a mi casa para ver cómo vivía. Llamé a Carolyn para asegurarme de que estaba bien y, por supuesto, como sabía que lo haría, estaba más que feliz de complacerme. Estaban muy contentos y llamaron a los grandes apostadores y terminé llamando a Carolyn dos veces más para aumentar el número.

Cuando llegamos a mi casa, ya teníamos a los 17 miembros de la delegación sudanesa, entre los que se encontraban el Jefe de Estado Mayor de su Fuerza Aérea, su Ministro de Finanzas, el Jefe de

Estado Mayor de su Ejército (de 400.000 soldados), el Vicepresidente de su país y el Jefe de Logística Militar. Interesante.

Carolyn cocido todo ella Tenía De el refrigerador y congelador y gran parte de los productos enlatados. Todavía no teníamos una mesa de comedor ni sillas, así que comían donde pudieran encontrar para sentarse en una mesa de juego y 4 sillas, en la mesa del desayuno sillas (la mesa del desayuno tenía toda la comida que ella cocinaba y platos, vasos y cubiertos vacíos), el sofá y las sillas de la sala de estar y, por supuesto, la sala de estar.

Terminamos la noche con Carolyn tocando villancicos en el piano y los 19 cantando los villancicos. Todos eran musulmanes, pero vieron el piano y le preguntaron a Carolyn si podía tocar algunos villancicos, ya que teníamos nuestro árbol en la sala de estar. A pesar de que antes de su visita pensaban que los Estados Unidos eran un mal lugar, habían aprendido de manera diferente y habían aprendido los villancicos cuando fueron a la universidad en Inglaterra cuando eran jóvenes. Craig estaba dormido antes de que todos llegaran, pero si miras nuestras fotos, verás a muchos militares sudaneses sentados alrededor de nuestro árbol de Navidad.

Después de un año de intenso trabajo, finalmente conseguí instalar todos los ingredientes clave en Sudán y, dado que había una división en Egipto que se ocupaba de todo en Egipto, mi trabajo finalmente se convirtió en rutina. Nos permitieron contratar a algunos recién graduados universitarios y me dieron la primera opción. Después de probar varios que parecían niños, elegí a una mujer graduada de la universidad al final de la lista. Había probado los tres que eran los más calificados en los cursos universitarios tomados y ahora me decían que eligiera porque como tenía la primera opción, todos los supervisores me estaban esperando para poder elegir. A simple vista, elegí a la joven graduada con el promedio de calificaciones más bajo y la peor lista de cursos universitarios. Me sentí extremadamente abrumado el día que se presentó conmigo y le di un trabajo que supuse que le llevaría una semana en función de los otros tres aprendices que tenía. Como no tenía tiempo para cuidarla, pasé unos 15 minutos explicando lo que quería que hiciera y pensé que eso la mantendría ocupada durante una semana. Al mediodía, ella se acercó a mí y me dijo: "¿Qué debo hacer ahora? Terminé ese trabajo".

Revisé lo que había hecho y me maravillé. Por Al elegir el que tenía la menor cantidad de cursos universitarios correctos y el promedio de calificaciones más bajo de los 20 nuevos graduados universitarios, tuve un ganador. Pasé 30 minutos mostrándole cómo creaba respuestas de mensajes y cartas a la correspondencia de rutina y cómo encontrar las respuestas, y le sugerí que intentara redactar algunas respuestas. Antes de irme a casa, pasé una hora revisando su trabajo de la tarde y firmando la correspondencia. Uno pensaría que había estado trabajando allí durante años o que de alguna manera era intuitiva y leía mi mente. Su correspondencia incluso parecía como si yo mismo la hubiera hecho.

Me habían prometido un ascenso a GS-12 antes de terminar mi primer año allí y un personal para supervisar en lugar de solo un nuevo graduado universitario, pero las promociones en logística internacional se congelaron, así como la contratación adicional. Después de haber estado allí durante 15 meses, subí a la lista de promoción para obtener un GS-12 en la División de Logística de Adquisiciones que trabajaba en logística para programas de investigación y desarrollo a punto de ser entregados. Si bien no tenía un perfil político tan alto, sonaba interesante y me daría un aumento sustancial para ayudar a pagar las facturas en casa. Nuestros ahorros de $ 10,000 se habían agotado hace mucho tiempo y Carolyn estaba obteniendo nuevas tarjetas de crédito para consolidar las tarjetas de crédito más antiguas y retrasar los pagos. Estábamos al borde de la bancarrota, así que dejé mi trabajo de alto perfil de tratar con el Presidente, las Secretarías, los comandantes de los oficiales generales y acepté ese nuevo puesto en el GS-12.

Una vez más, se trataba de empezar de nuevo en el proceso de aprendizaje, pero la promoción era necesaria y no había ninguna indicación de cuándo llegaría la promoción en la logística internacional. Después de que dejé logística internacional, me reemplazaron con 12 trabajadores y un supervisor reorganizando todas las oficinas de logística internacional.

39

Investigación y desarrollo

Comencé mi nuevo trabajo y Carolyn encontró algo de alivio de nuestras crecientes deudas. Comencé estudiando lo que se había escrito para gestionar la parte logística de los proyectos de investigación y desarrollo (I&D). Al poco tiempo, estaba escribiendo los procedimientos logísticos necesarios para gestionar los esfuerzos de investigación y desarrollo. De nada sirve entregar un avión nuevo sin piezas de repuesto, personal de mantenimiento capacitado y manuales de reparación. Los gerentes de investigación y desarrollo dejarían el soporte de los nuevos sistemas a los constructores originales del nuevo avión, pero eso es terriblemente caro cuando tienes que pagar más de $ 150,000 por mantenedor en lugar de $ 35,000 por un empleado del gobierno que, después de la capacitación y con buenos manuales, hará un trabajo más concienzudo. Si todos los repuestos provienen del fabricante original, las piezas de repuesto son muy caras. Muchas de las piezas están comúnmente disponibles y los precios compiten entre muchos proveedores potenciales.

En unos pocos meses, estaba enseñando algunas de las clases en el Instituto de Tecnología de la Fuerza Aérea entrenando a los nuevos gerentes de investigación y desarrollo en los procedimientos que había escrito. No me llevó mucho tiempo y me enviaron a los diversos programas de investigación y desarrollo para estudiarlos y ver cómo se podían gestionar mejor.

Un problema común en todos los grandes proyectos es la gestión de horarios. ¿Cuántos programas de investigación y desarrollo se exceden del cronograma y, en consecuencia, muy por encima del presupuesto, a veces hasta el punto de que un programa se desecha con una pérdida de miles de millones de dólares porque simplemente se volvió demasiado caro? Me permitieron visitar proyectos comerciales para ver cómo gestionaban los programas. De alguna manera, llamé la atención del Subsecretario de Logística de la Fuerza Aérea y me dio un cheque en blanco.

Comencé a trabajar con un par de programadores internos de software gubernamental y desarrollamos software de programación para la antigua técnica llamada Técnica de Revisión de Evaluación de Programas con Análisis de Ruta Crítica desarrollada por la USNavy en la década de 1950. Funcionó bien, pero requería mucha mano de obra y era difícil de mantener. Básicamente, se desarrolla un diagrama de flujo, se calcula cuánto tiempo llevará cada trabajo y se decide qué trabajos deben completarse. El problema número uno que cometen los gerentes es no reconocer la ruta crítica (línea de tiempo). Trabajan en las prioridades equivocadas solo para descubrir que lo que impulsaba el horario era otra cosa. El problema número dos es que gastan sus fondos en algo que no sea el camino crítico y se quedan sin dinero. El número tres es permitir que los criterios cambien del contrato original sin darse cuenta del impacto en la ruta crítica, lo que causa un retraso en las fechas de desarrollo y entrega, lo que a veces significa actualizar el requisito mientras se está en investigación y desarrollo. Esto significa añadir nuevas tecnologías mayores a las previstas. Los retrasos que esto provoca significan que siempre se desarrollará nueva tecnología para retrasar nuevamente la entrega del sistema. El número cuatro es la entrega de un sistema incompleto que no puede ser soportado porque no hay manuales de operación o reparación y personal capacitado para comenzar a usar el nuevo sistema. El número cinco es la entrega de un sistema que no funciona y que no ha sido completamente probado.

Cuando visité estos programas de investigación y desarrollo, utilicé sus cerebros para desarrollar un buen diagrama de flujo y una ruta crítica mientras revisaba sus planes para asegurarme de que fueran lo más completos posible. Para algunos esfuerzos de investigación y desarrollo más grandes, eso significaba visitarlos nuevamente unos años más tarde para revisar su plan para ver si se estaban apegando a él o ayudarlos a ajustar sus planes para tener en cuenta lo que han cambiado o aprendido.

Muchos de estos viajes a las oficinas de programas en todo el país requerían que Carolyn se encargara de la casa y criara a los niños mientras yo no estaba. Un "bimbo" o un "caramelo de brazo" no habrían sido capaces de hacer esto. Mientras yo tenía mucho contacto con la gente, Carolyn estaba atrapada en casa con los niños y manejando la casa, pagando las facturas, supervisando las reparaciones, etc. No digo que no fuera hermosa, pero era su mente y actitud y mucho más que me hizo amarla y apreciarla.

Además de ser una líder de cub scouts para nuestro hijo o una líder de girl scouts para nuestra hija, siempre se ofreció como voluntaria. Un año asumió la presidencia del carnaval escolar para recaudar dinero para útiles escolares. Le llevó meses y yo le ayudé en todo lo que pude, pero ella hizo toda la planificación y la mayor parte del trabajo con la ayuda de otras madres. Fue un gran éxito y fue un récord escolar. También pasó tiempo con los grupos de la iglesia haciendo artesanías para la venta con el fin de recaudar dinero para la iglesia.

Todo el mundo pensaba mucho de ella y sabía lo capaz que era. Más de una vez asumió un grupo como presidenta hasta que pudo encontrar a alguien más que lo hiciera. Con frecuencia era la tesorera debido a su precisión y honestidad. Todo el mundo sabía que si podías convencerla de que fuera la planificadora y organizadora, el evento establecería nuevos récords. Cuando alguien más se hizo cargo, ella se sintió decepcionada y lamentó no haber estado a cargo durante al menos un año más.

Carolyn era una persona muy astuta de hacer macramé, bordado, cerámica que todavía usamos, o coser, no solo confeccionó ropa para niñas que iban a un baile, sino que 15 años después la iglesia todavía usa trajes que hizo para nuestra hija en concursos de Navidad hace 20 años.

Era una buena ama de llaves, manteniendo a todos con ropa limpia y sábanas, quitando el polvo, aspirando, trapeando los pisos, pero nunca sintió que hiciera lo suficiente porque su madre y su hermana se pasaron de la raya. A Carolyn no le importaba que los niños o los visitantes hicieran desorden. Quería que todos se sintieran cómodos para ser ellos mismos en nuestra casa. Carolyn siempre se preocupaba por otras personas más que por sí misma.

Carolyn tenía buen gusto en las pinturas de las paredes, no baratas, pero de buena calidad. Tenía esmoquin de porcelana, cristalería, plata de ley Oneida, pero generalmente usaba su gres de todos los días, el acero inoxidable (que casi igualaba a la plata de ley). Tenía un sentido del color y del estilo que iban de la mano. Prefería las paredes blancas lisas y solía muebles y almohadas para dar color. La mayoría de nuestros artículos de madera erande cerezo con zócalos americanos tempranos, puertas, etc.

Siempre quise que Carolyn tuviera todo lo que deseaba, pero ella estaba contenta con cualquier cosa. Era difícil comprarla porque se preocupaba por los demás y no por sí misma. Las únicas joyas que usó fueron un reloj Timex y arenques.

El único anillo que le di fue un anillo de boda. Tenía un anillo de diamantes que su madre le regaló engastado en platino con 3 diamantes de 1/2 quilates de alta calidad. Debido a que nos casamos con poca antelación, nunca le compré un anillo de compromiso, pero no pude igualar la elegancia del anillo de 3 diamantes que usó con su anillo de bodas. En un momento dado, hizo que su anillo de boda se convirtiera en un protector de anillo para el anillo de diamantes. En nuestro 40 aniversario, traté de compensarla encontrando 4 rubíes que coincidían en tamaño y cortados a los diamantes y luego pagué $ 800 para fundir el protector del anillo que había sido el anillo de boda y tenía un anillo fabricado con los 3 diamantes originales y los 4 rubíes en platino y oro mezclados. Ella estaba muy orgullosa de ese anillo y yo estaba orgulloso de haberla hecho feliz y de haber compensado el hecho de no haberle comprado nunca un anillo de compromiso. Pedí una póliza de seguro para joyas, pero ahora está en una caja de seguridad en el banco. Algún día mi hija probablemente lo venderá para la finca si no lo guarda para ella.

Cuando se trataba de Navidad, Carolyn siempre decía que tenía todo lo que quería, excepto tal vez una tostadora de reemplazo. Si encontrara un viejo abrebotellas de la iglesia en una caja de herramientas, lo limpiara, lo envolviera y se lo diera, ella te daría esa sonrisa feliz como si siempre hubiera querido tener una y tú fueras tan considerado de habérselo dado. Me dan ganas de llorar cuando pienso en lo desinteresada que era.

40

El milagro de nuestra hija

Nuestra primera casa era de dos pisos más un sótano. Había un conducto de lavandería hasta el sótano donde estaban la lavadora y la secadora. Parte del sótano estaba lleno de estanterías de metal que compré en una tienda que iba a cerrar y tenía nuestras decoraciones de Navidad, Halloween, etc. A Carolyn le gustaba decorar para todas las fiestas, así que teníamos unas 30 cajas grandes de adornos, 15 para Navidad y las otras 15 para todas las demás fiestas.

La mayor parte del sótano que Carolyn utilizaba para celebrar reuniones de exploradores, exploradores de cachorros para nuestro hijo y luego exploradoras para nuestra hija. Después de instalarnos en Dayton y después de mi promoción donde no nos dolía tanto el dinero, decidimos intentar adoptar de nuevo. Probamos con variasagencias. El Estado ni siquiera nos hablaba de un recién nacido. Perdimos muchas tardes yendo a la capacitación en adopción y teniendo visitas diurnas en nuestra casa por parte de Lutheran ChildrenServices. Insistieron en que nos uniéramos y donáramos mucho dinero a la Iglesia Luterana para continuar trabajando hacia la adopción. A Carolyn no le gustaba su gente, lo que nos estaban obligando a fingir que aprendíamos y había perdido el interés en su iglesia. Fue mutuo y nos rechazaron. Durante una visita a casa, su investigador estaba sentado en la sala de estar y nuestro hijo se asomaba y corría, luego regresaba, se asomaba y volvía a correr. El investigador del hogar pensó que había sido abusado o algo así y simplemente nos dijo que abandonáramos el programa. Incluso insinuaron que éramos padres incapaces. Cuando le preguntamos a nuestro hijo de cuatro años sobre sus acciones durante esta visita, respondió: "Tenía una barba como la de Abraham Lincoln, pero era demasiado joven para ser él y Lincoln murió hace años. Le tenía miedo. Pensé que era un fantasma de Lincoln.

No podíamos enfadarnos con nuestro hijo, parecía un joven Lincoln barbudo y, por supuesto, el investigador no podía creer que nuestro hijo fuera tan perspicaz como para tener esta reacción. Nuestro hijo tenía una inteligencia casi genial y habíamos trabajado con él para enseñar cosas que la mayoría de los niños de cuatro años nunca habrían entendido, como la historia de los Estados Unidos, la geografía, etc. Animamos a Craig a estar afuera y jugar con otros niños pequeños, pero los inviernos de Ohio eran demasiado fríos para los otros niños, así que pasamos el mal tiempo enseñándole a nuestro hijo genio cosas que le interesaban.

Carolyn estaba muy molesta. "¿Cómo pueden decir que no seríamos buenos padres?" Sabía que era porque la Iglesia Luterana solo quería mucho dinero de nosotros, y aunque unirse a la iglesia estaba escrito en su guía como no necesario, nuestro no unirnos fue un factor importante. Carolyn se lo tomó como algo personal, pero yo aprendí a odiar a la Iglesia Luterana. Lo que intentaban enseñarnos sobre la adopción era estúpido. Podía contárselo como un loro, pero no me lo creí. Me tomó mucho tiempo, pero finalmente encontré Children and Family Services de Dayton, Ohio, que estaba relacionado con Family Children and Family Services de Albany, Nueva York, donde adoptamos a Craig a las 3 semanas de edad. Había pasado casi un año antes de que los encontrara y Carolyn había estado molesta durante tanto tiempo. Aplicamos con ellos y nos repitieron que podría llevar años, pero unos meses después tuvimos a Christine, nuestra hija, con solo 6-8 semanas de edad (no recuerdo exactamente). Ya teníamos el pequeño dormitorio al lado del dormitorio principal hecho a modo de guardería. A diferencia de cuando no teníamos nada, cuando conseguimos a Craig. Las paredes estaban pintadas o empapeladas para un niño. Teníamos la cuna de Craig y otros muebles para niños. Habíamos comprado una mesa y sillas nuevas, de muy alta calidad, para niños que podíamos usar cuando un bebé aprendió a sentarse y jugar o aprender en una mesa.

Esto hizo que Carolyn volviera a ser feliz y que odiara más a la Iglesia Luterana por hacernos pasar meses de reuniones para desaprobarnos. Me hizo feliz tener un poco de niña y que Carolyn vuelva a ser feliz. No sé cómo encontrar un Servicio para Niños y Familias en ningún lugar, pero se los recomiendo encarecidamente a cualquiera. El único gasto es una pequeña tarifa de solicitud e investigación de $ 500 y los costos judiciales para la adopción. Os investigan para asegurarse de que seréis buenos padres sin tratar de adoctrinaros en alguna extraña creencia. Al parecer, consiguen fondos privados en algún lugar para ayudar a las niñas que dan a sus hijos en adopción y pagan la atención médica durante el embarazo y el parto. Nunca pensé de dónde sacaron su financiación y no me importó hasta después de que tuvimos a nuestros dos hijos.

De nuevo, otro milagro. Nuestro hijo nació el 21 de diciembre, cerca de Navidad, con el pelo castaño y los ojos azules. Una de las preocupaciones sobre la adopción de nuevo era que el segundo hijo podría no parecerse en nada a nuestro primer hijo y tener un cumpleaños en el verano, no cerca de Navidad para una fiesta de cumpleaños. Milagro, nuestra hija tiene el pelo castaño (más oscuro que el de nuestro hijo, pero marrón) y ojos azules. No solo eso, sino que su cumpleaños es el 24 de diciembre, víspera de Navidad, incluso peor que el de su hermano.

Lo malo de que ambos cumpleaños estén tan cerca de la Navidad, es difícil que los niños asistan a una fiesta de cumpleaños durante las vacaciones escolares de Navidad. Sobre todo para nuestra hija. Tendríamos una fiesta de cumpleaños planeada y luego sus amigos no asistirían a pesar de que habían confirmado su asistencia. Muchas veces, cuando se suponía que debía tener de 6 a 8 chicas en su fiesta, simplemente lo hacíamos una salida familiar a un restaurante sin invitados. Tampoco recibieron los regalos que la mayoría de los niños reciben de otros niños en sus fiestas de cumpleaños. Al menos nuestros hijos podrían compadecerse unos de otros por no haber tenido una fiesta de cumpleaños exitosa. Sé que entristeció a Carolyn y a nuestros hijos y me sentí mal por ellos. Carolyn lo tomó peor que nuestros hijos.

A medida que los niños crecían, dejamos de tratar de tener a otras personas para sus cumpleaños. Simplemente envolvíamos todos sus regalos, los poníamos debajo del árbol, teníamos algo especial y un pastel en casa para su cumpleaños y luego les dejábamos elegir qué regalos de Navidad abrirían temprano para sus cumpleaños. Por supuesto, nos aseguramos de que no se les permitiera recoger el paquetes de ropa interior o zapatos nuevos para su cumpleaños. Nuestro hijo, no cambiaría su elección un año, pero cuando abrió un paquete de ropa interior esa vez, siguió nuestro consejo sobre lo que no debía abrir la próxima vez.

41

Nuestra Casa Solar Pasiva

Me preocupaba que Carolyn tuviera que subir y bajar las escaleras desde el segundo piso hasta el sótano para lavar la ropa. Tenía miedo de que llevara algo y se cayera por las escaleras y se lastimara. Habíamos pasado años mirando planos de casas y teníamos muchos libros de planos de casas. Nuestra casa de dos pisos con sótano fue conveniente cuando nos mudamos a Dayton, pero ahora que estábamos instalados y no teníamos planes de volver a mudarnos con la fuerza aérea, comenzamos a buscar planos de casas nuevamente.

A los dos nos encantaba nuestro vecindario, que era en gran parte militar y, por lo tanto, muy amigable, pero varios de nuestros amigos cercanos se habían mudado a la fuerza aérea y tuvimos que hacernos amigos de la nueva gente. Nos gustó la ubicación porque nuestra casa daba a una gran zona verde con un pequeño arroyo que la atraviesa. Corté el césped todo el camino hasta el arroyo en mi lado del arroyo y en el ancho del lote de nuestra casa. Estaba a más de una cuadra de las casas del otro lado del suave valle. A varios vecinos les gustó y al tercer año de que corté el pasto del arroyo, también cortaron el suyo.

Carolyn no era tan moderna para moverse, pero me preocupaban los tres tramos de escaleras para ella. Le dolía más la cadera cada año desde que nos casamos. Montar a caballo y saltar del caballo monstruoso probablemente no ayudó, ni las muchas millas que caminamos haciendo turismo por Europa o durmiendo en una tienda de campaña para dos personas con solo un colchón de aire delgado.

Pude ver que las escaleras la estaban molestando y, como yo temía por ella en esas escaleras desde que nos mudamos, Presionó para encontrar o construir una casa estilo rancho con una sola historia.

A ambos nos gustaba un plano de planta abierto y yo quería mucho vidrio para no sentirse encerrado y proporcionar algo de calefacción solar. Carolyn tomó todos los planos que habíamos visto a lo largo de los años y usó un pedazo de papel cuadriculado para crear un plano de planta que nos gustó a ambos. Era esencialmente una gran casa en forma de U con un porche acristalado que llenaba la U, por lo que el contorno general era un rectángulo. El garaje estaba como atascado en la parte delantera del recinto y lo suficientemente ancho para 3 autos para que pudiéramos tener una sala de almacenamiento lateral en el garaje. Era lo suficientemente largo como para estacionar la camioneta Chevy de tamaño completo y todavía tener un banco de trabajo frente a la camioneta. Frente al típico 20X20 era de 25X30. Llevé los planos a algunos constructores para ponerles precio. Habíamos pagado $57,000 por la casa de dos pisos de 3300 pies cuadrados contando el sótano y el garaje y el precio más bajo de un constructor fue de $140,000 por 3200 pies cuadrados contando el garaje. Nuestra casa había subido a un valor de unos 85.000 dólares, pero 140.000 dólares más un lote de construcción estaba fuera de nuestro alcance y eso era con un piso de concreto desnudo y sin lámparas. Después de ver un par de casas para las que el constructor barato la construiría, pude ver el trabajo de mala calidad y no querría vivir en una casa que él construyó.

Las tasas de interés habían subido al 10% para un préstamo para la construcción que se convertiría en una hipoteca de la misma tasa. Mi casa actual tenía un préstamo del 8.5% de la Administración de Veteranos, que era asumible y ayudaría a vender mi casa, ya que las tasas de interés habían subido al 10%. Tenía muchas ganas de construir esa casa para Carolyn y salir de lo que era esencialmente una casa de tres pisos. Fuimos a buscar lotes para construir.

Encontré una nueva área de viviendas en las afueras de Fairborn, Ohio, que tenía calles para 80 lotes de construcción de un acre, pero solo 6 casas. El propietario vivía allí en una casa muy bonita de dos pisos del tamaño de nuestra casa y ofreció un lote de un acre cerca del final del único callejón sin salida por $ 18,000 y dijo que me ayudaría a encontrar contratistas para construir mi casa por algo que pudiera pagar si estaba dispuesto a hacer algo del trabajo.

El plomero vivía en una casa que había construido y tenía otra allí que estaba vacía y buscaba trabajo para mantenerse de ir a la quiebra para que hiciera la plomería barata. El carpintero construyó restaurantes McDonald's en Ohio durante la semana, pero fue muy recomendado y su ayudante era capataz de un constructor de casas de gran tamaño en el área. Solo podían trabajar los fines de semana. El hombre del concreto para el piso de concreto, el camino de entrada, las aceras, etc. normalmente construía casas de apartamentos, pero tenía cuadrillas que no funcionaban debido a las tasas de interés y la caída de la vivienda. Había un maestro electricista que estaba jubilado de la seguridad social, pero hizo un buen trabajo. Todos estos contratistas me ofrecieron un gran precio si pagaba en efectivo por cada etapa de la construcción. Estoy seguro de que no querían declarar los ingresos en sus impuestos ni el electricista en la seguridad social. No habría contratos escritos, excepto para el material que tendría que comprar y hacer entregar en el lugar de trabajo en los momentos apropiados. Mi garantía sería la amenaza de declarar los ingresos que estaba pagando en efectivo a los contratistas. Pagaba en efectivo por etapas en cada punto cuando los inspectores de construcción del condado pasaban una inspección y obtenía un nuevo "retiro" del banco sobre el préstamo para la construcción. Por supuesto, en cada "sorteo" me endeudaba más sin una casa a la que mudarme si no podíamos terminar.

Recibí varias ofertas para sistemas de calefacción y refrigeración. La mayoría de las casas que se estaban construyendo tenían sistemas geotérmicos donde debían tener dos pozos de agua. El área de la vivienda no estaba en el agua de la ciudad, pero tenía un gran acuífero debajo. Bombeaban agua del suelo a 57 grados en un tanque de 4,000 galones en su casa que ocupaba espacio, usaban una bomba de calor para extraer calor o enfriar, y luego bombeaban el agua de regreso al acuífero en un segundo pozo. Los precios que obtuve de varios contratistas fueron de $ 20,000 para la geotermia más el costo de dos pozos perforados y la plomería hasta $ 3500 para un sistema de bomba de calor aire-aire con resistencia eléctrica de respaldo de calor. Ese proveedor de bombas de calor aire-aire hizo la mayor parte de su trabajo suministrando a los grandes constructores de viviendas, pero nuevamente, debido a la caída de la vivienda causada por las altas tasas de interés, aceptarían mi trabajo privado. Me explicó que estaba recomendando la unidad de 2,5 toneladas porque tenía mucho vidrio. Dije, está bien, tomaré la unidad de 3 toneladas por $ 3800. Esto incluyó todos los conductos y un filtro de aire electrostático. Pensé que preferiría tener una unidad demasiado grande en lugar de una que fuera demasiado pequeña para calentar y enfriar la casa grande.

Los contratistas hicieron una lista del material que necesitarían y fui a varios aserraderos para obtener estimaciones. Lowes era el más barato, lo entregaban gratis, y si no me gustaba la calidad, venían a recogerlo y me daban todo el crédito.

Había hecho dibujos del tamaño del plano del dibujo en papel cuadriculado de 8X11 de Carolyn, pero necesitaba planos reales para obtener la aprobación de los inspectores del condado. Un arquitecto sería caro, pero como estaba recibiendo ofertas para techos, tejas y cerchas, encontré a un dibujante que trabajaba para uno de ellos y que tomó dibujos e hizo planos para satisfacer al condado. Solo le pagué $ 200, pero él recibió la comisión por las tejas, el papel de alquitrán y las cerchas. Carolyn tenía que mantener nuestra vieja casa lista para mostrar. El primer agente inmobiliario que elegimos no parecía estar tratando de vender la casa, así que encontramos otro y en dos semanas teníamos un comprador. Ya tenía el préstamo de construcción preaprobado al 10% convertible en hipoteca y me darían dinero en efectivo después de cumplir con diferentes hitos de inspección para pagar a mis contratistas. Según mis estimaciones de que me había llevado a cabo haciendo gran parte del trabajo, tenía un préstamo aprobado por $ 93,000, mucho menos que el contratista general más barato de $ 140,000. Es posible que tengamos que vivir con pisos de concreto desnudos, pero podríamos construir nuestra casa.

Nos mudamos de nuestra casa de tres pisos, pusimos muchas cosas en el almacén y nos mudamos a una casa con un contrato de arrendamiento de 90 días, pensando que tendríamos que renovarlo varias veces. Una casa en esta área de viviendas había estado en construcción por un contratista general durante 9 meses y aún no estaba terminada y era una casa de dos niveles mucho más barata. Teníamos cajas por todas partes en la casa que dificultaban el paso. Nuestra hija no había comenzado la escuela, pero nuestro hijo sí, así que lo inscribimos en la escuela a la que asistiría después de que la casa estuviera terminada.

Iniciamos la construcción a finales de agosto. Tenía al contratista de electricidad, plomero y calefacción programado para el segundo fin de semana. También tenía programado al inspector del condado. Parecía un simulacro de incendio. Desde la colocación de las cimientos el fin de semana anterior, el contratista de concreto había transportado 75 camiones volquete cargados de grava a las zapatas como base para todo lo demás. Entonces, tan pronto como la plomería y las rejillas de ventilación de calor estaban en el piso, el hombre del concreto estaba vertiendo pisos de concreto fresco sobre la parte superior mientras los inspectores intentaban inspeccionar mientras huían del concreto fresco. Era una persecución de la policía de Keystone de un extremo a otro de la casa, con cada contratista y los inspectores tratando de adelantarse al suelo de hormigón fresco que se vertía. Lo logramos. El contratista de concreto me dio un trato especial de que si le dejaba verter el camino de entrada en ese mismo momento y pagar en ese momento, usaría concreto reforzado con acero de grado de carretera en el camino de entrada que resistiría una excavadora que avanzara sobre él cuando estuviera seco y arrojado en un patio de 12 X 26 en la parte trasera y una acera desde el camino de entrada hasta el patio y desde el camino de entrada hasta la puerta principal, todo al mismo tiempo en el El mismo precio que solo verter un camino estándar de dos autos al final de la construcción de la casa. Eso fue realmente inteligente y no sé por qué todos los contratistas no lo hacen. Por lo general, las personas construyen la casa, luego vierten el camino de entrada al final. Al hacerlo primero, los contratistas pudieron estacionar sus vehículos sobre hormigón en lugar de barro y las entregas se pudieron realizar en el garaje durante todas las fases de construcción. Tener las aceras y el patio trasero hizo que fuera bueno para que todos entraran y salieran de la casa, moviendo cosas dentro y fuera.

A todos les encantó el hecho de que ya teníamos todo ese concreto y estoy seguro de que a medida que construyeran más casas en el futuro, tendrían el camino de entrada mientras construían la casa. Eso no había estado en los planes de nadie, pero el contratista de hormigón quería terminar su trabajo de una vez y recoger todo su dinero por adelantado en lugar de tener que volver para terminar. Solo tendría que regresar al final para hacer la nivelación final del lote con una excavadora, pero no más trabajadores de concreto o camiones que tendrían que salir allí.

El siguiente fin de semana fue el fin de semana del Día del Trabajo de tres días. Llevé cada pieza de madera al menos una vez, los carpinteros habían contratado a un joven ayudante, así que los cuatro construimos todas las paredes por dentro y por fuera, colocamos las vigas del techo y las cubrimos con madera prensada para el techo al final del tercer día. El condado no podía creer que tuviéramos el techo a solo 3 semanas de que se iniciara la construcción. Empezó a llover esa semana.

El fin de semana siguiente, mis carpinteros se tomaron el fin de semana libre de sus trabajos regulares y estuvieron allí cuando amaneció. Esperaban que la madera prensada de las cerchas fuera destruida por la lluvia y se sorprendieron de que estuviera básicamente intacta. Un techo de madera contrachapada normal habría tenido que haber sido reemplazado en gran parte. Al final del fin de semana, teníamos el techo cubierto con el material de techo de alquitrán más resistente que pude comprar y tejas con las tejas de asfalto garantizadas más largas que pude comprar y los seis tragaluces planos instalados sobre lo que sería la terraza acristalada / porche. Clavamos todo el revestimiento de la T-111 para encerrar la casa y protegernos de la lluvia. Otro fin de semana de trabajo muy largo pero increíble. Y entonces llegó la lluvia.

Llovió con regularidad durante las siguientes 8 semanas, pero se vertió todo el hormigón y se cerró la casa. Mientras el electricista colocaba la caja de fusibles y cableaba las paredes, yo colocaba y cableaba todos los enchufes y los interruptores de luz, excepto los interruptores de tres vías, lo que hizo el electricista. Le pedí que pusiera una computadora al lado de la caja de fusibles que controlaba cosas especiales para mantener baja nuestra facturación máxima. A medida que enfriaba y nuestro consumo máximo de electricidad aumentaba, cortaba la energía del calentador de agua cerca de las habitaciones y luego el otro calentador de agua cerca de la cocina, la lavandería y el 4º dormitorio y baño en el otro extremo de la casa. Sí, como la casa era tan larga, tenía un calentador de agua en ambos extremos de la casa, por lo que no tendríamos que esperar a que llegara el agua caliente. Solo requirió una línea de agua fría de un extremo al otro, ahorrando suficiente dinero para pagar el segundo calentador de agua en el dormitorio y los dos baños de la casa. El plomero cometió un error e instaló dos líneas de agua sin creer que tenía planeados dos calentadores de agua. Entonces, tenía una tubería de repuesto debajo de la hormigón en caso de que algo le sucediera a la línea en el uso diario que se obstruyera con depósitos de cal u oxidación.

Había fijado el precio del aislamiento para la casa, pero contraté a un contratista de aislamiento que trabajaba para uno de los constructores de viviendas que suministraba e instalaba cantidades masivas de aislamiento más barato de lo que podía comprar el requisito mínimo y hacer todo el trabajo yo mismo. Tenía R-50 o mejor de fibra de vidrio en el techo en comparación con el precio de la celulosa R-30 (papel usado) y no tuve que mover un dedo mientras ahorraba alrededor de un 30% de exceso yo mismo.

Había calculado meses de colocar paneles de yeso que nunca había hecho antes, pero ese mismo constructor de viviendas vino al rescate y trajo paneles de yeso de mejor calidad, los instaló, texturizó el techo aproximadamente un 40% más barato que yo comprando el material y haciéndolo yo mismo. No creo que fuera tan particular cuando construía casas de campo, pero tuve que echarlo cuando pensé que era perfecto y él quería rehacer algo porque lo consideraba menos que perfecto.

Al final, habíamos llegado mucho más baratos de lo planeado, que invertí $ 6,000 en accesorios de iluminación, alfombras especiales que tuvieron que hacer para mí en Georgia porque, si bien tenían muestras, realmente no fabricaban ni vendían esa alfombra de alta calidad. Lo que no estaba alfombrado estaba cubierto con linóleo de alta calidad que costaba más por pie cuadrado que la alfombra. El "linóleo" era extremadamente duradero y tenía el diseño de color en todo el camino en lugar de solo en la parte superior como el linóleo normal. Lo pusimos en todos los pasillos, baños y áreas de la cocina.

Mi mayor trabajo, además de ser mano de obra gratuita en el transporte de madera, era manchar lo que parecían ser kilómetros de zócalo, molduras de puertas, etc. Tiñí gran parte de ella detrás de nuestra casa adosada y la trasladé a la casa en la camioneta hasta que se enfrió demasiado, luego hice el resto en la nueva casa antes de los paneles de yeso y el piso. Eso y la instalación del sistema de intercomunicación, el cable de televisión a la mayoría de las habitaciones y los enchufes e interruptores de luz fue todo el trabajo físico que tuve que hacer.

Todavía nos quedaba suficiente dinero que cuando llegó la primavera pusimos una piscina enterrada de 20X40 pies.

Debido a mi horario y a tener excelentes contratistas que trabajaban por dinero en efectivo según el horario de trabajo en lugar de por hora, construimos la casa en 12 semanas, lo que significaba que pudimos mudarnos a nuestra casa antes de que se tuviera que renovar nuestro contrato de arrendamiento de 90 días.

¿Qué hizo Carolyn? Ella mantenía a los niños, a los y estaba en la nueva casa todos los días mientras yo estaba en el trabajo limpiando después de los contratistas, ayudando con algunos de los tintes y barnizados de la madera, respondiendo preguntas para los contratistas e inspectores cuando no podía estar allí. También tenía a los niños afuera recogiendo madera de desecho, clavos, etc.

Por supuesto, todos trabajamos en la propagación de semillas de césped, la plantación de arbustos, etc. cuando la casa estuvo terminada. Carolyn aceptó nuestros muebles de la empresa de mudanzas e hizo que la empresa de mudanzas colocara las cosas como ella quisiera.

Cuando comenzó a calentarse, teníamos a nuestro contratista de concreto de vuelta para colocar la piscina y una plataforma de concreto de seis pies alrededor de la piscina con el dinero sobrante de la construcción. Cuando el contratista general más barato y de mala calidad que encontramos cotizó $ 140,000 por una casa desnuda con pisos de concreto desnudos y sin accesorios de iluminación, compramos un acre de tierra en una nueva adición de viviendas de casas bonitas, construimos nuestra casa con pisos caros, $ 6000 en accesorios de iluminación, un camino de entrada ancho y fuerte no incluido en su oferta, y una piscina enterrada con 6 pies de concreto a su alrededor y paisajismo por un costo total de $ 111,000. El costo que pagamos por lo que el contratista ofertó fue probablemente el 60% de su oferta o menos.

Construimos la casa en un buen momento y aseguramos ese préstamo de construcción del 10% convertible en una hipoteca del 10% porque en un año las tasas de interés subieron al 16%. Para darle una idea, nuestra sala de estar era de 28 pies cuadrados con una cocina que cubría la mayor parte de una pared y estaba separada del resto de la sala de estar por una encimera de 15X4 pies con taburetes de bar que era ideal para tener cenas de la suerte en ollas grandes. Esa habitación se conectaba con las grandes áreas de sala y comedor que eran de 18X26 en total. El área del comedor de la sala de estar tenía una pared de vidrio a la terraza acristalada de 12X26 pies y la sala de estar tenía una puerta de patio de vidrio doble a la terraza acristalada. En El otro extremo de la terraza acristalada era el dormitorio principal, que también tenía una puerta de doble vidrio. La parte trasera de la terraza acristalada era una serie de puertas de vidrio fijas o móviles y tenía los 6tragaluces en el techo de la catedral.

Esto funcionó muy bien para calefacción y refrigeración. En En invierno, el sol brillaba hasta la pared frontal de las salas de estar / comedores. Nuestro primer invierno allí, tuvimos una máxima de 26 grados bajo cero. Carolyn tenía la terraza acristalada cerrada hasta que vio que el termómetro de la pared marcaba 95 grados, así que abrió las puertas francesas de vidrio a la sala y al comedor y las puertas corredizas de vidrio en cada extremo y la sala de sol calentó toda la casa con los sistemas de calefacción apagándose hasta aproximadamente las 5 p.m. cuando el sol comenzó a ponerse. Al tener la facturación de la hora del día y el control de la computadora sobre algunos de los grandes usuarios de electricidad en la casa, nuestra factura de calefacción era menos de la mitad de la de nuestros vecinos en casas más pequeñas con sus costosos sistemas de calefacción geotérmica.

En el verano, el único techo de catedral estaba en la terraza acristalada y los dos tragaluces superiores se podían abrir para dejar salir el calor y tenían ventiladores de techo para extraer aún más el calor de los techos estándar de 8 pies en el resto de la casa. Cuando comenzó a calentarse, coloqué una empalizada de madera alrededor de aproximadamente un cuarto de acre desde la parte trasera de la casa hasta el límite de la propiedad y la mitad del ancho de nuestro lote. El suelo era tan duro que tuve que usar un pico para hacer un agujero para que la excavadora de agujeros de postes de gasolina alquilada pudiera perforar un agujero para cada poste. Mezcle el concreto premezclado en una carretilla y vierta alrededor de cada poste uno por uno hasta que todos los postes estén dentro. Luego hubo que arrastrar cada uno de los paneles de la cerca de 6x8 pies y usar tirafondos para ajustarlos a los postes. Cuando estaba terminando esta cerca, Carolyn se ofreció a ayudarme a colocar los paneles de la cerca para sujetarlos a los postes. Esto fue de gran ayuda hasta que la echó de nuevo. La levanté por los codos por detrás y la volví a colocar en su posición, pero decidió no ayudar más con ese proyecto. Me preocupaba que tuviera problemas de espalda después de eso, pero en 48 horas ya no tenía más dolor y nunca tuvo problemas de espalda. Fue la única vez que la vi admitir el dolor o ser incapaz de hacer algo.

Ese verano, me ofrecí a usar nuestra casa y patio para una fiesta de oficina. La fiesta siguió creciendo hasta que cientos de personas vinieron a una gran fiesta de verano. Tuvimos que conseguir una gran carpa de fiesta desde la base para pedir prestadas mesas y sillas para la cena. Toda la comida estaba en nuestra encimera de 15X4 y en la pared trasera de 19 pies. Excepto cuando los oficiales generales daban discursos bajo la carpa, normalmente teníamos entre 70 y 100 personas en la casa, unas veinte en la piscina y otras 30 jugando al fútbol en el medio acre abierto de nuestro patio. La fiesta fue un gran éxito y de vuelta al trabajo me presentaron una representación dibujada a mano de la fiesta conmigo flotando en la piscina con un cigarrillo y una bebida. Fue firmado por 50 o 60 personas, incluidos algunos de los oficiales generales que asistieron.

42

Escuela Superior de Guerra Aérea

Después de terminar de construir nuestra casa y mudarme e instalarme, decidí que necesitaba lo que llamaban educación militar profesional (PME). Nunca había planeado hacer carrera en la Fuerza Aérea de los Estados Unidos, pero había pasado más de 10 años en servicio activo y ahora me acercaba a la marca de 20 años para ser elegible para retirarme de la reserva a la edad de 60 años. No estaba ni cerca de esa edad, pero sólo me faltaban 5 años para acumular los puntos necesarios para jubilarme con mis veinte años totales de servicio militar para calificar para la jubilación.

Mientras estaba en servicio activo, había solicitado dos veces el ingreso en la Escuela de Oficiales de Escuadrón (SOS), pero no pude asistir debido a que me habían reasignado o a que tenía tan poca tripulación que no podía ausentarme del trabajo. Ahora que había invertido tanto tiempo y había sido ascendido a mayor (0-4) sin ningún PME, necesitaba ascender a teniente coronel antes de jubilarme. Además, me ayudaría a conseguir ascensos como funcionario público tener esa educación extramilitar.

Era demasiado mayor para SOS, que era un requisito previo para la Escuela de Comando y Estado Mayor Aéreo, que a su vez era un requisito previo para la Escuela de Guerra Aérea (AWC). Por lo tanto, no pude tomar ningún PME para calificar para el grado de teniente coronel. AWC me daría el equivalente a 48 horas semestrales de escuela de posgrado y sustituiría a una maestría en mi carrera civil. Surgió una posición en la que iban a permitir la entrada de unos pocos civiles con solo el grado de GS-13 en lugar del requisito normal de GS-15 o coronel completo. Como civil, no tenía que tener SOS o Escuela de Comando y Estado Mayor Aéreo (ACSC). Era un programa de seminarios en el que no tendría que se ausentaría de casa por más de un año, pero contaría lo mismo. Tendría que estudiar en mi tiempo libre y asistir cada dos sábados a la base aérea para asistir a un seminario con los seleccionados de Coronel. Yo era el único civil de la clase. Allí me superaban en rango, pero tenía el respaldo de los oficiales generales.

El segundo semestre trajo un problema. Decidieron hacer cumplir la regla de que los civiles tenían que ser GS-15 para continuar en la clase, pero si un Mayor había tomado el primer semestre y estaba en la lista de selección de teniente coronel, podría completar el segundo semestre. La regla era que para cursar el primer semestre como militar había que ser teniente coronel (0-5) y aspirar a un posible ascenso a coronel (0-6) A pesar de que había tomado el primer semestre como GS-13 civil, no iba a poder tomar el segundo semestre. Cuando aumentaron los requisitos de calificación para el primer semestre, nunca aumentaron el requisito para el segundo semestre, por lo que, como Mayor (0-4), el vacío legal me permitió tomar el segundo semestre a pesar de que no era seleccionado para Teniente Coronel (0-5).

Me fue bien en la clase. Los libros eran en realidad folletos o capítulos de varias páginas de 8 1/2 X 11 que formaban una pila de unos 4 pies de altura. Un capítulo que me llamó la atención se llamaba "El Factor Caos". La mayoría de los otros capítulos los tenía experiencia en el mundo real, por lo que fueron fáciles. Este fue fácil porque capturó mi imaginación. Cada semestre requería un trabajo de fin de curso. Para el segundo y último semestre, se nos dio una opción libre sobre el tema. Mi tema era la guerra con el Medio Oriente. Pasé muchas semanas investigando el material para ello. Sabía que todo el mundo decía que Rusia era el enemigo, pero me parecía más probable que fuéramos a la guerra en Oriente Medio.

A principios de 1987 se rechazó mi trabajo de fin de curso:

"Nunca enviaríamos equipo militar y tropas a Oriente Medio". Eso me iba a dejar con una calificación reprobatoria y un año de estudio desperdiciado. Todavía tenía algo de tiempo, así que me inventé la historia de ir a la guerra con Rusia sin ninguna investigación personal y obtuve una calificación aprobatoria para graduarme.

Esto me calificó para el grado de teniente coronel en la reserva para permitirme completar mis 20 años de jubilación y también me calificó para el ascenso del servicio civil federal al GS-14.

Una vez más, Carolyn tenía que encargarse de la casa y me permitía el tiempo de estudio para leer mi pila de folletos de 4 pies de altura, estudiar para los exámenes y hacer dos trabajos trimestrales. La descuidé a ella y a otras cosas porque todavía tenía un trabajo de tiempo completo en la administración pública que normalmente tomaba 50 horas a la semana o más, además de muchos viajes fuera de la ciudad. Fueron 48 horas semestrales de posgrado en 14 meses, mientras todavía trabajaba 50 horas a la semana en mi trabajo.

43

Mudarse a Oklahoma

En 1988, Carolyn y su hermana Shirley se turnaron para cuidar de sus padres mientras entraban y salían de los hospitales de Fort Smith, Arkansas. Carolyn se llevaría a los niños si no estaban en la escuela o los dejaría conmigo. Una vez, mis padres condujeron desde Oklahoma para cuidar a los niños, mientras que Carolyn fue a Arkansas para cuidar a sus padres. Entonces Shirley vendría a relevarla y Carolyn volvería a casa.

Finalmente, sus padres vendieron su casa y se mudaron con nosotros a Ohio. Se negaron, pero acordaron mudarse a un apartamento para personas mayores que era nuevo y no estaba muy lejos de nuestra casa.

Su padre tenía demencia grave, por lo que alguien tenía que ir a quedarse con ellos cada vez que uno de ellos estaba en el hospital de Fort Smith. Su padre tenía diabetes tipo 2 y los médicos nunca le dieron medicamentos para ella. Llegó a un lugar donde apenas podía ver y tuvo que dejar de leer, lo cual era una cosa importante para él. Luego se quedó tan sordo que no se podía hablar con él si había algún ruido de fondo. Solo podía oír una parte de la televisión si se subía el volumen hasta un punto en el que resultaba doloroso para los demás. Cuando la familia se reunía, simplemente buscaba un rincón tranquilo y se sentaba. Cuando lo veía de esa manera, iba y hablaba con él durante horas, si era posible, cuando no estaba obligado a estar con otra familia. Creo que fue estar casi ciego y casi sordo lo que causó su demencia frente al Alzheimer. Había estudiado el aislamiento para los viajes espaciales en la universidad y sabía que no pasaba mucho tiempo para que un astronauta se debilitara debido al aislamiento.

Creo que la mudanza a Ohio y el hecho de que no pudiera conversar con otras personas de su edad debido a que era casi ciego y casi sordo hizo que se acelerara. Al cabo de unos meses, Los trasladó con nosotros a nuestra casa cuando se escapó y lo encontraron caminando por la carretera. Surgió una oportunidad en la que podía tener un cambio parcial de carrera al aceptar un trabajo regular de gerente de investigación y desarrollo en lugar de un consultor itinerante para la gerencia de investigación y desarrollo. Se veía bien en mi currículum para demostrar que podía hacerlo, y mi viaje debería ser sin problemas. Sería el primer subdirector civil del Programa de Logística en el gobierno. Por lo general, era al menos para un teniente coronel que buscaba ser un coronel completo o un coronel completo que buscaba ser general. Había varios trabajos potenciales y uno estaba en Oklahoma, a solo 3 horas de Fort Smith, Arkansas. Podría vivir cerca de mis padres por primera vez en 23 años. Pensamos que sería bueno que los padres de Carolyn pudieran visitar sus antiguos lugares de residencia, inArkansas.It se suponía que conducirían a dos ascensos automáticos al grado más alto en la administración pública federal, aparte del servicio ejecutivo superior (SES), que fueron en gran medida nombramientos políticos.

Debido a que era con poco tiempo de anticipación, tuve que irme primero y dejar a Carolyn allí para vender la casa, cuidar la casa, cortar el césped del lote, manejar el empaque cuando se vendió la casa y luego llevar a los niños y a sus padres a Oklahoma. El mercado inmobiliario no era muy bueno con las tasas hipotecarias de dos dígitos, por lo que lo vendimos barato, pero con suficiente dinero para un pago inicial mínimo de la nueva casa y pagar nuestras tarjetas de crédito. Carolyn había diseñado esa casa ella misma y yo había subcontratado la mayor parte del trabajo, actuando como contratista general, como mencioné antes. Nuestro hijo adolescente se negó a cortar el césped con nuestra cortadora de césped y Carolyn, que solo tenía cinco pies y cero, realmente no cabía en la cortadora de césped, pero lo hizo.

Compramos una casa en Oklahoma que tenía 5 dormitorios y 4 baños. Un extremo de la casa tenía 2 dormitorios con vestidores, un baño completo y un sistema de calefacción y refrigeración separado. El plan era que sus padres usaran un dormitorio como sala de estar y el otro como dormitorio, y al lado de la cocina. Su madre no lo hizo porque su padre había empeorado y no reconocía que nuestra hija era suya nieta y no era él mismo. Nos parecieron un apartamento de dos dormitorios muy bonito.

Habían pasado casi dos meses desde que me fui a Oklahoma y la hermana de Carolyn bajó a llevar el coche de sus padres y ellos al apartamento. Carolyn se fue unos días más tarde, después de que los encargados de la mudanza llegaran y empacaran nuestras pertenencias. Aparentemente, su padre le dio muchos problemas a Shirley en el viaje actuando como una niña secuestrada. No podría haber aceptado este trabajo en el tiempo disponible, si no fuera porque Carolyn era tan capaz. Carolyn nunca creyó que yo estuviera tan orgulloso de ella por haber hecho este movimiento por sí misma. Estaba muy orgullosa de ella y sabía que podía hacerlo. Su hermana mayor siempre decía que dependía demasiado de mí, pero yo sabía que no era así.

Pensé que la mudanza sería buena para todos nosotros. Donde nos mudamos era un barrio excepcional y exclusivo. Nuestro hijo había empezado a correr con los niños equivocados en Ohio y nuestros vecinos eran los niños correctos. La mayoría de nuestros vecinos eran médicos. Nuestro vecino de al lado conducía un Ferrari, su esposa una camioneta Mercedes y la hija tenía un Porsche nuevo. Una de las casas a una cuadra de distancia fue construida por Conway Twitty, otra casa fue habitada por Nadia Comaneci y Bart Conner, los gimnastas olímpicos, otra era copropietaria de varias tiendas de comestibles.

Yo estaría a unas cuadras de mis padres, y podríamos llevar a los padres de Carolyn a visitar a la gente en Fort Smith los fines de semana. Se suponía que iba a obtener un aumento de sueldo sustancial y el traslado fue pagado en su totalidad por el gobierno. Las cosas no funcionaron. Cayó el Muro de Berlín, mis principales programas de comunicaciones seguras se consideraron innecesarios con la desaparición del adversario ruso y, por lo tanto, ninguno de los ascensos prometidos. La demencia del padre de Carolyn se le fue de las manos. La hermana de Carolyn le tenía miedo, pero la pequeña Carolyn lo puso en su lugar. Cuando empezaba a tener un ataque de ira, ella lo empujaba hacia atrás en su silla y le decía que se sentara allí y él lo hacía. Después de solo un par de meses, su padre tuvo que ser ingresado en una unidad de Alzheimer para proteger a su madre de él. Ella todavía se negaba a mudarse con nosotros donde Carolyn podía controlarlo, pero solo ella y yo sabíamos que ella podía.

Roy, su padre, causó estragos en el hogar de ancianos. No tenía idea de quién era su esposa y pensaba que era su hermana, la pequeña Carolyn era la gran gorila que lo hacía comportarse, pero siempre supo mi nombre y el de nuestros hijos, pero en realidad no me conocía. Me saludaba diciendo: "Hola Al, me alegro de que hayas podido venir a visitarme. ¿Craig sigue nadando de manera competitiva (podría haber sido olímpico si hubiera sido serio y hubiera ido a los EE. UU. Juegos Olímpicos Juveniles durante seis años). ¿Y cómo está esa hermosa hija tuya, Christine? ¿Sigue tocando la viola? Y luego lo arruinaba preguntando: "¿Todavía tienes ese Buick 36 en el que solíamos ir a pasear?" Quiero decir, me encantaría tener un Buick 36, pero yo era su yerno y él pensaba que era un viejo amigo de su edad.

Se cayó y se cortó la cabeza mientras yo estaba fuera de la ciudad en un viaje. Carolyn tuvo que llevarlo al hospital. El hospital lo envió a casa y murió 2 días después de sepsis por una infección donde tenía puntos de sutura.

Un par de meses más tarde, tuve la oportunidad de llevar a Carolyn conmigo en un viaje del gobierno a Oahu, Hawái. El viaje fue oficialmente de 5 días, incluido el tiempo de viaje, pero me pidieron que me quedara para otra reunión la semana siguiente. Las cosas que estaban más allá del control de cualquiera terminaron con Carolyn y yo pasando 10 días en Hawái principalmente a expensas del gobierno, y yo realmente estuve en el trabajo unas 5 horas. Mientras estábamos allí, Shirley vino de Illinois para ayudar a cuidar a los niños y a su madre, que ahora estaba sola en el apartamento. Cuando llegamos a casa nos encontramos con que Shirley había llevado a su madre al hospital por dolores generales. Carolyn perdió a su madre menos de una semana después de nuestro regreso de Hawái, Me había ido a Oklahoma a finales de mayo, Carolyn y su familia llegaron a Oklahoma a finales de julio y ella perdió a sus padres antes de fin de año. No fue una buena jugada para Carolyn.

Nuestro hijo fue invitado de inmediato a las fiestas de niños ricos donde tenían piscinas cubiertas, pero gravitó hacia los niños equivocados. En Ohio, estuvo en el equipo juvenil de natación de la base aérea que era muy competitivo con un entrenador que había sido entrenador de natación olímpica. En Oklahoma, el equipo de natación de la escuela secundaria era uno de los mejores del estado. Craig podría haber podido ir a los Juegos Olímpicos, pero no se lo tomó en serio. Asistió a las prácticas suficientes para no ser expulsado del equipo. Siempre tuvo tiempos altos de clasificación estatal, pero en el estado ni siquiera se esforzaba mucho, excepto en los relevos cuando otros dependían de él. Lo vi con tiempos casi olímpicos cuando le tocó el turno en un relevo. Se zambullía en la piscina a un cuarto de vuelta del último nadador y estaba medio grupo por delante del equipo en primer lugar cuando terminaba su turno. Muchas veces, el nadador ancla fue capaz de mantener suficiente de esa ventaja para ganar. En individuales, apenas llegaría a la serie de consolación en la final y luego estaría tan adelante que su tiempo lo habría colocado entre los 4 primeros del estado si hubiera estado en la final en lugar de la serie de consolación. De hecho, con algo de competencia en la manga final, podría haber establecido algunos récords si realmente lo hubiera intentado. Donde otros apenas podían salir de la piscina, él terminaba sin cansarse. Mientras los otros nadadores tenían que descansar antes de volver a nadar, Craig caminaba bromeando con sus compañeros de equipo y los nadadores que conocía de los otros equipos.

Christine estaba comenzando el segundo grado cuando nos mudamos y fue una buena decisión para ella. Carolyn, naturalmente, se hizo cargo de una tropa de exploradores para que Christine hiciera amigos rápidamente, siempre haciendo lo mismo para todos los demás. Habría hecho más por Carolyn toda su vida si hubiera sabido qué hacer. Era tan capaz e independiente que por lo general me sentía en su camino cuando intentaba ayudar. Nunca aprendí a doblar una sábana bajera, ni siquiera con horas de instrucción durante los 45 años que estuvimos juntos.

En cualquier caso, Christine empezó a tocar la viola en la orquesta de la escuela, que tocó hasta su graduación en el año 2000. Estaba en el cuadro de honor tomando clases de honor. Pensamos que Craig era el inteligente y, según las pruebas de coeficiente intelectual, era mucho más inteligente que Christine, pero sus calificaciones eran principalmente B y C'shers estaban cerca de A tomando clases avanzadas. En su último año, obtuvo 20 horas de crédito universitario conduciendo a la Colegio Comunitario Local. Las únicas clases de secundaria que tomó en su último año fueron Inglés y Orquesta. Tuvo que no ir a la escuela de verano de inglés para darle un año más en la Orquesta y permitirle posponer la graduación hasta que cumpliera 18 años en la promoción de 2000 años. De lo contrario, se habría graduado a los 17 años y se habría perdido el último año de Orquesta.

Hizo una prueba y entró en la orquesta juvenil del estado, pero tenía demasiadas cosas en marcha y decidió que no tenía tiempo para ir a la ciudad varias veces a la semana para los ensayos. Ella fue la Digna Consejera en el Arco Iris local para las Niñas y la Reina de las Hijas de los Trabajos, que son ambas organizaciones masónicas para las jóvenes. Ella era una funcionaria estatal en Rainbow for Girls, lo que requería un fin de semana mensual fuera de casa visitando otras asambleas en otras ciudades del estado. Cuando tenía 14 años, fue la representante de Oklahoma en Texas y dio un discurso frente a la asamblea estatal de Texas en el Centro de

Convenciones Astrodome de Houston. Podía leer un discurso de dos páginas dos veces y repetirlo palabra por palabra un año después si era necesario. Su discurso en el Astrodome fue perfecto, sin notas, y reconoció debidamente a todos los asesores adultos del estado de Texas, a los miembros de alto nivel de los masones de Texas y a las muchachas oficiales de Texas para su estado. Duró unos 15 minutos y capturó la atención embelesada de todos, sin que nadie hablara, excepto cuando se les pidió que reconocieran el sagrado reconocimiento de Christine.

Christine continuó ocupando un cargo en el estado de Oklahoma desde los 14 hasta los 20 años, cuando tuvo que dejar Rainbow por Girls debido a que tenía 20 años. Durante su último año en la escuela secundaria, su mejor amiga en Rainbows fue la Gran Asesora Digna (presidenta) del estado. Cuando las otras muchachas no la elegían para un cargo, los consejeros adultos la convertían en asesora oficial de los adultos. Probablemente podría haber sido la consejera del Estado, si no fuera porque su amiga era un año mayor y contaba con el apoyo político de sus padres de alto rango en la organización estatal, y no podían permitir que dos chicas de la misma ciudad ocuparan ese cargo más alto dos años seguidos. Christine casi se avergonzó de los albañiles cuando se graduó desde la escuela secundaria ganando múltiples becas por un total de más de $ 20,000. Algunas de las becas eran de empresas que no tenían ninguna relación con la masonería libre, pero que querían promover a las mujeres y acudieron a las organizaciones de niñas masónicas para encontrar jóvenes graduadas de la escuela secundaria con buenos hábitos y alta moral que representarían la feminidad ideal.

Christine también abandonó el scouting en los últimos dos años y Carolyn entregó el liderazgo de la tropa a su asistente del líder de tropa. Donde nuestro hijo nos mantenía ocupados con sus competencias de natación competitiva en todo el estado y yendo a los nacionales todos los años, Christine se tomaba nuestro tiempo con sus actividades. Cuando Christine fue a la universidad, eso dejó a Carolynalone con el perro mientras yo trabajaba. Christine se graduó con una licenciatura en 3 años y pasó a la escuela de posgrado en Nuevo México.

Mi trabajo consistía en ganar el dinero, asegurándome de que nuestros coches, a menudo antiguos, fueran totalmente fiables. Durante 16 años, su automóvil principal con una camioneta Chevy personalizada de tamaño completo que conducía a diario y que llevábamos de viaje. Pasé por una variedad de autos antiguos de segunda mano. Esa camioneta Chevy fue el último vehículo que compramos nuevo y tenía más de 200,000 millas confiables. La única vez que tuvimos que parar en la carretera fue cuando unos niños pusieron un poco de tierra en el tanque de gasolina que taponaba el pequeño filtro de la entrada al carburador y la única herramienta que tenía en la camioneta eran un par de mordazas. Lo arreglé en una gasolinera quitando elfiltro y dejando que la suciedad pasara sin filtrar durante unos años.

Me encargué del exterior de la casa, limpié la piscina, arreglé los pequeños trabajos de plomería, me puse en contacto con el personal de servicio para reparar la calefacción y el aire. En 45 años, solo tuve que arreglar un electrodoméstico unas 5 veces, como la máquina de hielo en el refrigerador, un nuevo triturador de fregadero (2), un quemador de secadora de ropa (2 veces). Cocinaba a la parrilla al menos una vez a la semana en promedio: más en verano que en invierno.

Ella cocinaba la mayor parte del tiempo, hacía las compras y lavaba los platos en el lavavajillas. Antes del lavaplatos, era un trabajo de dos personas, ella lavaba, yo secaba. Sin embargo, tuvimos un Lavavajillas en nuestra primera casa después de estar casados 6 años. Debido a mis frecuentes viajes de negocios para la Fuerza Aérea, ella se encargó de la mayor parte de la crianza de los niños. La cadera de Carolyn, que el médico dijo que iba a tener que ser reemplazada en 1974, ahora le molestaba más en 1990, después de que nos mudamos a Oklahoma. Luego comenzó a bloquearse en ella, donde se quedaba atascada a mitad de camino para ponerse de pie y tenía que pasar hasta 5 minutos enderezando la cadera para ponerse de pie. Tuve dos compañeros de trabajo que se sometieron a reemplazos de cadera.

Una mujer caminaba muy raro con la articulación de la cadera, lo que la hacía caminar como un cangrejo y el tipo usaba un bastón y cojeaba mucho. Se retiró y regresó seis meses después como contratista, caminando como la mayoría de la gente correría. No cojeaba y le pregunté qué se había hecho. Había ido al Hospital de Huesos y Articulaciones de Oklahoma y habían reemplazado la articulación mal reemplazada por una de las suyas y era como de oscuro para la luz del día. En lugar de cojear con un bastón, prácticamente te atropellaba, caminaba tan rápido. Llamé a su médico y, usándolo como referencia, conseguí que Carolyn lo viera la semana siguiente. Dijo que Carolyn necesitaba ambas caderas por rayos X y programó el bloqueo de la cadera dos semanas después. Los amigos de Carolyn se alegraron de que el médico local de Norman no le reemplazara el porro, pero no habían dicho nada.

Carolyn estaba asustada, pero al día siguiente, después de la cirugía, la hicieron caminar con un andador. Una semana después de la cirugía, fuimos al nuevo centro de rehabilitación del hospital local con acane y preguntamos sobre cómo llevar su rehabilitación allí en lugar de ir a Oklahoma City. Ellos dijeron: "Claro. ¿Hace cuántos meses te hiciste la prótesis de cadera?

Responde: "La semana pasada, casi a esta hora del día". ¿Dónde está tu andador? "A mí no me dieron ninguno". Carolyn tomó su rehabilitación durante dos semanas y trabajó en casa con las instrucciones del hospital para la rehabilitación en el hogar y luego abandonó la rehabilitación oficial. Cuando el cirujano original retiró los puntos y las pinzas y la autorizó para la rehabilitación de natación, usé el calentador de la piscina para calentar toda la piscina de 20,000 galones detrás de la casa y ella comenzó nadando vueltas usando la patada de braza con una tabla de remo para mantenerla a flote, lo que hizo que moviera esa nueva cadera a la perfección.

Cuatro meses después de la cirugía, estábamos visitando a su hermana en Illinois y se subió a un caballo por primera vez. Tuve que ayudarla a subir y bajar del caballo, pero no le dolió y se alegró de ver que podía volver a montar a horcajadas sobre un caballo. Cuando vio al cirujano, le dijo, no debería estar montando. No se preocupaba por la cadera que había reemplazado, sino por la otra cadera que ella tendría que reemplazar pronto.

Unos 4 años después, nos enteramos de que el cirujano se iba a jubilar y si quería que le hicieran la segunda cadera, tenía que hacérsela de inmediato o buscar a su hijo, que también era cirujano ortopédico en el mismo hospital. Así que se hizo la segunda cadera. No hizo la rehabilitación en casa tan bien con la segunda cadera y nunca fue tan buena, pero nunca se adivinaría que tenía dos articulaciones de cadera metálicas e hizo todo lo que cualquier otra persona puede hacer y nunca cojeó.

Estaba a punto de jubilarme cuando llegué a casa temprano de un día de viaje y descubrí que cuando estaba fuera de la ciudad, ella cargaba una pistola magnum 357 y la ponía debajo de mi almohada y tenía una escopeta de doble cañón calibre 20 apoyada en su mesita de noche cuando no volvía a casa. Siempre me decía que era una gata asustadiza, pero nunca le creí porque parecía intrépida. Y pensar que viajé mucho. Nunca me separaba de ella por más de unos días y la llamaba a diario desde donde quiera que estuviera, pero no tenía idea de que estaba cargando y durmiendo con armas. Siempre compré casas en lo que consideré barrios muy seguros. Nunca nos robaron nada ni ninguna evidencia de que se llevaran nada. Dejamos nuestros autos abiertos la mayor parte del tiempo y nadie los molestó. Solo una vez, cuando estuvimos en Alemania, hubo un rumor sobre el perro y una noche escuché risas fuera de la ventana de nuestro dormitorio. Cogí mi pistola magnum 357, encendí la luz mientras apuntaba con esa gran pistola hacia la ventana y dije, en inglés, aléjate de mi apartamento. Nadie volvió a tener rumores de un mirón en la zona residencial alemana.

¿Vaya, blandiendo una pistola en Alemania? Una pequeña historia sobre eso. En el edificio de apartamentos de dos pisos de al lado, un joven oficial alemán encontró a alguien tratando de robar los tapacubos de su automóvil en el estacionamiento y vació su pistola tratando de dispararles desde el balcón de su segundo piso. La policía alemana que solo vimos 3 o 4 veces en nuestros 3 años en Alemania vino a la mañana siguiente en su Volkswagen Bug y le preguntó sobre disparar su pistola en el área de la vivienda en medio de la noche. Explicó que la policía buscó en el bosque al otro lado de la calle y le dijo que necesitaba más práctica de tiro, encontraron agujeros de bala en los árboles, pero no había evidencia de que golpeara a los malos. ¿Sería nuestra policía tan comprensiva aquí en los Estados Unidos? No es de extrañar que la tasa de criminalidad sea tan baja en Alemania, o que lo fuera antes de que llegaran todos los inmigrantes. Búsquelo: "Alemania tiene una de las tasas más altas de posesión de armas en el mundo, pero una de las tasas más bajas de muertes relacionadas con armas de fuego". Si la mayoría de los propietarios tienen armas, es mejor que los malos se mantengan fuera de las casas.

Retiré mi último servicio de reserva en 1989 completando los 20 años de servicio requeridos para la jubilación y en la primavera de 1990 me separaron oficialmente de la reserva después de haber recibido los puntos y el tiempo necesarios para la jubilación, pero los reservistas no pueden cobrar esa paga de jubilación militar hasta que cumplan 60 años, que sería en abril de 2004. Había pasado 10 años y medio en servicio activo como reservista antes de regresar al servicio civil federal. Para que ese tiempo se calculara para mi jubilación civil, tuve que pagarle al gobierno por el dinero que no pagué al sistema de jubilación mientras estaba en el ejército activo. Pedí una segunda hipoteca sobre la casa para pagar los 25.000 dólares, de modo que pudiera contar ese tiempo para la jubilación de la administración pública, aumentando así los años en el cálculo de 26 1/2 a 37 años, lo que elevó el porcentaje de mi salario de trabajo para mi cheque de jubilación de menos del 50% al 68% del salario promedio de los últimos tres años. Podría haberme jubilado por completo de la administración pública federal a los 55 años, pero seguía trabajando. Tenía 60 días de vacaciones anuales acumuladas y solo podía acumular más de 30 días de vacaciones, por lo que arreglé retirarme de la administración pública federal a principios de enero de 2004, antes de que finalizara el sueldo periodo. Eso significaba que podía cobrar 60 días de sueldo completo el día que me jubilara vendiendo las vacaciones acumuladas y mis miles de horas de licencia por enfermedad agregarían tiempo a mis cálculos para un cheque de jubilación. Ese dinero extra fue suficiente para arrastrarme fácilmente hasta que pude cobrar ese primer cheque de retiro de la reserva de la fuerza aérea cuando cumplí sesenta y cuatro meses después. Por lo tanto, mi cheque de jubilación del servicio civil del 68% más mi cheque de teniente coronel militar del 44% me daría aproximadamente lo que ganaba cuando trabajaba a tiempo completo. Para seguir trabajando, mi salario sería de 1,78 dólares la hora más que no trabajar y seguir teniendo los gastos de ir y venir del trabajo y estar lejos de Carolyn.

tiempo completo. Para seguir trabajando, mi salario sería de 1,78 dólares la hora más que no trabajar y seguir teniendo los gastos de ir y venir del trabajo y estar lejos de Carolyn.

44

Ejemplos de Vacaciones Milagrosas

Tomamos muchas vacaciones familiares. Este es un ejemplo de una de nuestras vacaciones mientras estábamos en Oklahoma. Nuestro remolque tuvo que ser desguazado, y no podíamos permitirnos uno nuevo, pero aún queríamos tomar vacaciones, así que fuimos a una tienda de tamaño familiar.

Queríamos ver Canyon De Chelly en Arizona, así que empacamos la vieja camioneta personalizada Chevrolet G20 de 200,000 millas y nuestra tienda de campaña familiar, sacos de dormir, comida, colchones de aire y nos fuimos. Conducimos hasta el cañón en un largo día, llegamos justo antes del anochecer y acampamos en el Campamento Nacional casi desierto allí. Nos levantamos a la mañana siguiente y condujimos alrededor del borde del cañón, deteniéndonos muchas veces para tomar fotos y mirar a través de los binoculares. Entonces decidimos, ya que estábamos tan cerca, que continuaríamos hasta el Gran Cañón. Fuimos hacia el norte y pudimos ver las formaciones rocosas de Bryce Canyon y Zion Canyon mientras conducíamos a lo largo del lado sur de Utah. Luego conducimos a través de esa famosa carretera a través de Monument Valley.

Llegamos al extremo este del Gran Cañón justo antes de la puesta del sol. Entramos en el primer mirador y descubrimos que éramos los únicos allí. Nos preguntábamos dónde estaba la masa de multitudes que se ve en las noticias, porque teníamos el estacionamiento para nosotros solos. Caminamos hasta el punto de observación, tomamos fotos y nos movimos hacia el oeste hasta el siguiente estacionamiento y punto de observación. En el tercer lote, no nos molestamos con un espacio de estacionamiento ya que estábamos solos, así que simplemente estacioné junto a la entrada del comienzo del sendero al punto de observación. Hicimos esto hasta que llegamos al campamento después del anochecer. Nos acercamos al guardabosques estación en la entrada del camping y preguntó por el espacio de un campamento. El guardabosques nos dijo que habían estado reservados durante casi un año y nos recomendó que siguiéramos conduciendo fuera del parque y tratáramos de encontrar un motel. Sabía que me habían dicho que hiciéramos reservas con un año de anticipación, pero siempre habíamos sido bendecidos con buena suerte, milagros, la gracia de Dios o algo así.

Le dije: "Está bien, entraremos, daremos la vuelta en U y nos iremos".

Mientras entrábamos, un par de jóvenes estudiantes universitarios nos hicieron señas para que nos bajáramos. "Escuchamos. Tenemos un espacio vacío para acampar. Había un grupo de nosotros que veníamos aquí para reunirnos en el Gran Cañón y no nos dimos cuenta de lo grandes que eran los espacios para acampar y reservamos tres de ellos. Cuando llegamos aquí, descubrimos que eran tan grandes que podíamos aparcar los siete coches y montar nuestras cinco tiendas en una, por lo que tenemos dos plazas de acampada libres. Pagamos $10 por sitio. ¿Para cuántos días lo quieres?

"Dos noches deberían ser suficientes, aquí hay dos veintes para darte un poco de ganancia".

"Solo pagamos $10, eso no es necesario". No hay problema, nos ahorraste el tiempo de conducir hasta la ciudad, tratar de encontrar un motel y el costo del motel".

A la mañana siguiente, nos despertamos con la primera luz del día, así que decidimos regresar por donde vinimos y ver el amanecer sobre el Gran Cañón. Al igual que la noche anterior, teníamos los estacionamientos para nosotros solos. Cuando llegamos a la pequeña tienda en el extremo este, todavía no estaban abiertos. Esperamos, tomamos unas donas y un café y nos dirigimos de regreso a GrandCanyon Village. Cuando llegamos al primer estacionamiento al oeste de la pequeña tienda, el estacionamiento no solo estaba lleno, sino que la gente estaba estacionada en paralelo en la carretera principal y caminando hacia el estacionamiento y el mirador. Cada estacionamiento y mirador fue así todo el camino de regreso al campamento.

Habíamos echado de menos a la multitud y teníamos todo para nosotros solos. Si hubiéramos salido del campamento más tarde, habríamos tomado horas con el tráfico y el estacionamiento. Así fue Obtuvimos todas nuestras fotos en las mejores horas del amanecer y extrañamos el tráfico y caminar desde nuestra camioneta hasta los miradores.

Cuando regresamos a Grand Canyon Village, mi hija y yo decidimos comenzar a caminar por el sendero hasta el fondo del cañón. Carolyn iba a quedarse en la cabaña y en la furgoneta porque no quería caminar kilómetros por una pendiente. Christine y yo caminamos durante aproximadamente una hora con mucha gente que nos frenaba. No habíamos traído agua ni bocadillos y pudimos ver que tomaría horas bajar al fondo y decidimos que no queríamos pasar el día de esa manera, así que pasamos una hora volviendo a subir. Luego nos reunimos con Carolyn y decidimos que íbamos a conducir hasta la ciudad. Al salir del parque, había kilómetros de coches esperando a conseguir su pase para entrar en el parque, pero teníamos el camino para nosotros solos.

Vimos un movimiento IMAX con un vuelo simulado de un águila a través del cañón que fue tomado de un ala delta, fuimos a un museo, almorzamos y regresamos al Gran Cañón. Seguimos conduciendo a través de la muestra de nuestro pase a los camareros en la entrada. Había kilómetros de coches haciendo cola para salir del parque terminando su visita allí. Una vez más, perdimos el tráfico al ir en sentido contrario en el momento adecuado.

Visitamos algunas ruinas indias a lo largo del borde sur del Gran Cañón y luego, cuando se acercaba el atardecer, tomamos un viaje en autobús hasta el extremo oeste del parque para ver ese extremo del parque al atardecer. Teníamos sándwiches con nosotros y después de tomar nuestras fotos descubrimos que habíamos perdido el transbordador. Cuando comenzamos a caminar de regreso hacia el albergue, un transbordador pasó recogiendo a los rezagados como nosotros y nos llevó de regreso. Oye, Dios siempre estuvo con nosotros, así que no teníamos que preocuparnos por quedarnos varados a kilómetros del campamento por la noche.

A la mañana siguiente, decidimos que habíamos visto lo que había en el Gran Cañón a menos que quisiéramos ir al fondo y no quisiéramos pasar el día de esa manera. Decidimos continuar hacia el oeste y pasar por encima de la presa Hoover hasta Las Vegas.

Llegamos a Las Vegas casi al anochecer, acampamos en un campamento de grava caliente, nos levantamos y caminamos por la franja y nos dirigimos a algunas otras áreas de casinos como centro de Las Vegas. A la mañana siguiente, decidimos que ya habíamos visto suficiente de Las Vegas y nos dirigimos de nuevo hacia el oeste. Atravesamos el Valle de la Muerte y nos encontramos cerca del Parque Nacional de las Secuoyas en California y decidimos ir a ver las secuoyas.

Naturalmente, el guardabosques dijo que no había ningún lugar para acampar cuando una pareja entró para decir que se iban temprano. Tomamos su lugar cerca de los baños superiores y las duchas. Un lugar privilegiado para acampar. ¿Quién necesita reservas con Dios haciendo un pequeño milagro de forma regular? Nos cocinamos, nos duchamos y nos acostamos para pasar la noche. Alrededor de las 3 de la madrugada sentí que algo me empujaba la cabeza a través de la tienda y un resoplido como el de un perro grande. Tenía miedo de que un perro grande hiciera sus necesidades en la tienda justo cerca de mi cabeza, así que lo golpeé a través de la tienda y se escapó. Nos levantamos alrededor de las 5 de la mañana.

Todo el mundo hablaba del oso que bajó por todo el campamento derribando tiendas y causando confusión. No se trataba de atacar a nadie, sino de huir de algo. Todos trataban de enderezar los postes doblados o volver a estacar sus tiendas y encontrar sus sacos de dormir que habían sido arrastrados colina abajo. No dije que tal vez yo lo causé. Pensé que era el perro de alguien que andaba suelto por el campamento. Al parecer, le había dado un manotazo en la nariz al oso que se alejó de mi tienda causando estragos durante todo el camino cuesta abajo hasta el otro extremo del campamento. Condujimos y miramos los magníficos árboles y decidimos que necesitábamos regresar a casa ya que solo me había ido por una semana, lo que significaba contar los días de fin de semana que solo teníamos 4 días para volver a casa. Despegamos de nuevo hacia el este. A medida que llegamos a Las Vegas hay una larga colina. Los termómetros de los negocios mostraban más de 120 grados y, aunque la camioneta no se sobrecalentaba, el aire acondicionado se apagaba de vez en cuando mientras tirábamos de la colina con el calor.

Decidimos quedarnos en un hotel y paseamos por el Strip de Las Vegas visitando los famosos casinos. Cuando regresamos al hotel, conseguí que cada uno de nosotros recibiera un rollo de monedas de cinco centavos para usar en las máquinas tragamonedas. No pasó mucho tiempo cuando Carolyn y Christine estaban hurgando en mis ganancias para alimentar otras máquinas. En un momento dado, jugando al póquer de níquel, subí a $ 126. Finalmente nos dimos por vencidos, nos fuimos a la cama y volvimos a despegar hacia el este por la mañana. En el camino a Oklahoma nos detuvimos en el Monumento Nacional de los Dinosaurios, el Desierto Pintado, el Bosque Petrificado y de regreso a casa. Entonces, 5 días de vacaciones, con fines de semana de 9 días, vimos gran parte del oeste de EE. UU. y varios parques nacionales. Unas vacaciones típicas. Un milagro conseguir espacios para acampar en el Gran Cañón, el Parque Nacional de las Secuoyas, el Bosque Petrificado y sin problemas con el coche en una furgoneta Chevy de 200.000 millas.

Otra semana larga fue conducir a Elgin, Illinois, para una boda, conduciendo desde allí para ver las Badlands de Dakota del Sur, el Monte Rushmore y debido a la lluvia después de verlo, condujimos hasta la Torre del Diablo y luego fuimos al Parque Nacional de Yellowstone, y de regreso a través de Colorado.

Todos nuestros viajes fueron aventuras y encantadores. No necesitábamos planificar nuestros viajes con un año de anticipación como lo hacen muchas personas, podíamos simplemente equivocarnos, aprovechar el momento y confiar en nuestra suerte o en Dios para que las cosas salieran de la mejor manera posible.

45

Mudarse a Florida

Poco más de un año después de que me jubilé y comencé a trabajar como agente inmobiliario pobre, el esposo de mi cuñada murió. Carolyn acababa de volar para verla unas semanas antes. Entonces mi padre murió. Ya tenía un crucero programado, así que Carolyn y yo nos fuimos en el crucero después del funeral. Mientras estaba en el crucero, recibí una oferta de trabajo para mudarme a Tampa, Florida, por aproximadamente mi cheque de jubilación. Esto significaba que tendría $90,000 de jubilación más $90,000 de salario y la hermana de Carolyn acababa de perder a su esposo a 150 millas de distancia, así que dijimos que sí por correo electrónico desde el barco. Cuando llegamos a casa, compramos un nuevo remolque de 5 ruedas para vivir en Tampa, pusimos nuestros muebles en el almacén y la casa a la venta. A dos semanas de regresar del crucero vivíamos en el remolque de 5ª rueda de pago y yo trabajaba en Tampa como gerente de investigación y desarrollo de sistemas electrónicos para las fuerzas especiales (sellos, boinas verdes, etc.). Un trabajo similar en la gestión de voz segura que el avión de radar AWACS, pero en una escala de valor en dólares más baja. Este trabajo también requería algunos viajes. Había pasado un año desde que me jubilé, así que pensaron que tomaría un año recuperar mi autorización de Top Secret, pero aparentemente, el gobierno me había estado observando en mi jubilación y solo tomó 2 semanas (¿un milagro?) lo cual era inaudito.

Carolyn comenzó a trabajar con agentes inmobiliarios para encontrar una casa en Tampa y todo lo que obtuvimos fue una decepción. O era una casa destartalada en un barrio malo por 300.000 dólares, o una bonita casa al lado de una gasolinera de parada rápida con rejas en las ventanas y puertas rodeada de barrios bajos por 400.000 dólares. Finalmente fuimos más y más lejos y encontramos Sun City Center, que es una comunidad de más de 55 años de poco menos de 20,000 población con todos los rangos de precios para casas desde $8,000 por un pequeño condominio hasta $700,000. Mirábamos casas los fines de semana, pero el lunes estaban vendidas y no estaban en el mercado. Después del cuarto fin de semana, encontramos una casa que estaba por debajo de la media en comparación con nuestras casas anteriores, pero en buen estado en un buen vecindario por un precio solo un poco más alto que el precio por el que vendimos nuestra casa en Oklahoma y dijimos: "La tomaremos".

Lo único malo de la casa era que solo tenía dos dormitorios y dos baños pequeños, con una pequeña cocina y otras pequeñas habitaciones rotas que habían sido cerradas o añadidas desde que se construyó la casa. La otra cosa era que se llamaba la casa Pepto-Bismol porque ese era el color de los gabinetes de la cocina que tenían espejos en cada puerta, la puerta principal, los toldos y la puerta del garaje. Después de comprar la casa, pensamos que tendríamos que comprar todos los gabinetes nuevos, pero descubrimos por un vecino amable que pensaban que eran de buen roble bajo la pintura rosa y los espejos.

Pusimos una cerca de alambre en el patio trasero de inmediato para nuestros dos perros. Carolyn me pidió un eslabón de cadena cubierto de vinilo verde para ayudar a camuflarlo para nuestros vecinos que no tenían cercas. De hecho, la casa detrás de la nuestra estaba en una de las 75 asociaciones de propietarios diferentes en el centro de Sun City y la mayoría de las cercas prohibidas. Eso limitaba las casas que podíamos mirar cuando comprábamos una casa. Necesitábamos poder poner una valla. Compré una bonita puerta de entrada de madera para reemplazar la puerta de metal rosa intenso y luego la teñí y barnizé. Carolyn y yo nos turnamos para quitar la pintura de los armarios y despegar los grandes espejos de las puertas de cada armario. Carolyn terminó encargando de los transportistas que trajeron nuestros muebles del almacenamiento en Oklahoma y gran parte de la pintura decapada. Hice todo el tinte y el barnizado. Reemplacé la encimera y el lavabo del baño principal y agregué algunos botiquines de madera para reemplazar un gran espejo fijo.

Mientras hacíamos esto, habíamos trasladado nuestro remolque de 5 ruedas a Cockroach Bay, lo que suena mal, pero en realidad era un bonito parque de remolques. La mayoría de los lotes eran para pájaros de nieve y Es probable que algunas de las 5ª ruedas y los remolques de los modelos Park no se hayan movido en 20 años. Un pájaro de nieve en Florida es alguien que tiene un hogar en algún lugar del norte de los Estados Unidos o Canadá y viene al sur de Florida en el invierno. Probablemente haya un millón de aves de nieve, pero es difícil de rastrear porque Florida no tiene impuesto sobre la renta, por lo que muchas aves de nieve poseen un hogar en Florida y reclaman Florida como su estado de residencia, aunque puedan pasar más de 6 meses cada año en el norte. Los canadienses pierden beneficios si no mantienen su residencia en Canadá pasando al menos seis meses en Canadá, y hay más de 80,000 en la Asociación Canadiense de Aves de Nieve, pero eso es solo un pequeño porcentaje de las Aves de Nieve Canadienses.

Yo iba al trabajo desde el parque de casas rodantes y Carolyn iba a nuestra casa en Sun City Center hasta que terminamos los armarios y los muebles se trasladaron del almacén en Oklahoma. Una vez más, Carolyn tuvo que encargarse de la mayor parte de la mudanza y de decidir dónde se colocarían los muebles. Cuando llegué a casa del trabajo después de que nos mudamos, colgué los cuadros donde Carolyn me dijo. Como siempre, Carolyn convirtió la casa en un hogar. Los propietarios anteriores tenían una pequeña habitación con lados de vinilo agregada a la casa con lo que habían sido puertas de vidrio corredizas triples hacia el exterior, ahora dividiendo lo que usaban como comedor con un candelabro sobre su mesa de comedor. Carolyn decidió que la sala de estar era lo suficientemente grande para el newsofa y el sofá de dos plazas que compramos en Florida y nuestra mesa de comedor, 6 sillas, conejera de porcelana y servidor. Habíamos donado nuestros viejos muebles de la sala de estar, excepto las mesas de café y auxiliares, antes de la mudanza.

La habitación separada no se utilizó como comedor, sino que se convirtió en la sala de computadoras y archivadores y en una habitación de invitados temporal con una cama oculta. El viejo sofá cama y nido de Christine se convirtió en el sofá de la sala de televisión junto con una vieja silla deslizante reclinable que teníamos de Oklahoma y la "mesa de juego" y 4 sillas de cuero acolchadas que habíamos heredado de sus padres. La mesa de juego y las sillas eran los únicos muebles de sala de estar de calidad, siendo de marca la madera de buena calidad. El "juego" "mesa" era más baja que una mesa de comedor y de 6 lados. Ahí es también donde ponemos nuestras estanterías y la televisión. Comíamos la mayoría de nuestras comidas en la mesa de juego donde podíamos ver la televisión.

La sala de televisión parecía ser lo que solía ser un porche que había estado cerrado en algún momento en el pasado con ventanas en ambos lados. Había un porche detrás que cubría lo que una vez había sido el patio. El porche era grande y terminé pasando muchas horas allí, leyendo y fumando mis cigarrillos que no estaban permitidos en la casa.

46

Ataque al corazón

Tomamos otro crucero en septiembre de 2006 al Caribe Oriental. Carolyn sabía que quería bucear, pero no lo haría sin ella. Traté de convencerla de que no estaba interesado, pero ella insistió en que nos inscribiéramos en un velero, snorkel y excursión a la playa. A Carolyn no le gustaba estar en el agua, excepto en un crucero que le encantaba, pero allí estaba en un gran catamarán con otros 20 pasajeros y 5 tripulantes. Navegar a un área de esnórquel fue divertido, pero cuando llegó el momento de bucear, sugerí que nos quedáramos en el bote. Estaba preocupado por alguna razón. Siempre he tenido premoniciones de cosas buenas y malas y esto parecía que podría ser malo, pero el viento y el agua estaban en calma y se podía ver el fondo del mar desde el barco.

A Carolyn ni siquiera le gustaba vadear los lagos, excepto el lago Geneva en Wisconsin, donde creció, que tenía aguas muy claras y todos sus amigos estaban en el agua. Era una nadadora bastante buena, pero prefería la piscina. Rara vez iba a nuestra piscina en Ohio y la única vez que usó la piscina en Oklahoma fue después de sus reemplazos de cadera para la rehabilitación que funcionaron muy bien.

De todos modos, para mi beneficio, ella se metió en el agua sin mí y yo la seguí lo más rápido que pude. Este viaje de esnórquel fue su regalo para mí, no tenía ningún interés en el esnórquel, pero quería que yo tuviera la experiencia. Estaba tratando de alcanzarla, ya que tenía una ventaja cuando una tormenta eléctrica cayó sobre la montaña de la isla y el viento se levantó con relámpagos que realmente golpearon el agua, lo que no dañó a nadie porque todos estaban demasiado lejos, pero Carolyn entró en pánico y, con el viento que soplaba y las olas, la perdí de vista.

Al parecer, el rayo la había asustado y nadaba hacia la playa, pero el viento había creado una corriente que la empujó muy a la derecha de la playa más cercana. Cuando finalmente la vi, estaba en problemas y se doblaba en el agua. Luché a través de las olas hasta ella a unas 50 yardas de distancia y no soy un buen nadador, especialmente con un salvavidas, que ambos teníamos. Cuando llegué a ella, me dijo que no podía respirar y que le dolía el pecho. Comencé a tratar de tirar de ella detrás de mí, nadando hacia el velero, pero fue muy lento. Estaba haciendo sonar el silbato para pedir ayuda, pero las balsas de goma estaban ocupadas rescatando a las personas más cercanas al velero y no podían escuchar mi silbato lejano con sus motores fuera de borda en marcha. La arrastré contra la corriente durante unos 150 metros antes de que una balsa de goma de rescate de otro velero viniera al rescate y la ayudara a subir a la balsa. Estaba cansado, pero tenía un chaleco salvavidas para que no me hundiera, así que la llevaron a una de nuestras balsas de rescate y luego volvieron por mí y me llevaron al velero.

Nuestra balsa de goma de rescate recogió a otros buceadores con Carolyn respirando de una máscara de oxígeno que tenían a bordo. Pasaron unos 30 minutos antes de que Carolyn subiera a bordo del velero que todavía estaba chupando oxígeno. El capitán del velero dijo que pensó que era un ataque al corazón, pero Carolyn se quitó la máscara y dijo que solo era un ataque de asma. En cualquier caso, cuando regresamos al crucero, Carolyn parecía estar bien. Esa noche se enfermó del estómago, pero ninguno de los dos había tenido nunca ningún síntoma de mareo, que más tarde supe que era otro síntoma de un ataque al corazón. Y todo porque Carolyn había hecho esto solo para darme la oportunidad de bucear.

Cuando llegamos a casa del crucero, le dolían los dos hombros, pero no el dolor en el pecho, otro síntoma de una mujer que sufre un ataque al corazón. Los médicos a los que acudía le recetaban esteroides tanto para la respiración como para el dolor de hombro. Seguía empeorando. A mediados de noviembre, le recetaron un nebulizador para atomizar albuterol para su respiración y más esteroides para su dolor de hombro. Lo llamaron EPOC y artritis. Cuando fuimos a visitar a su hermana a 120 millas al sur en Fort Myers Beach, Florida, para el Día de Acción de Gracias, compré un inversor para hacer funcionar su nebulizador de CA de 120 voltios con la energía de CC de 12 voltios para que pudiera usar el nebulizador durante el viaje en automóvil de 2 horas. Para Navidad estaba peor. Había visto a 5 médicos diferentes desde el Día de Acción de Gracias y a 3 médicos la semana después de Navidad.

Cuando sus pies comenzaron a hincharse, me di por vencido con los médicos y la llevé a la sala de emergencias del hospital. Inmediatamente le diagnosticaron un corazón y comenzaron a tratarla hasta que pudieron conseguir una ambulancia para llevarla al Hospital General de Tampa y a un cirujano cardíaco, lo que resultó ser otro milagro inexplicable que Dios nos dio.

Resultó ser muy grave. Aparentemente, que El incidente al tratar de bucear le provocó un ataque al corazón. Los otros médicos en Tampa General dijeron que solo había dos médicos en los Estados Unidos que podrían haber hecho la cirugía y que ella tenía uno que había estudiado con el único otro médico. El problema más grave era que parte de su ventrículo izquierdo había muerto y era un aneurisma enorme. El médico extirpó la parte muerta del músculo cardíaco y graficó el corazón de nuevo. Wasit significaba que nos mudáramos al área de Tampa, donde uno de los dos únicos médicos milagrosos en los Estados Unidos podía hacer la operación. Su médico aprendió del otro médico antes de que se mudara a Florida. Hizo principalmente trasplantes de corazón, pero hizo una excepción con Carolyn.

Luego reemplazó las tres venas principales que alimentan el corazón, notando que una era muy pequeña, probablemente desde el nacimiento, y estaba bloqueada en un 90% y las otras dos estaban bloqueadas al 100%. No sabía cómo había sobrevivido. Carolyn era dura, en el Hospital South Bay en Sun City Center caminaba por los pasillos y reorganizaba los muebles en su habitación temporal mientras esperaba el transporte en ambulancia. Su presión arterial en ese momento era de 125 sobre 120 con una frecuencia de pulso de 120.

No supe nada de esto hasta después de la cirugía, pero los médicos del hospital le daban un 2% de posibilidades de sobrevivir a la cirugía. No esperaban que respirara por sí sola, pero una hora después de la cirugía le quitaron la tubo de intubación mientras estaba despierta y respiraba por sí misma. Su cirujano fue el único que no se sorprendió.

Luego tuvo dificultades para respirar y lo llamaron EPOC grave. Durante dos semanas siguieron dándole tratamientos de respiración y golpeándole la espalda para aflojar la mucosidad. Finalmente, la llevaron a hacerle un ecocardiograma y descubrieron que su corazón latía contra el pericardio. El mismo cirujano volvió a abrir su pecho y cortó parte del pericardio para darle a su corazón, ahora bien alimentado y reparado, espacio para latir correctamente. Después de 5 semanas y media, se fue a casa del hospital en febrero. Le prometí que iría más a la iglesia para agradecer a Dios por el milagro de haberme mudado a Tampa y conseguir uno de los dos únicos médicos que podían arreglar su corazón.

Solo había estado trabajando a tiempo parcial, pasando al menos medio día y la mitad de la noche en el hospital. Cuando llegó a casa, le dije a mi jefe que renunciaba para pasar el resto de mi vida con Carolyn. Quería que siguiera trabajando a tiempo parcial o incluso que trabajara principalmente desde casa, pero decidí que tenía mucho dinero para la jubilación y no necesitaba trabajar. Vine algunas tardes para entrenar a mi reemplazo, pero había automatizado bastante mi trabajo donde todo lo que el reemplazo tenía que hacer era poner nueva información en la computadora y dejar que la computadora hiciera la mayor parte del trabajo. Entonces realmente renuncié para siemprey respondí estrictamente algunas preguntas desde casa.

47

Sobrevivir al ataque al corazón

Carolyn era una mujer nueva. Ya no la necesitaba Los medicamentos para el asma me hicieron pensar que era la vena del corazón de tamaño insuficiente la que le había causado problemas respiratorios todo el tiempo. Durante los años siguientes, Carolyn volvió a bailar en línea country dos horas a la vez una vez por semana, si estábamos en casa, y hacía ejercicios de piscina en Aquasizers durante una hora, 2-3 días a la semana. Esas fueron las únicas veces que no estuvimos juntos. Hicimos varios cruceros, pero no más intentos de esfuerzo físico, aunque caminamos muchas millas. Hicimos un recorrido en crucero por Alaska en 2008 que realmente disfrutó y un crucero de 2 semanas por las islas hawaianas.

Carolyn disfrutó mucho del viaje en crucero a Alaska. Quedamos en estar en el mismo barco que nuestro primer crucero en 2004 cuando llevamos a mi padre a un crucero para ver el Canal de Panamá.

Tuvimos que caminar lo que parecían ser unas tres millas en el aeropuerto de Vancouver, Canadá, pasando por animales de peluche y dioramas de Canadá arrastrando nuestras maletas con nosotros. Finalmente, llegamos a un área grande con varios cientos de personas dando vueltas esperando su viaje en autobús al centro de Vancouver.

Habíamos llegado un día antes del crucero y caminamos para ver los jardines de la victoria con todos los rosales y el centro de Vancouver. Había cientos de personas sin hogar en todas partes pidiendo limosnas. Al principio, Carolyn quería darles a todos ellos dinero en efectivo y luego se dio cuenta de que no teníamos tanto dinero. Si le dieras un dólar a uno, entonces otros veinte también querían su dólar. Los escalones de los edificios gubernamentales estaban cubiertos de personas sin hogar. Nos preguntábamos qué iban a hacer con estos vagabundos callejeros cuando los Juegos Olímpicos de Invierno llegaran allí en unos meses.

A la mañana siguiente, salimos temprano de nuestro hotel y tomamos un autobús de enlace al puerto marítimo para nuestro crucero. De nuevo, laespera para abordar el barco. Tuvimos que estar de pie la mayor parte del tiempo hasta que el barco estuvo listo para abordar y esperar a toda la gente que había llegado antes que nosotros.

A Carolyn le encantaban las temperaturas frescas de Alaska, excepto que solo traía zapatos de vestir para el barco y tenis de tela para caminar. En la primera parada del crucero encontramos una tienda y compramos calcetines y botas calientes para Carolyn. Ella tenía un abrigo de invierno, pero todo lo que yo tenía era mi chaqueta de cuero.

Vimos los pueblidos a lo largo de la costa de Alaska con sus aceras de tablas. Hicimos excursiones laterales para ver glaciares y el crucero pasó entre pequeños trozos de hielo flotante para ver cómo un glaciar se hundía en las aguas profundas. Vimos un pequeño bote que estuvo demasiado cerca una vez y casi zozobraba antes de que se alejara del glaciar. Nuestro forastero a bordo dijo que algunos de los glaciares habían estado creciendo mientras que más al norte se estaban derritiendo. ¿Es eso el calentamiento global o el enfriamiento o es algo más lo que está calentando el Ártico?

El viaje en tren desde Seward fue agradable en el tren de pasajeros, en su mayoría de vidrio, donde podíamos ver la nieve y los animales a medida que pasábamos. No vimos mucho de Anchorage cuando pasamos. Pasamos varios días en hoteles de cruceros en Alaska yendo entre ellos en tren o autobús o ambos hasta que llegamos a Fairbanks. Hicimos un viaje lateral al Parque Nacional Denali, donde vimos muchos alces y algunos osos. En el hotel, Carolyn quería algo dulce, así que me acerqué a la pequeña tienda del hotel de varios edificios. Mientras caminaba, el monte McKinley salió de las nubes al atardecer. Una foto perfecta. Había dejado mi cámara en la habitación y cuando intenté usar mi teléfono celular para una foto, todo lo que obtuve fue una "batería baja". Cuando regresé, la montaña volvió a ser invisible.

A Carolyn le encantaban las cestas colgantes de los hoteles que estaban cargadas de flores. Cuando salimos de los hoteles, estaban vendiendo todos los productos perecederos, así que compramos panecillos dulces y sándwiches casi gratis. Éramos el último crucero del verano y sería primavera cuando llegara el siguiente grupo.

En Fairbanks hicimos un recorrido en autobús por la ciudad y luego en un bote fluvial de rueda de paletas por el río desde Fairbanks. Ese fue realmente el punto culminante del viaje. Cuando nos íbamos, un PiperSuper Cub en flotadores despegó al lado del bote y luego se acercó para un aterrizaje en el agua para mostrar cómo se hizo. En el otro extremo del paseo en bote por el río, donde el bote tenía que dar la vuelta, ese mismo Piper Super Cub, o uno similar, aterrizó con enormes neumáticos en un banco de arena que abarcaba gran parte del río y luego se dio la vuelta e hizo un breve despegue para mostrar cómo podía aterrizar y despegar en cualquier lugar.

En el camino hacia el norte nos detuvimos en un lugar donde entrenaban perros de trineo tirado por perros. Los dueños del campamento habían ganado el Iditarod varias veces. Algunos niños y cachorros jugaban en el agua del río que tenía que estar helada. Los propietarios dieron una charla sobre sus perros, explicando que no existe tal cosa como una raza de perros de trineo.

Luego comenzaron a conectar perros a un viejo vehículo todo terreno de cuatro ruedas sin motor como si estuvieran enganchados a un trineo en invierno. Obviamente, los perros querían correr con el ATV, pero tomó algún tiempo enganchar a los perros. Luego, cuando la dueña se subió a la cuatrimoto, los perros se volvieron locos hasta que soltó los frenos y dio la orden de irse. Los perros despegaron y corrieron alrededor de este pequeño estanque y trajeron el vehículo todo terreno de regreso al barco, obviamente con ganas de volver a ir.

En el camino de regreso a Fairbanks, nos detuvimos en un pueblo que estaba configurado para parecerse a un pueblo típico. Tenían coles de 10 pies de ancho y abrigos de piel hechos con la piel de varios animales que eran hermosos y probablemente tremendamente caros que algunas chicas modelaron para nosotros.

El vuelo de regreso a casa fue algo para recordar. Habíamos hecho estas reservas tarde, así que estábamos en el último vuelo que salía de Fairbanks y salía a las 10 p.m. Cambiamos a un avión regular en Anchorage y luego a Seattle. Cuando llegamos a Seattle, nuestro próximo vuelo había sido cancelado, así que aquí habíamos estado despiertos durante más de 24 horas y ahora estamos buscando otro vuelo de regreso a Florida. Pasamos unas horas allí y luego encontramos otro vuelo que iba a Houston y luego a Tampa, así que llegamos a casa después de casi 40 horas desde la última vez que dormimos.

Ese invierno hicimos un crucero totalmente diferente. Volamos a Hawái llegando a Honolulu en la víspera de Año Nuevo de 2008. Estábamos reservados en un crucero de 15 días por las islas de Hawái que salía el 2 de enero de 2009, y llegamos un día antes para ver Honolulu ya que la última vez que estuvimos aquí fue en el invierno de 1989. Vimos los fuegos artificiales de Nochevieja desde el balcón de nuestro hotel y luego Carolyn descubrió que se había quedado sin unamedicina y su niebla primatena.

Inmediatamente comencé a caminar por las calles en busca de una farmacia que abriera toda la noche. No había un taxi en ninguna parte y solo unas pocas personas caminaban de regreso de los fuegos artificiales en las playas. Pregunté a varias personas y fui a hoteles que me dirigieron a farmacias que estaban cerradas por la noche. Debí haber caminado y corrido 10 millas antes de encontrar una farmacia CVS que me abriera toda la noche, conseguí su receta y Primatene Mist y, mientras esperaba, hablé con otro cliente que también estaba esperando. Gracias a Dios, este buen samaritano me llevó al hotel. No sé si podría haberlo encontrado yo solo en la calle a las 2 de la madrugada. Traté de pagarle, pero tuve que darle las gracias. No podía creer lo lejos que había caminado y corrido del hotel, y eso sin contar todo el tiempo que me dirigía en la dirección equivocada para encontrar una farmacia que estaba cerrada por la noche. Mi Buen Samaritano tardó casi 15 minutos en llegar allí por calles desiertas.

El crucero partió con las luces de Honolulu desapareciendo lentamente en la distancia. Aprendimos que en este crucero, había una velocidad, la lenta. Las islas no son tan grandes, por lo que para no llegar demasiado rápido el barco apenas mantiene el rumbo o el timón.

Habíamos visto Oahu y Maui antes. Habíamos pasado días haciendo turismo en Oahu. Solo pasamos unos días en Maui, pero habíamos alquilado un coche y conducimos por la sinuosa carretera hasta Hana y pasamos por Hana hasta que pasamos las cataratas en la parte trasera del volcán y llegamos al letrero que decía "Solo tracción en las 4 ruedas más allá de este punto".

Era una lástima que la cascada tuviera muy poca agua. Las fotos turísticas muestran una gran cascada con gente jugando en las pozas debajo de las cataratas. Las "pozas" no tenían suficiente agua para mojarse.

De todos modos, caminamos por la calle en lugar de tomar una excursión terrestre barata que nos llevara a la cima del volcán en la que habíamos estado en 1989 o ir a una playa, etc.

Esa noche nos fuimos a la isla grande, Hawái. El barco atracó en Hilo, Hawái. Tomamos un autobús turístico al Parque Nacional de los Volcanes de Hawái, conduciendo a través del bosque nacional allí y el guardabosques explicando la flora y la fauna de Hawái, además de los cambios causados por los humanos. Tomamos fotos del volcán, pero no pudimos acercarnos demasiado porque el volcán estaba actuando de manera más amenazante de lo normal.

Cuando regresamos de nuestro viaje en autobús, intenté llamar por teléfono a un primo mayor que, según se decía, era dueño de un gran bed and breakfast en la isla grande y, para ganar dinero adicional, era un agente inmobiliario de alto valor. No lo encontré. Lo más cerca que llegué fue el bed and breakfast que decía que estaba en los Estados Unidos.

¿No lo sabías?, esa noche se suponía que el barco pasaría cerca de la isla donde la lava fluía hacia el océano. Había estado esperando con ansias tomar fotos y, con la baja velocidad del barco, probablemente obtendría fotos tanto diurnas como nocturnas del flujo de lava. El hecho de que el volcán estuviera anormalmente activo me pareció bien, sin embargo, el barco se dirigió hacia el otro lado de la isla para mantenerse alejado del volcán. Me decepcionó mucho no haber visto el flujo de lava en persona, lo que, para mí, iba a ser un punto culminante del viaje.

Oh, bueno, a la mañana siguiente estábamos al otro lado de la isla grande en otro puerto donde hicimos un recorrido por la granja de nueces de Mauna Loa. Me encantan esas nueces de macadamia. Tengo una bonita foto de Carolyn junto a su letrero. Al día siguiente, navegamos lentamente por las islas de Lanai y Molokai con una charla sobre cada una. En este punto debo mencionar el excelente entretenimiento. Tenían un músico de abanjo que hacía cosas con varios banjos y mandolinas diferentes que no tenía idea de que fueran posibles. Debería haberlo hecho compré uno de sus DVDs, pero no me di cuenta de lo único que era. Tenía un banjo de perlas con muchas cuerdas. Hablaba mientras jugaba. Primero tocó la melodía de banjo del abuelo, luego la de su padre y luego la suya. Entonces, no tengo ni idea de cómo los tocó todos juntos sonando como tres banjos en armonía. El mago presenta un espectáculo en el gran teatro y algunos otros espectáculos en los bares durante el crucero. Utilizó personas reales, no plantas, porque habíamos conocido a un par de sus participantes que estaban a centímetros de distancia y no podían ver la prestidigitación. En un momento dado, tenían una pantalla gigante y proyectaron un primer plano de algunos de los trucos. Asombroso. Por supuesto, la línea de coro y los cantantes solistas fueron geniales. Por la noche, un bar tocaba música de baile de salón durante horas.

Otro punto culminante del viaje fue ver la isla de Kauai, escenario de la película Jurassic Park. Me encantaría volver allí por unos días en algún momento, pero probablemente no en esta vida. Una vez más, cuando fuimos al aeropuerto de Honolulu, descubrimos que nuestro vuelo de allí a los Estados Unidos había sido cancelado y no podíamos llegar a nuestro vuelo de conexión sin alquilar un coche y conducir durante horas en California para llegar a otro aeropuerto. United Airlines no fue nuestra aerolínea en ninguno de los vuelos, pero nos llevó a casa en United Airlines a tiempo para encontrarnos con nuestro viaje en Tampa.

Navegamos por todo el Golfo de México y el Caribe sin perdernos muchas islas con numerosas visitas a las Bahamas.Aruba, Dominica, San Cristóbal, Martinica, Santo Tomás, Puerto Rico, Antigua, Granada, Jamaica, Santa Lucía, Caimán y más. Una cosa que encontramos bastante común fue que tenían atención médica gratuita, pero su vivienda era principalmente peor que la de cualquier barrio pobre en los EE. UU. y estaban sucios.

Carolyn y yo hicimos muchos recorridos por la isla y simplemente caminamos, especialmente solo caminamos en nuestra segunda y tercera visita a esa isla.

Tuvimos boletos de temporada para Disney World un año y vimos todo. Por supuesto, llevamos allí a Zak y Cory, nuestros nietos. Tuvimos boletos de temporada durante unos siete años para Busch Gardens, a solo 30 minutos de la casa en Florida y disfrutamos repitiendo ese parque una y otra vez.

Carolyn nunca Me preocupaba por los paseos allí, pero fui a muchos al menos una vez. Nuestros invitados iban una y otra vez. Fuimos a Universal Studios y Sea World más de una vez. Nuestros invitados se subieron a los paseos en Busch Gardens una y otra vez. Fuimos a Universal Studios y Sea World más de una vez. El favorito de Carolyn era Discovery Cove y nadar con los delfines, que estaba disponible en muchos cruceros, pero no se podía comparar con Discovery Cove al lado de Sea World.

Cuando estuvimos en Europa entre 1972 y 1975, nunca llegamos a Grecia porque los terroristas tenían como objetivo a los militares estadounidenses y a mí me prohibieron ir. Así que en 2009 volamos a Roma para reunirnos con su hermana, Shirley, y su hija, Missy, en el apartamento del hijo de Shirley en Roma. Él era un civil que trabajaba para la Marina de los Estados Unidos con tareas divididas entre Italia y Yibuti, en el cuerno de África.

En Roma, fuimos al Coliseo y al Foro Romano. Era tan diferente de cuando estuvimos allí en 1974. In 1974 que entramos en el coliseo por nuestra cuenta y nos preguntábamos si estábamos en un lugar en el que no deberíamos estar y conscientes de quedarnos encerrados como lo habíamos hecho en otras áreas de Europa, pero luego encontramos un grupo de turistas y los seguimos lo suficientemente cerca como para escuchar parte de la conferencia y lo suficiente como para saber lo que el guía estaba diciendo, si no cada palabra. Pasamos por el Foro Romano, pero no vimos a una sola persona allí, así que no fuimos porque era un área cerrada en la que realmente podríamos quedarnos encerrados.

Esta vez, en 2009, había un millar de personas esperando para entrar al coliseo y conseguí encontrar a alguien que nos vendiera una entrada sin hacer cola durante horas. Había gente por todas partes en el coliseo en comparación con ser los únicos allí en 1974. Hicimos cola durante más de una hora para conseguir entradas para entrar en el Foro Romano y, en lugar de esperar otras dos horas para una visita guiada, conseguimos un folleto y un mapa y nos abrimos camino por nuestra cuenta. De nuevo, a diferencia de 1974 cuando no tenía ninguna gente, ahora era difícil Tome una fotografía sin que extraños se interpongan en el camino. Aun así, lo pasamos muy bien.

Luego tomamos un vuelo de cercanías a Atenas, Grecia, encontramos nuestro hotel no muy lejos de los muelles de cruceros y cuando subimos a la piscina de la azotea teníamos una gran vista nocturna del Partenón todo iluminado contra el cielo. Al pararme en una pared baja, obtuve algunas buenas fotos sin la piscina en ellas.

Al día siguiente caminamos millas alrededor y hasta el Partenón y obtuvimos algunas fotos más buenas desde allí y luego regresamos al hotel después de 12 horas de caminata.

A la mañana siguiente, abordamos el crucero Norwegian Jade que nos llevó a través de las islas griegas hasta Alejandría, Egipto. Un lugar que ambos encontramos fascinante fue la isla de Santorini, que podría haber sido el sitio de la Atlántida.Había un acantilado empinado que tenías la opción de subir en burro, caminar alrededor del estiércol de burro o tomar el teleférico. Carolyn quería los burros, pero había una larga fila y las piernas de Carolyn (y las mías) ya estaban cansadas de caminar por Roma, Atenas y el barco. Tomamos el teleférico. Caminamos por la ciudad, hicimos algunas compras de recuerdos, luego encontramos un restaurante colgado sobre el acantilado donde obtuvimos algunas buenas fotos de lo que parecían pequeños cruceros y el volcán en la bahía. Era fácil imaginar que podría haber sido la Atlántida.

Cuando llegamos a Egipto tomamos un autobús turístico desde el barco hasta El Cairo y las pirámides. Tengo unas fotos estupendas. Conseguí que otro turista nos tomara una foto con la gran pirámide y la Esfinge al fondo. Cuando llegamos a casa, edité a los cientos de turistas para que pareciera que teníamos una visita privada. Un jinete de camellos dijo que Carolyn podía subirse a su camello para tomar fotos gratis. Tomé varias fotos de Carolyn y el camello y le pedí que nos tomara una foto junto con el camello arrodillado con Carolyn a horcajadas y yo de pie a su lado. Entonces llegó el momento de coger el autobús. El jinete de camellos quería cien dólares por su tiempo y las fotos tomadas con mi cámara. Le di un veinte y me amenazó con llamar a la policía que había por todas partes. Yo no lo estaba preocupado porque unos años antes había establecido un destacamento militar estadounidense en la base aérea cerca de El Cairo, así que pensé que podría conseguir ayuda de la embajada y se lo dije y luego me fui. Carolyn no sabía nada de la discusión, ya que se dirigía al autobús. Le dije después de que estuviéramos en el autobús para la próxima parada. Cuando llegamos a la Esfinge, Carolyn no quiso dar el largo paseo desde el autobús para acercarse a la Esfinge, pero me dijo que siguiera adelante. Probablemente la mitad de la gente no hizo la caminata. Había cientos de personas que lo hicieron porque había autobuses y gente por todos lados. Caminé rápido porque quería volver a Carolyn a pesar de que ella estaba con una multitud de estadounidenses y europeos que no tomaron la caminata, así que pasé junto a grupos de personas. En el lugar ideal para tomar un primer plano, cerca de la cabeza de la Esfinge, había un gran grupo de personas que parecían estar apiñadas alrededor de algún caballero mayor que estaba acostado. No necesitaban a la multitud, y mucho menos que yo le agregara algo, así que di la vuelta, tomé las fotos que pude y prácticamente corrí de regreso a los autobuses y a Carolyn. Esa noche descubrimos que el caballero que estaba acostado era de nuestro barco y había muerto allí mismo de un ataque cardíaco masivo por el esfuerzo de trepar para ver la Esfinge de cerca. No había visto mucho más que sus zapatos a través de la multitud, así que realmente no sabía si lo habíamos visto en el barco. Su cuerpo y el de su esposa fueron trasladados de vuelta a los Estados Unidos.

Después de la Esfinge, nos llevaron al Museo de El Cairo, que hacía calor y estaba tan lleno que apenas se podía ver nada. Muchas cosas no tenían identificación y, a veces, una pequeña etiqueta con un número. Tratamos de encontrar algún tipo de guía que explicara los números, pero ninguno de los trabajadores sabía de tal cosa, pero dijeron que nadie había hecho nunca un libro de las exhibiciones. La gerencia sabría cuáles eran los números.

En cualquier caso, al día siguiente, después de una noche en el barco en el puerto, caminamos kilómetros de nuevo para ver el Museo Egipcio de Alejandría y algo de oro del rey Tuts y varios artefactos. Estaba abarrotado hasta el punto de dar pequeños pasos como Caminé por el museo, no tenía aire acondicionado y estaba muy cerca. Caminamos hasta donde podíamos ver un fuerte construido en un saliente de tierra que supuestamente usaba piedras del mítico faro de Alejandría y tomamos más fotos.

Luego fue de regreso a través de las islas griegas y máscaminando viendo artefactos y ruinas minoicas. Luego llegamos a Turquía y hubo un largo viaje en autobús a Éfeso y una larga visita guiada. Carolyn se quedó en el barco supuestamente porque no quería gastar el dinero en otro recorrido a pie y solo me dijo que tomara fotos. Era la segunda vez que me separaba de Carolyn. De hecho, pagué para que nos fuéramos pensando que ella cambiaría de opinión, pero sus piernas estaban cediendo y estaríamos en Estambul a la mañana siguiente.

Corrí delante del grupo, tomé muchas fotos y tomé un autobús anterior que regresaba al barco. Mientras estaba allí, una persona que hablaba muy bien inglés se ofreció a venderme una variedad de monedas que supuestamente provenían de robar de un sitio arqueológico que se remontaba a Alejandro Magno y que parecían auténticas. Comenzó con cientos de dólares y finalmente compré seis monedas diferentes por veinte dólares, calculando que tenía cerca de veinte dólares en plata, incluso si eran falsas. Eran de plata maciza y toscamente acuñadas con imágenes de Alejandro Magno. No bajó a ese precio hasta que tuve un pie en el autobús y nos íbamos. Nuestra hija estaba trabajando en una maestría en arqueología, así que supuse que los disfrutaría incluso si eran falsos. No tengo idea de si eran falsos, pero sospecho que estaban hechos para turistas.

Al día siguiente nos montamos en autobuses y caminamos kilómetros de nuevo a través de Santa Sofía, la Cisterna Basílica, la Mezquita Azul, el Palacio de Topkapi y luego horas en una pintoresca calle y un granero de venta de alfombras turcas. No compramos ninguna alfombra. Luego descargaron los autobuses en el famoso mercado que estaba cerrado y estaba lloviendo. Todos los del autobús se refugiaron en las pocas tiendas y restaurantes que estaban abiertos hasta que el autobús vino a recogernos para volver al barco. Nuestro vuelo estaba programado para salir de Estambul a las 8:30 de la mañana, por lo que se suponía que debíamos estar allí a más tardar a las 6 de la mañana. Los autobuses fueron Salimos del barco a las 2:30 a.m., así que no nos molestamos en intentar dormir, pero empacamos nuestras maletas, nos quedamos en nuestro balcón con vista a la ciudad y luego al aeropuerto. Nuestro vuelo se retrasó y se retrasó hasta que finalmente volamos alrededor de las 10:30, lo que significa que perdimos nuestro vuelo en Madrid, España. Tuvimos que caminar kilómetros en el aeropuerto de Madrid, España, para pasar por varios controles de seguridad y llegar a nuestro vuelo. Esto requirió más de una hora de correr y caminar. La seguridad no fue difícil, excepto que Carolyn tenía dos caderas artificiales que activaron la alarma, pero rápidamente la golpearon y nos enviaron a casa.

Cuando llegamos al Aeropuerto Internacional de Miami, iba a ser un corto cambio para nuestro vuelo a Tampa, así que teníamos prisa, pero nos detuvo la seguridad. Carolyn llevaba pantalones ajustados, pero sus caderas hicieron saltar el detector de metales. Carolyn les había dicho antes de pasar por allí que lo haría estallar. En lugar de simplemente usar la varita para pasar sobre sus caderas a través de los pantalones ajustados y elásticos de la piel, la llevaron a una habitación separada con vidrio donde tuvo que sentarse durante más de 30 minutos. Desmontaron su andador con ruedas y perdieron algunas de las piezas. Finalmente, pasaron junto a ella y cogimos nuestras maletas y el tambaleante andador parcialmente desmontado hacia nuestro avión. Cuando llegamos a unas 3 puertas de distancia, vimos nuestro avión para Tampa salir de la puerta. Iban a ser 3 horas para el próximo vuelo. Luego ese vuelo fue cancelado debido a problemas mecánicos e iba a ser otras 3 horas. Ese avión venía de Denver, pero estaba nevado, así que iban a pasar otras 3 horas. Cuando finalmente llegamos a Tampa, habíamos estado despiertos durante más de 48 horas y estábamos muertos de cansancio.

Envié por correo electrónico fotos de Carolyn y yo junto a la Esfinge y las Pirámides a sus cardiólogos para mostrar que estaba bien.

48

Nuestra Rutina en Florida

Nuestra semana típica eran los lunes, Carolyn iba a una clase de baile country en línea principalmente femenina durante dos horas. La llevaría y la recogería en el carrito de golf a menos que estuviera lloviendo, entonces la llevaría en el auto. Los martes, jueves y sábados la llevaba a Aquasizers, que consistía en ejercicios en la piscina, mientras iba al club de radio cercano, al otro lado del estacionamiento de carritos de golf. El domingo, era la iglesia temprano. En algún lugar de allí íbamos al cine en Brandon, Florida, a unas 20 millas de distancia. Llevábamos a los perros al parque para perros en el carrito de golf 3-4 días a la semana. Carolyn tenía sus reuniones y salidas de la Red Hat Society. Con frecuencia, para llenar el autobús, permitían que los hombres continuaran sus viajes. Una vez al mes en el invierno teníamos boletos de temporada para los espectáculos de artes escénicas de Broadway en Tampa. Siempre íbamos en el carrito de golf a las tiendas de comestibles, Walmart, médicos, dentistas, etc.

Hicimos muchos cruceros por el Golfo o el Caribe y vimos la mayoría de los sitios que se pueden ver en crucero e hicimos muchas caminatas en las diversas ciudades comprando recuerdos. Por las noches, veíamos la televisión juntos. Por las tardes, Carolyn veía sus telenovelas y yo me sentaba en el porche trasero a leer mis libros kindle. Cada 30 minutos más o menos, entraba a ver cómo estaba Carolyn. Ella siempre estaba bien, pero yo quería verlo por mí mismo.

Cada otoño íbamos en coche a Fort Myers Beach, Florida, para sacar las cosas de la hermana de Carolyn, Shirley, de los armarios de almacenamiento y las habitaciones para preparar su porche y piscina para ella. Shirley y Carolyn alternaban el Día de Acción de Gracias y la Navidad entre la casa de Shirley y la nuestra.

Teníamos boletos de temporada para el Broadway Palm DinnerTheater en Fort Myers, Florida, donde teníamos que conducir para visitar a Shirley al menos 4 veces al año, ir a un fabuloso musical después de la cena y luego, en la primavera, empacaría todos sus muebles de piscina y porche para volver a guardarlos hasta el próximo otoño, cuando Shirley regresaría de Illinois.

En un momento, éramos miembros de muchos clubes de baile que tenían bailes mensuales para cada grupo del que éramos miembros, Oldies but Goodies de los que siempre fuimos miembros y teníamos 14 bailes al año, Sun City Center Ball Room Dance Club, Moonglow y otro club de baile de salón al que he olvidado el nombre. También tomamos varias lecciones de baile de salón, pero siempre parece que vamos a las primeras sesiones y aprendemos lo básico y luego tendríamos conflictos de programación y nos perderíamos las dos últimas lecciones para cada paso de baile. Podíamos fingir que hacíamos muchos bailes, pero nunca éramos buenos en ninguno de ellos, pero nos divertíamos. Además de esos bailes, asistíamos al baile y la cena anual del Baile Militar que era muy formal, como una cena fuera de casa en la que tendría que usar mi esmoquin y Carolyn un vestido largo de salón.

Tuvimos otros dos grupos de baile que cerraron por falta de participación que eran grupos más pequeños pero divertidos. Uno era Foxy Seniors, pero se convirtió en un club de karaoke. En lugar de un artista pagado, podrías bailar a un residente que intente lanzar. Algunos de ellos eran muy buenos. Probablemente tuvimos 10 oportunidades de bailar juntos en todos nuestros años antes de mudarnos a Florida y luego varias veces al mes después de mudarnos a Sun City Center, Florida. No sé si calificaría como un milagro, pero en los 11 años que vivimos en Florida, no hubo huracanes que se acercaran. Lo más cercano que tuvimos fueron un par de tormentas tropicales que arrojaron mucha lluvia que ayudó a acabar con una sequía y todos necesitaban la lluvia. El año antes de que nos mudáramos allí, hubo varios huracanes que habían pasado por partes de Florida. Para ser honesto, no hay registro de que el área de Sun City Center, Florida, haya recibido un huracán, pero ni siquiera se acercaron mientras estuvimos allí.

En 2009, el hombro de Carolyn comenzó a doler mucho y recibió inyecciones de esteroides cada 3 meses. Siempre me pregunté si el problema del hombro fue causado por el diagnóstico erróneo durante 6 meses después de su ataque cardíaco de 2006. Tal vez el dolor de hombro en 2006 se debió a la falta de sangre debido al problema cardíaco y tal vez eso causó un problema articular permanente. Finalmente, en 2011 se sometió a un reemplazo total de hombro, por lo que ahora tenía tres articulaciones metálicas. ¿Eso la frenó? Claro que no. En un par de meses, tenía un rango completo de movimiento en su hombro y estaba bien.

49

La FDA y el asma

(Por qué no me gustan los ecologistas)

Todo era color de rosa hasta el otoño de 2012. Carolyn padeció asma desde los 15 años. En nuestros primeros días, ella podía conseguir tabletas de TEDROL y media tableta reventaba un ataque de asma en minutos. Luego, TEDROL fue ilegalizado por la FDA en los EE. UU. Durante un par de años, pudimos comprarlo en Canadá y que nos lo enviaran por correo, pero luego esa fuente también desapareció. Carolyn tuvo que recurrir a los inhaladores de niebla Primatene y a las tabletas de Primatene, que tardaron mucho más tiempo y, a veces, un día más o menos, en superar realmente un ataque. No sabíamos qué era lo que causaba sus ataques. Carolyn pensó que podría ser pelo de perro, luego debían ser las rejillas de ventilación de la calefacción de la casa, pero no pudimos identificar por qué estaría bien durante meses y luego tendría un ataque de asma.

No tenía todos los síntomas de un ataque cardíaco femenino como los que tenía en 2006, pero seguían siendo malos, pero PrimateneMist la ayudaría en cuestión de minutos. Luego, en 2011, la FDA prohibió los inhaladores Primatene Mist porque tenían freón que podría estar causando el calentamiento global. ¡HAH! ¿Qué pasa con los asmasudos y les quitan un inhalador de rescate del que dependen porque puede haber una cantidad minúscula de freón para forzar el medicamento en una niebla?

Había comprado todos los inhaladores que pude encontrar en 2011, pero en 2012 se quedó sin inhaladores, tuvo un ataque de asma y tuve que llevarla a la sala de emergencias del Hospital South Bay. Insistieron en que tenía neumonía y que necesitaba ser hospitalizada. Ella se negó y fue a un doctor Hooker, un especialista en pulmones, la semana siguiente, y él miró las radiografías del hospital y no estuvo de acuerdo. Dijo que tenía EPOC. Eso fue el diagnóstico erróneo del hospital cuando tuvieron que extirpar parte del pericardio después de su cirugía de corazón. Ignoró el hecho de que ella era muy activa y nunca le faltaba el aire, a menos que tuviera un ataque de asma, pero al menos estaba de acuerdo en que el hospital estaba mal. Le dio varias recetas para el tratamiento a largo plazo de la EPOC y el albuterol para su nebulizador, pero no hubo tratamientos de acción rápida como Primatene Mist con epinefrina en lugar de albuterol, por lo que no tenía medicamentos de reacción inmediata. Después de varios años de verlo dos veces al año, le dio un inhalador Ventolin, pero ni siquiera estaba cerca de ser tan efectivo como Primatene Mist porque básicamente era albuterol en lugar de epinefrina. Con un inhalador de epinefrina y tal vez un EPIPEN de emergencia, creo que habría vivido mucho más tiempo.

Cada seis meses, a partir del otoño de 2012, tuve que llevarla a la sala de emergencias para un tratamiento para el asma. Insistieron en que se trataba de EPOC, pero se trataba de una reacción alérgica. Ni un solo médico buscó un alérgeno que pudiera estar causando los ataques. Sería su habitual dínamo de energía, sin falta de aliento hasta estos ataques ocasionales.

Redujimos nuestros cruceros a uno por año porque simplemente estábamos repitiendo cruceros anteriores. Después de nuestro mal vuelo de regreso de Turquía, y el mal vuelo del año anterior de regreso de Alaska y el mal vuelo de ese mismo año de regreso de Hawái, renunciamos a volar fuera de los EE. UU. por lo que estaba navegando desde Florida. Incluso comenzamos a limitar nuestros cruceros a estar fuera de Tampa para poder eliminar el viaje de un día a Miami para un crucero.

50

La pendiente descendente

Carolyn desarrolló un dolor de espalda. Su médico de atención primaria pensó que podría ser un riñón, pero las pruebas no lo indicaron. La envió a un gastroenterólogo y pensó que el dolor de espalda era vesícula biliar, por lo que programó una cirugía de vesícula biliar. Después de la cirugía, me admitió que no encontró cálculos en su vesícula biliar, pero que podía vivir bien sin una vesícula biliar. Podría haber demandado, pero mi familia tiene abogados y simplemente no somos del tipo que demanda a nadie.

Fue al médico que le había reemplazado el hombro y él le recomendó un cirujano de espalda en su consultorio. Ese médico usó otra tomografía computarizada con contraste y luego siguió con una inyección de esteroides cortisona, como la que tuvo en el hombro durante un par de años, en la ilíaca, lo que curó por completo el dolor de espalda. ¿Por qué los médicos dijeron vesícula biliar? Era artritis acumulada en la ilíaca. Nunca volvió a tener un problema de espalda, pero sus registros indicaban que era un problema grave y que aún continuaba. Comenzó a ver a un ginecólogo por algunos problemas femeninos en los que el sexo era demasiado doloroso. Solo teníamos sexo cada pocos meses y básicamente habíamos dejado de hacerlo debido a su dolor. Le recetaron Osphena para el tratamiento hormonal. Debido a un trastorno genético, nunca tuvo períodos menstruales normales y tuvimos que adoptar. Por lo tanto, lossíntomas de la menopausia eran exagerados. Nunca me dijo que lo iba a tomar, pero quería tener sexo conmigo de inmediato. Eso resultó en que tuviera una trombosis venosa profunda no diagnosticada. Después de que ella murió, encontré estas pastillas y que las había estado tomando durante un par de años. No ayudaron porque simplemente no tuvimos relaciones sexuales porque no quería lastimarla, incluso cuando ella afirmó que estaba bien. Busqué a Osphena y descubrí que probablemente era la causa de su circulación problemas en el sentido de que se ha implicado en la trombosis venosa profunda (TVP). O eso o los médicos deberían haberle dado un anticoagulante mejor que una dosis baja de Plavix y una aspirina para bebés.

En el verano de 2014, la parte inferior de las piernas de Carolyn comenzó a doler hasta el punto de que no podía hacer sus dos horas de baile country y lo limitó a la primera hora de la clase de dos horas. También redujo los ejercicios de la piscina Aquasizer para el dolor en la parte inferior de las piernas.

En el otoño de 2014, Carolyn desarrolló una llaga en la parte superior del pie, por encima de los dedos de los pies. Su médico habitual nos remitió a un apodiatra que lo extirpó, lo llenó de antibióticos y le dio un régimen de tratamiento a seguir. Empeoró, se desenterró y se volvió a empaquetar varias veces. Luego, el podólogo la derivó a un médico vascular porque pensó que podría estar relacionado con la circulación sanguínea, ya que no se curaría y no era cáncer.

El médico de las venas le dio un poco de Plavix para que tomara para diluir la sangre, pero no tuvo ningún efecto. El doctor era muy brusco y a ninguno de los dos nos caía bien. Cambiamos a otro médico vascular, simplemente porque la otra estaba de vacaciones, y él sugirió algunas pruebas y determinó que sus venas estaban bloqueadas en la pierna izquierda.

En enero de 2015, Carolyn recibió un stent en la parte inferior de la pierna izquierda y una abertura de la vena. A las 24 horas, la llaga de su pie tenía una costra y una semana después había desaparecido por completo sin cicatriz. Volvió a bailar en línea, pero ahora era principalmente su pierna derecha la que causaba el problema. En mayo de 2015, le colocaron dos stents en la pierna derecha.

Todas las tomografías computarizadas como resultado de la obstrucción de las venas de las piernas con contraste habían causado que su función renal fuera subprime. No es grave y necesita medicación, pero está justo por debajo de lo normal en los análisis de sangre. También tuvieron que hacer tomografías computarizadas para las cirugías de stent. Ahora ha añadido un médico especialista en riñones. Para el segundo tramo, el médico recetó un tinte radiactivo mínimo para las tomografías computarizadas. Los riñones se mantuvieron justo por debajo de lo que debería ser, pero no graves y aún así no había medicamentos especiales ni instrucciones más que mantener la muerte radiactiva al mínimo en cualquier tomografía computarizada futura.

Durante ese otoño, parecía tener problemas respiratorios más frecuentes, pero la mayor parte del tiempo estaba bien. Sus piernas no le dolían tanto y sus calambres nocturnos en las piernas habían desaparecido. Nunca entenderé por qué los médicos no le recetaron mejores anticoagulantes. La disminución de las funciones renales podría deberse a una mala circulación, como en sus piernas antes de las piernas.

Esa Navidad sus problemas respiratorios empeoraron. Teníamos flores cortadas en la casa en Navidad. En enero, su hermana murió y en su funeral había flores por todas partes. Carolyn insistió en que nos fuéramos de inmediato y en el camino a casa se quedó sin aliento. No nos dimos cuenta de que eran las flores. Fuimos a la sala de emergencias y la sala de emergencias nuevamente dijo que tenía neumonía.

Esto fue seguido durante las siguientes semanas con su médico de cabecera diciendo que estaba bien y luego su neumólogo diciendo que estaba bien y que no necesitaba ninguna receta para esteroides o antibióticos.

51

Premoniciones

M i hijo y yo teníamos premoniciones de lo que se avecinaba. Durante semanas antes de nuestro crucero de febrero, tuve un sueño recurrente en el que Carolyn y yo estábamos comiendo en la cafetería de la cubierta del Lido. En todos los sueños recurrentes habíamos ido a partes separadas de la cafetería porque queríamos comidas diferentes. Se suponía que nos íbamos a encontrar en una mesa que habíamos reservado dejando allí algunos vasos de té recién hechos, junto con chaquetas o algo que mostrara que estaba tomado. Cuando llegué a nuestra mesa, Carolyn no estaba allí. Puse mi bandeja de comida sobre la mesa y di una vuelta por la cafetería para verla. En todos los sueños, la vi irse de Adoor con su hermana. Eso me hizo entrar en pánico porque su hermana había muerto en enero. Una vez salieron a la piscina, pero cuando conseguí rodear a la gente que se interponía entre la puerta y yo, ya se habían ido. Di la vuelta a la terraza de la piscina y volví a la cafetería varias veces, pero no pude encontrarla, luego me desperté, me di cuenta de que era un sueño, me acerqué para tocarla y asegurarme de que estaba en nuestra cama, y volví a dormir.

En otra ocasión vi a Carolyn y a su hermana, Shirley, entrar en la escalera y despedirse con la mano, pero de nuevo, había demasiada gente para que yo llegara hasta que se perdieran de vista. Fui a nuestra habitación de a bordo y luego registré el barco incluso en las áreas de descanso de la tripulación. Los miembros de la tripulación seguían diciéndome que no podía estar allí, pero se apartaron de mi camino. No sé cómo parecía conocer mi camino por las áreas de la tripulación, pero miré en muchas de las pequeñas habitaciones, a veces molestando a las personas que estaban molestas de que estuviera espiando. Entonces me daba cuenta de que Shirley había muerto en enero, el crucero era a finales de febrero, me despertaba, me acercaba a ella y la tocaba, y volvía a dormirme.

Las variaciones de este sueño ocurrieron 2-3 veces por semana durante las tres semanas anteriores a nuestro crucero. No hace falta decir que no me perdí de vista cuando tomamos el crucero.

Carolyn había estado enfadada con Craig durante años. Lo llamaba por teléfono de vez en cuando y si nos llamaba, yo tenía que hablar todo. Carolyn se negaba a hablar con él por teléfono, a veces escuchaba y me gritaba que no le fuera señoso. Craig podía ser muy hablador hasta el punto de que no podía decir mucho, pero quería alguna respuesta de mi parte para indicar que todavía estaba escuchando, así que decía "uh huh", "Entiendo" o lo que fuera. Carolyn me decía que hablara y que no solo dijera "ajá" todo el tiempo. Con frecuencia, necesitaba dinero y simplemente no salía a pedirlo. Por lo general, cuando se trataba de dinero, Carolyn decía: "Adelantey envía el dinero, sé que quieres".

Mi hijo se sorprendió una semana antes de nuestro crucero cuando Carolyn lo llamó por teléfono y tuvieron una agradable llamada telefónica durante treinta minutos. Cuando ella llamó, Craig pensó que debía de haber algo malo en mí de lo que ella estaba informando, pero no fue más que una conversación agradable en la que se le preguntaba cómo le iba.

En el crucero, Carolyn parecía sentirse bien, golpeada un par de veces sin razón aparente. Carolyn también era pegajosa y quería tomarme de la mano o ponerme una mano en el brazo. El día de su cumpleaños, la última noche de nuestro crucero, Carolyn no me dejaba dejar de bailar con ella. Estuvimos allí antes de que entrara la banda y nunca abandonamos la pista de baile hasta que la banda se fue. Los dos nos cansamos de bailar rápido, pero después de que me cansé, simplemente bailamos lentamente al ritmo de lo que la banda estaba tocando. Se aferró al tomo como si no hubiera un mañana. Afirmó que se sentía bien, pero de vez en cuando, incluso mientras bailaba, había lágrimas en sus ojos. Naturalmente, si le preguntaba, me decía que estaba muy feliz de que estuviéramos juntos y que nunca quería estar separados.

¿Necesito decir que estuvimos locamente enamorados durante 46 años y 45 años de matrimonio? Nunca quise estar sin ella ydurante los últimos dos años, ella dijo que no podía sobrevivir sin que yo estuviera allí para ayudarla. Su hermana no paraba de decir que tenía que depender menos de mí. Sabía que Carolyn era lo suficientemente inteligente como para arreglárselas bien sin mí. Había pagado beneficios de sobreviviente hasta el punto de que ella tendría suficiente seguro de vida para pagar todo y $55,000 al año ajustados para que la inflación siguiera viviendo.

Aunque no creía que ella dependiera tanto de mí, estaba más que feliz de que ella se sintiera dependiente de mí, y quería estar allí para ella mientras viviera. Aparte de las lesiones ocasionales y algunos puntos de sutura, estaba muy saludable y esperaba sobrevivir a ella, pero nunca imaginé que la perdería pronto.

Sabía que durante los últimos dos años su salud había empeorado y se sentía bastante miserable, pero rara vez se quejaba. Quería regresar a Oklahoma y alejarme de los pobres médicos de Florida. Carolyn no se mudaría mientras su hermana, Shirley, viniera a Florida cada invierno, además de que decía que era demasiado trabajo empacar y mudarse. Le dije que ya no trabajaba, así que haría todo el trabajo.

Ese verano la convencí de que hiciera un viaje a Oklahoma y que al menos mirara casas. Su hermana murió en enero de 2016 resolviendo ese problema, pero era demasiado pronto para ir a Oklahoma, o sí.

52

Nuestro último crucero

Con ambos médicos diciendo que ella estaba bien, seguimos adelante y tomamos nuestro crucero programado fuera de Tampa yendo a todos los lugares habituales que habíamos navegado antes: Cozumel (México); Costa Maya (México); Roatán, Islas de la Bahía (Honduras); HarvestCay (Belice) y de regreso a Tampa. Habíamos tomado este mismo crucero antes, además de que habíamos tomado el crucero con otras líneas de cruceros, pero Norwegian era nuestro favorito debido a la comida de estilo libre y el entretenimiento. No nos gustaba que nos asignaran a una mesa de extraños para una comida tras otra y tener que comer en su horario. De hecho, siempre tomamos la mayoría de nuestras comidas en la cubierta superior "Lido" con la mezcla heterogénea de buffet donde podíamos elegir y no tener que pasar horas en los comedores formales. Siempre estábamos en movimiento, ya sea por tierra o por mar, y no queríamos pasar horas esperando camareros o comida.

La primera parada fue Roatán. Hicimos solo una excursión y fue un bote con fondo de cristal para ver los arrecifes de coral frente a Roatán. Decepcionante porque no podíamos ver ningún color excepto cuando los peces nadaban muy cerca de las ventanas submarinas. Pero no hubo recorridos terrestres en este viaje porque habíamos estado allí y lo habíamos hecho muchas veces. En cambio, nos alejamos de las multitudes y encontramos un restaurante estadounidense sobre pilotes sobre el agua. Estábamos cansados de caminar durante un par de horas, así que comimos hamburguesas, papas fritas y coca-colas dietéticas. Había algunos otros clientes, pero no estábamos seguros de cómo se las arregló para permanecer abierto. Todo era al aire libre bajo un techo de paja y podría haber sentado a 100 personas, pero había otra familia de 8 niños y adultos en otra mesa grande y nosotros. No había camarero, solo el dueño-cocinero-cajero estadounidense. Carolyn estaba sentada junto a una barandilla exterior donde podía ver al turista ocasional o local que pasaba por la calle y esperaba mientras ordenaba, volvía por la comida y la bebida y luego volvía a esperar cuando pagué. Cada vez que volvía a la mesa, me daba cuenta de que Carolyn había estado llorando, pero no decía por qué y al instante volvía a estar feliz. Mirando hacia atrás, sé que ella estaba teniendo premoniciones sobre lo que se avecinaba. Reanudamos la caminata y después de un total de unas 8 horas comprando souvenirs y caminando menos 45 minutos para descansar y comer, regresamos al barco.

La siguiente parada fue Costa Maya, donde salimos del barco, vimos algunos bailes mayas, mayas columpiándose desde un poste grande, compras de recuerdos, tomar fotos y ver un espectáculo de delfines desde un balcón arriba y luego regresamos al barco.

Al día siguiente fue Harvest Cay, Belice, donde repetimos la caminata y las compras. Encontramos un teléfono donde podíamos llamar a nuestra hija en Oklahoma.

El siguiente fue Cozumel, México. Repetimos nuestro ritual de Cozumel y caminamos la mitad de la milla del muelle desde el barco hasta el centro comercial al otro lado de la carretera de los muelles, rodeamos el centro comercial por la parte superior y luego por la parte inferior y luego salimos caminando un par de millas hasta el centro para encontrar este pequeño parque central cerca del centro en el que habíamos estado antes. Cuando regresamos al centro comercial, nos tomamos fotos con los mismos loros con los que nos tomamos fotos años antes en un crucero, y luego regresamos al barco. Estábamos cansados de caminar y nos sentamos en nuestro balcón a ver las festividades en el muelle mientras regresaban varios cruceros con pasajeros. Acabábamos de vencer a la muchedumbre que volvía de las excursiones por tierra. La excursión terrestre a la que habíamos ido otras tres veces fue a tierra firme de la península de Yucatán y las ruinas de Tulum. Habíamos llevado a mi padre allí cuando tenía 92 años, luego fuimos por nuestra cuenta, luego llevamos a nuestra hija de 30 años, pero no necesitábamos hacerlo de nuevo. Carolyn me había animado a bucear sin ella o a dar un paseo en barco a algún lugar, pero de ninguna manera iba a dejarla sola.

Fuimos al entretenimiento esa noche, exploramos el barco en busca de un bar que tuviera buena música de baile, asistimos a un espectáculo de magos en uno de los bares, jugamos algunos juegos grupales y terminamos la noche alrededor de la medianoche. La noche siguiente era su cumpleaños y comimos en uno de los comedores formales donde había acordado que vinieran a cantar para ella y le trajeran un pequeño pastel. Fuimos al entretenimiento nocturno en el teatro principal y luego fuimos a un bar en la parte trasera del barco. Carolyn quería bailar y bailar. Cuando se le cansaban las piernas, insistía en que siguiéramos fingiendo que bailábamos, abrazándonos el uno al otro, pero bailando despacio incluso con música rápida. Creo que tuvo la premonición de que esta podría ser nuestra última vez bailando. La banda se retiró a la medianoche y luego despejaron la habitación para un programa de juegos para los jóvenes de 30 años.

Íbamos a dar por terminada la noche porque teníamos un gran día planeado para cuando volviéramos al puerto a la mañana siguiente, pero unos treintañeros insistieron en que nos quedáramos en nuestra mesa junto a la pista de baile y nos uniéramos a ellos en el juego. Carolyn y yo obtuvimos la mayoría de los puntos en la competencia y habríamos obtenido el primer lugar para nuestro grupo, pero me negué a quitarme los pantalones y subir al escenario en ropa interior y luego se suponía que debíamos bailar en el escenario y cuando llamaron, se suponía que debíamos llevar un cartel al maestro de ceremonias cuando él anunciara. El maestro de ceremonias se escondió en la parte trasera del gran bar en la oscuridad y no pudimos encontrarlo desde el escenario. Otro grupo que corría en segundo lugar lo vio correr hacia la parte trasera de la barra y subió al escenario para decirles a sus bailarines dónde se escondía. Esto último tenía puntos dobles y nos los perdimos por completo. En cualquier caso, eran cerca de las 2 de la madrugada y nuestro grupo quedó en segundo lugar.

53

Nuestros últimos días saludables juntos

Al día siguiente, el 28 de febrero, llegamos al puerto a las 8 de la mañana y nos dirigimos a donde estaba nuestro perro en una perrera y lo trajimos a casa. A la 1:00 p.m. estábamos de regreso en Tampa esperando un musical de Broadway para el que teníamos boletos. Llegamos a casa alrededor de las 4:30, llevamos al perro al parque para perros, comimos y vimos la televisión.

El 29 de febrero, su sobrino de 62 años y su novia enfermera de 62 años, a la que había conocido 30 años antes, y con la que se había reconectado en Facebook, habían volado desde su asignación civil en el Reino Unido en Japón al centro de Sun City, donde habían comprado una casa para estar cerca de nosotros justo antes de que él fuera a esta asignación en Japón. Habían regresado para casarse, donde

Carolyn y yo podríamos estar allí como padrino y dama de honor en el muelle de un vecino al otro lado de la calle de la casa que habían comprado. Nos vestimos para la boda y las fotos. Esa noche llevamos a los novios a la costa para cenar, donde pudimos ver la puesta de sol sobre el Golfo. El miércoles, los invitamos a cenar y jugamos a las cartas hasta la medianoche. El jueves, Carolynand yo había ido a Publix a buscar algunos asados de cerdo para la olla de cocción lenta para que pudiera cocinarles una última cena en los Estados Unidos antes de que se subieran a un avión el 5 de marzo para volar de regreso a Japón, donde es posible que no los volvamos a ver durante 3 años.

Simplemente corrimos, encontramos algunos asados de cerdo, tomamos un atajo a través de la isla de flores hasta las cajas y regresamos a casa. Un poco más tarde empezó a tener algunas dificultades respiratorias y ya era demasiado tarde para ver a su médico de cabecera y no quería ir a una clínica de urgencias menores en la ciudad de al lado, así que fuimos a la sala de emergencias. Le hicieron una radiografía y el médico dijo que tenía algunas manchas en los lóbulos inferiores de los pulmones que podrían ser neumonía o el comienzo de un cáncer de pulmón. Su recomendación fue que a la semana siguiente fuera a ver a un neumólogo para investigar más a fondo.

A la mañana siguiente ya estaba bien y corría de un lado a otro limpiando la casa, fregando los suelos y empezando a cocinar la comida para su sobrino y su nueva esposa. A media tarde me pidió que la llevara de nuevo a Publix para recoger unos panecillos frescos para la cena y un poco de vino tinto que le gustaría a la nueva novia. Fui a por el vino en un extremo de la tienda y Carolyn corrió hacia el pan fresco en el otro. Para encontrarse conmigo en la caja y llegar a casa rápidamente, tomó el atajo a través de las flores cortadas para llegar a la caja sin tener que ir hasta la parte trasera de la tienda y luego subir por un pasillo cuando todo lo que tenía era un paquete de panecillos.

54

Perdí al amor de mi vida

Me dirigía hacia ella cuando la vi quedar atrapada en el pasillo de flores recién cortadas con los carritos de compras de otras personas bloqueando su salida, ya sea hacia atrás o hacia la línea de caja. Vi cómo se agarraba a uno de los mostradores de flores recién cortadas y me di cuenta de que estaba teniendo un ataque de asma inmediato. Tuve que empujar a la gente para llegar a ella y alejarla de las flores. Tiré el vino y los panecillos y la saqué directamente de la tienda y la llevé a la sala de emergencias. Me dijo que su garganta se había cerrado y que no podía respirar y que necesitaba ir a la sala de emergencias de inmediato.

Cuando llegué, corrí adentro, agarré una silla de ruedas porque casi había tenido que llevarla al auto y pensé que tendría que llevarla a la sala de emergencias ya que estaba empeorando. Corrí a la sala de emergencias con la silla de ruedas y la recogí de inmediato. El médico de la sala de emergencias estaba libre y entró y le puso una cánula en la nariz para obtener oxígeno porque ella y yo dijimos que estaba teniendo una reacción alérgica y no podía respirar. Arrancó la cánula de la nariz y le dijo al médico que necesitaba un tratamiento respiratorio y que lo de la nariz no funcionaba. Le dije que lo que necesitaba era una inyección de epinefrina y un tratamiento respiratorio. Le puso una máscara de oxígeno, pero sin inyección, y nada con el oxígeno. Respiró varias veces, arrancó la mascarilla para poder gritarle al médico: "Vaya, creo que la rompí (se había roto la correa) pero tienes que poner algo con el oxígeno y necesito una inyección para respirar".

El médico me dijo que me fuera mientras él lo hacía. En el pasado, mientras preparaban el tratamiento respiratorio, me hacían pararme en el pasillo para hacer espacio y luego me dejaban volver para el tratamiento respiratorio. Mientras estaba parado allí, el médico gritó: "Es demasiado grande, consígueme uno más pequeño, NO uno de tamaño infantil". Cuando regresé a la habitación, la habían intubado con un tubo a través de la garganta en lugar de una máscara facial de oxígeno con albuterol, oxígeno y, por lo general, algo más. Aparentemente, sus gritos que escuché se debían a que había tratado de usar un tubo de tamaño estándar que no se ajustaba a su garganta hinchada debido a la reacción alérgica a las flores.

Le pregunté por qué no le estaba dando un tratamiento respiratorio y una inyección para la reacción alérgica. Dijiste que no podía respirar, así que la puse en una máquina de respiración.

Le dije: "Ella pudo respirar lo suficiente como para decirle que necesitaba un tratamiento respiratorio. Su testamento vital dice que no hay "soporte vital" excepto durante la cirugía. Sácalo y dale tratamiento antialérgico con un poco de albuterol y una inyección de epinefrina". "No puedo hacer eso ahora y ella tiene algo extraño en su corazón en la radiografía y podría necesitar cirugía. Esa no es mi decisión. ¿Qué le ha hecho a su corazón?

Le expliqué que en 2007 le habían extirpado una sección del ventrículo izquierdo y la habían vuelto a unir y le habían reemplazado las tres venas principales del corazón, pero su cardiólogo dice que está muy bien.

"Bueno, ella necesita apoyo respiratorio. Me sorprende que haya durado tanto tiempo solo con el oxígeno de su casa". "Ella NO tenía oxígeno en casa. Tiene asma, no EPOC.

No necesita un respirador, necesita algo para el ataque de alergia".

Me ignoró. Carolyn tenía una expresión de pánico en su rostro. Me había dicho que nunca volvería a querer un tubo como ese, que tuvo cuando se sometió a la cirugía de corazón, y había dejado un testamento vital en el hospital al año siguiente para evitarlo. Ahora tenían un tubo en su garganta donde no podía hablar y lloraba. Su presión arterial subió a 225 sobre 125 y le dije al médico que necesitaba hacer algo porque tenía una reconstrucción cardíaca importante y su corazón no podía soportar ese tipo de presión. En lugar de darle algo a cambio, la mandó a la UCI. Fui con ella, por supuesto. Su sobrino llegó poco después de llegar a la UCI y ella estaba tratando de ser valiente por él, pero luego sus ojos se pusieron vidriosos y dejó de respirar. Un enfermero negro más pequeño pero poderoso ordenó a todos que salieran de la habitación y comenzó la reanimación cardiopulmonar de inmediato. Los médicos trataron de decir que ella se había ido y que la reanimación cardiopulmonar no funcionaría, les dijo a las otras enfermeras que sacaran a los médicos también.

Diez minutos después me permitieron volver a entrar, su presión arterial había bajado a 140 sobre 90 y respiraba casi inconsciente. Me dijeron que ella iba a estar bien y que debía ir a buscar algo de comer. Cuando regresé, ella estaba consciente y me hizo señas con la mano para que le sacara el tubo de la garganta. Luego mostró que tenía las manos atadas y me indicó que si no le sacaba el tubo, que le desatara las manos y que ella misma lo haría.

Carolyn giró la cabeza todo lo que pudo hacia mí y las lágrimas brotaban de sus ojos. Le dije estúpidamente: "Te sacaré ese tubo de la boca cuando lleguen los médicos y podamos irnos a casa". No sabía lo que venía.

Se calmó cuando Bob, su sobrino, llegó temprano a la mañana siguiente de camino al aeropuerto para volar de regreso a Japón. Trató de sonreír alrededor del tubo en su boca y lo saludó todo lo que pudo con los brazos atados. Poco después entró su médico de cabecera, le hizo señas con la mano y le sonrió, luego hizo los gestos para retirar el tubo. Le dijo que lo necesitaba para respirar y ella negó con la cabeza y luego trató de fruncir el ceño alrededor del tubo.

Le dije al médico que Carolyn no necesitaba el tubo de respiración y que no quería soporte vital en su testamento vital y quería que me quitara el tubo porque sabía que podía respirar sin él. De hecho, pensé que su ataque de alergia había terminado, por lo que realmente podría estar bien si le quitaran el tubo. Yo también Se quejó de que debería haber sido tratada por asma y no intubada.

El médico dijo que tenía que hablar con los otros médicos, pero que volvería. Que yo sepa, nunca volvió a entrar en su habitación. Fui a verlo unos días después para decirle que quería que la trasladaran a otro hospital, pero se negó. Actuó como si ella fuera terminal y la hubiera descartado.

Las enfermeras dijeron que los médicos pensaron que tenía daño cerebral debido a la forma en que señalaba el tubo y lo masticaba. Le dije que quería que le sacaran el tubo.

Una hora más tarde, Carolyn me hizo señas para que buscara una enfermera. Cuando la enfermera entró, Carolyn señaló su entrepierna y la enfermera dijo: "Si necesitas ir, ya tienes un catéter que está enganchado a una bolsa para recoger la orina". Carolyn negó con la cabeza y volvió a señalar. La enfermera preguntó: "¿Necesitas hacer el número dos?" Carolyn negó con la cabeza, sí, y la enfermera dijo que tenían una almohadilla debajo, así que vete.

Carolyn se esforzó un poco y salió principalmente sangre. La enfermera le preguntó si antes tenía sangre en las heces. Le respondí: "Nunca, hasta ahora. Debe estar sangrando internamente por la intubación. Tienes que sacar ese tubo y averiguar qué tipo de daño se le hizo a su garganta".

"La enfermera dijo, eso depende de los médicos". No tenía daño cerebral, de lo contrario no me habría pedido que buscara una enfermera y luego usó el lenguaje de señas para explicar que necesitaba defecar y que no quería estropear las sábanas. Los médicos eran idiotas o trataban de encubrir un error flagrante matándola.

Cuando amenacé con quitarme el tubo yo mismo, me hicieron alejarme de su cama y mantener las cortinas abiertas para asegurarme de que no me quitara el tubo. Me amenazaron con llamar a seguridad si intentaba algo. Debería haber sacado el tubo y la vía intravenosa, sacarla del hospital y salvarle la vida, pero tenía miedo de ir en contra de los médicos. La maté por no confiar en mí mismo y por ir en contra de los médicos y arriesgarme a ser arrestado. Debería haberlo hecho, pero no lo hice.

Carolyn no paraba de decirme en lenguaje de señas y señalándome que necesitaba quitarle el tubo o aflojarle las manos para que ella pudiera hacerlo, ya que nadie más lo haría. Finalmente, ella solo me señaló, y luego señaló la puerta y me miró enojada.

"Dije, no quieres que me vaya, ¿verdad?" Sacudió violentamente la cabeza, sí, y me señaló la puerta. Le dije: "Está bien, pero volveré".

Aproveché el tiempo para llamar por teléfono al Hospital Saint Joseph para que la trasladaran allí, pero me dijeron que no la llevarían a menos que fuera dada de alta del Hospital South Bay en Sun City Center. Hablé con la administración del hospital, quien me dijo que dependía de los médicos. Llamé a tres bufetes de abogados en Tampa para ver si podía obtener una orden judicial para sacarla de ese hospital.

Cuando regresé a su habitación, la habían metido en una acoma. Encontré al médico que lo había ordenado y le dije que la despertara ahora mismo. "Ella no puede tomar anestesia a largo plazo, la mataría. Ha tenido anestesia solo por unas horas durante las cirugías y ha tenido dificultades para recuperarse de ella".

"Estaba luchando contra el respirador y no era justo para ella estar tan molesta, tuvimos que calmarla". "¿Por qué no me llamaste? Por supuesto que estaba molesta, su testamento vital dice que no quiere un respirador ni ningún medio artificial para mantenerla con vida y ya le dije que le quitara ese tubo. Puede respirar muy bien sin una máquina si la despiertas.

El neumólogo dijo que tenía líquido en los pulmones y que iban a succionar el líquido a través de ese tubo y que para mañana, cuando regresara, el tubo estaría fuera y ella estaría mejor y despierta. Ya era tarde y le creí equivocadamente. Había estado despierto durante más de 30 horas, así que me fui a casa para alimentar al perro y darle su inyección de aislamiento para su diabetes.

Regresé antes de que amaneciera después de tal vez 2 horas de intentar dormir y ella todavía tenía el tubo puesto y estaba inconsciente. Estaba despotricando como loca, el neumólogo estaba allí y dijo que el tubo de intubación era demasiado pequeño para aspirar sus pulmones, así que cambiaron el tubo y decidieron que ya era lo suficientemente duro para ella.

Le indujeron un coma debido a un daño cerebral y usarían el nuevo tubo para aspirar líquido de sus pulmones esa noche.

Le dije que no tenía daño cerebral. Dijo que ella estaba luchando contra el tubo de intubación y que no era correcto mantenerla despierta. Aspiraremos sus pulmones esta noche y mañana, cuando esté allí, le sacarán el tubo y ella estará despierta. Le dije:

"No deberías haberla puesto en coma. Es muy sensible a cualquier anestésico. Cuando se sometió a su reemplazo de hombro, solo estuvo bajo durante aproximadamente una hora y le tomó una semana beber citrato de magnesio por medio galón al día para que sus intestinos volvieran a funcionar. La matarás si no la despiertas, y quiero decir ahora.

"No podemos hacer eso. Tenemos que sacar ese líquido de sus pulmones y no podemos hacerlo sin que ella esté dormida. Fue traumático para ella que le quitaran ese pequeño tubo y le insertaran el tubo más grande. Ella necesita el resto". La matarás si no la despiertas de vez en cuando si tienes que ponerla a dormir de nuevo esta noche. "No vamos a hacer eso. Sabemos lo que estamos haciendo". No, la estás matando. Ella dijo específicamente en su testamento vital que no quería soporte vital. Soy su cuidadora y quiero que la despierte". Simplemente se alejó, ignorando mi súplica. Pasé el día y la noche allí hasta que me dijeron que tenía que salir de la UCI mientras me hacían el procedimiento que duraría entre 3 y 4 horas. Así que me fui a casa cuando me echaron esa noche con una sensación de fatalidad. Estaba bastante seguro de que nunca podría volver a hablar con ella, pero tenía esperanzas de que los médicos supieran lo que estaban haciendo. Llegué a la mañana siguiente y encontré el tubo todavía en su lugar y ella todavía la mantenían inconsciente. Ahora estaba realmente enojado.

Mi hijo, Craig, y mi hija, Christine, querían ir a verla al hospital, pero yo ya sabía lo que iba a suceder después de que los médicos no me escucharan y ya habían cometido los errores que habían cometido el primer día completo cuando la pusieron en coma inducido. Les dije: "NO, No quiero que la veas de esta manera. Es posible que te necesite más tarde.

Una vez más, me vi obligado a abandonar el hospital y regresé antes de que amaneciera. Todavía tenía el tubo y todavía estaba drogada en su coma.

Cuando pregunté, me dijeron que habían sacado el líquido (¿sangre?) de sus pulmones, pero que tenía algunas obstrucciones duras en los conductos y que iban a volver esa noche para tratar de lavar las obstrucciones. Le pregunté si eran mucosidad seca o coágulos de sangre.

Así que otro día de coma inducido y otra noche siendo empujada por la noche mientras le lavaban los pulmones. A la mañana siguiente, cuando llegué, tenían 12 bolsas de medicina que fluían a través de 7 de esas máquinas para regular el flujo de líquido que entraba en ella. Querían dejarme fuera después de que me quejé de que estaban tratando de matarla. Dijeron que tenía una infección masiva y que necesitaban eliminarla. Me colé en la habitación y tomé una foto de las máquinas. Todas las máquinas seguían allí, pero las bolsas eran menos que las 12 que habían estado allí antes de que me obligaran a salir.

Fui al médico de turno y el médico básicamente me empujó fuera del consultorio y cerró la puerta. Ahora estaba seguro de que Carolyn iba a morir a causa de sus tratamientos, pero no había nada que pudiera hacer para detenerlos. Las enfermeras seguían siendo amables conmigo y me explicaban todo lo que estaban haciendo desde el punto de vista de una enfermera. No se les había permitido entrar cuando le estaban limpiando los pulmones, así que no podían decirlo, pero el tubo de intubación tenía un pequeño dispositivo de succión que usaban cada pocas horas y me mostraron cómo estaba claro ahora y no salía líquido de sus pulmones, pero la succión no llegaba hasta el fondo.

Ese día se repitió. Le tomé la mano, le hablé y lloré mucho. Fui a la capilla del hospital y oré varias veces al día, como lo había hecho en 2007 cuando se sometió a una cirugía de corazón. Salí varias veces para comer una cena en la televisión o alimentar al perro, pero pasé la mayor parte del tiempo con ella. Carolyn no respondía en absoluto. Repitieron el proceso esa noche. Cuando llegué a la mañana siguiente, los médicos dijeron que habían dado de alta por los pasillos, pero que mantenían el tubo adentro porque no podía respirar por sí misma. Sin embargo, las enfermeras me mostraron cómo podían apagar temporalmente la máquina y ella respiraba por sí sola. Tampoco había nada que pudieran hacer. Los médicos eran dioses.

La acompañé cuando bajaron su camilla al piso principal para hacerle pruebas y procedimientos, y la enfermera me mostró que no tenían que seguir apretando la bolsa de aire porque ella podía respirar por sí misma. – Entonces, ¿por qué no puedes quitarle el tubo y dejarla respirar por sí misma? "Porque los médicos tienen que ordenarlo. Ni siquiera debería mostrarte que puede respirar.

Más tarde ese día, una enfermera me dijo que su bolsa de orina no mostraba líquido adicional". Creo que sus riñones dejaron de funcionar".

Cuando la trajeron de vuelta a la habitación, encontré a uno de los médicos y le dije que podía respirar por sí sola en el ascensor, así que ¿por qué no puedes quitar el respirador? Dijo que ella no respondía y no podía respirar por sí misma. Le dije que eso no era cierto, pregúntele a las enfermeras. Las enfermeras no reconocieron nada, por supuesto, o probablemente serían despedidas. El médico entró en su habitación, le golpeó el pecho con fuerza y no obtuvo ninguna reacción y dijo: "Mira, si hubiera tenido alguna actividad mental se habría estremecido".

"Simplemente no sabes lo dura que es. Eso difícilmente la haría estremecerse si estuviera hablando en este momento. Déjame mostrártelo. Me acerqué a la cabecera de la cama, me incliné sobre la barandilla y le dije en voz alta al oído: "Carolyn, abre los ojos". Lo repetí de nuevo y ella abrió los ojos, pero miraba hacia algún lado hacia los pies de la cama. Le dije en voz alta: "Carolyn, mírame, estoy al lado de la cama". No podía girar la cabeza debido al tubo que tenía en la boca, pero puso los ojos en blanco, me miró, algunas lágrimas rodaron de sus ojos y luego miró hacia otro lado y cerró los ojos".

Estaba a punto de llorar cuando le dije al médico: "Mira, te lo dije".

"Eso fue solo una reacción motora, ella tiene muerte cerebral". Entonces, ¿por qué lloró?"

"Eso se debió a que tenía los ojos abiertos y está seco por dentro, eso no estaba consciente".

Sé que Carolyn se está muriendo, pero ¿cómo puedo rendirme? Debo mencionar que tuvimos numerosos visitantes de nuestra iglesia, San Juan el Divino, Iglesia Episcopal de Sun CityCenter. Especialmente nuestro ministro asociado que creo que estaba allí varias veces al día, todos los días. Él oraba con nosotros todos los días y alrededor del tercer día me sugirió que la trasladara a otro hospital donde me escucharían en lugar de asumir instantáneamente que iba a morir desde el momento en que entró en la sala de emergencias. Le dije que ya lo había intentado y que no podía hacer nada. Tenían los registros equivocados y no admitirían su error.

La enfermera habló con el médico y él le preguntó si podían hacerle una diálisis renal para tratar de aliviar sus riñones. Le dije: "Claro, pero te dije que la estabas teniendo dormida demasiado tiempo". Luego le di al médico una copia impresa de un artículo de un estudio de 2012 que mostraba que un coma inducido puede hacer que las partes internas entren en coma y que los riñones y el hígado se apaguen permanentemente.

El médico dijo que habían hecho esto muchas veces y que no iba a suceder. La diálisis aliviaría la presión sobre los riñones y les permitiría recuperarse. La diálisis se repitió 3 veces durante los dos días siguientes y el operador de la máquina de diálisis dijo que no filtró nada la tercera vez.

Pasé la mayor parte de la noche allí. Esa mañana, una enfermera vino a tomar una muestra de sangre y me mostró que no podía sacar nada de una vena del brazo y luego me preguntó si me importaba si intentaba sacar algo de sangre arterial. Le dije que siguiera adelante, y la enfermera solo sacó líquido claro de la arteria y sin apenas volumen. Localicé a un médico y le dije que tenía que tener un poco de sangre. Dado que las venas y arterias de sus brazos y piernas estaban básicamente vacías, tuvieron que instalar una línea Picc en su pecho para inyectar la sangre casi directamente en su corazón que aún latía. Le dieron dos unidades, sus manos se calentaron a temperatura ambiente y pudieron volver a sacarle sangre muestras de sus brazos. Su nivel de hierro era solo 7 de los 12 mínimos que debería haber sido.

Los médicos ahora decían que querían instalar un puerto de diálisis permanente en su pecho y hacerle una tractotomía y transferirla a un centro de atención a largo plazo en Tampa, a 40 millas de distancia. Le dije: "Pensé que no podría ser transportada 6 millas a otro hospital cuando estaba mucho mejor que ahora y ¿me está diciendo que puede transportarla a un centro de atención a largo plazo en Tampa? He repetido muchas veces que ella no quiere estar con soporte vital mantenido artificialmente con vida".

"Hemos hecho todo lo que podíamos hacer por ella. No puede respirar por sí misma, ahora sus riñones e hígado se han apagado. Lleva una semana con muerte cerebral. Te van a hacer salir de este hospital".

¿Cómo puedo aceptar el hecho de que ella nunca más me mirará, ni me tomará de la mano, ni me hablará? ¿Cómo puedo seguir viviendo sin ella? No es justo mantenerla viva en un centro de atención a largo plazo que ambos dijimos que nunca quisimos.

55

Terminó con truenos

Me enfrenté a tenerla con soporte vital completo a 40 millas de mi casa y morir lentamente en un centro de atención a largo plazo o dejarla morir pronto. Hacía días que no recibía una respuesta de ella, excepto de vez en cuando le abría los ojos cuando se me ordenaba, pero no veía nada. Incluso si me movía hacia donde apuntaban sus ojos, no había reacción. Los riñones y el hígado habían sido destruidos. Como ni siquiera recibían nada con la diálisis, habían dejado de alimentarla a través de la sonda, por lo que no tuvo nutrición durante tres días.

Los médicos dijeron que tenía muerte cerebral, pero yo no lo creí. Un técnico vino a la habitación, me hizo ir, me hizo un anencefalograma y dijo que tenía muerte cerebral. Me mostró la impresión que era básicamente un gráfico de ondas cerebrales plano con solo unas pocas ondas en la parte inferior. Dijo que esas eran funciones motoras y no muchas.

Los médicos vinieron a verme y me dijeron que tenía muerte cerebral, que no podía respirar por sí misma, que tenía insuficiencia renal y hepática total, que sus intestinos no aceptaban alimentos. No hay esperanza para ella, pero si lo desea, la enviaremos a nuestro centro de atención a largo plazo en Tampa y mantendremos su corazón y pulmones funcionando durante más tiempo.

Argumenté que "cuando la llevaron a hacerse pruebas, ella podía respirar por sí misma todos los días cuando no estaba enganchada a las máquinas. Te dije que no la mantuvieras en coma y me he quejado todos los días".

"Estaba en fase terminal de EPOC cuando llegó al hospital, hemos hecho todo lo que hemos podido". "No, no tenía EPOC, estaba teniendo una reacción alérgica. Te dije una y otra vez que tenía asma desde que tenía 15 años y hemos estado casados durante 45 años y tiene ataques de alergia".

"Bueno, le quitamos los medicamentos para mantenerla sedada hace 3 días y no se ha despertado, pero luego con todo su cuerpo fallando, eso no es una sorpresa. Le hicimos un encefalograma y no tiene actividad cerebral ni siquiera sin los sedantes".

"Haz otro encefalograma. No me lo creo".

Esa noche me dijeron que me fuera mientras me hacían otro encefalograma. Me fui, pero luego encontré una esquina fuera de la vista y esperé hasta que el técnico saliera de su habitación y lo detuviera.

—¿Y bien? "Todavía tiene muerte cerebral". Ven aquí y ven esto". Tuve que tirar de su brazo para que volviera a su habitación. Luego se acercó sin que yo lo tirara y me incliné cerca de su oreja sin tocarla ni la cama y le dije en voz alta: "¡Carolyn, ábrete las reyes!"

Lo hizo por un momento. "¿Viste eso? ¿Cómo se puede decir que tiene muerte cerebral?

"Vi eso, pero tengo que ir y reportar los resultados de mi prueba que dicen que no hay actividad cerebral".

⌇

Bien. Ahora me exigen que la envíe a este centro de atención a largo plazo para que reciba soporte vital completo o que se rinda y que le quite el soporte vital en el hospital. "Te he estado diciendo que te quites ese respirador desde el principio. ¿Estás dispuesto a hacerlo ahora?"

"Sí, quieres estar en la habitación. Morirá dentro de dos minutos después de que le saquemos el tubo de intubación y será horrible".

"¡Sí!" Carolyn no murió de inmediato. Pasaron 10 minutos y ella todavía respiraba y su ritmo cardíaco no cambiaba, le dije: "Te lo he estado diciendo todo el tiempo, pero no me creerías. Nunca necesitó esa máquina. Todo lo que necesitaba era una inyección de epinefrina y un poco de albuterol.

Nunca tuvo EPOC, tuvo asma toda su vida y ahora la has matado".

"Dejará de respirar en treinta minutos o una hora. No puede sobrevivir sin sus riñones y su hígado".

"A esos también los mataste con tu coma inducido. Te dije que la sacaras de la sedación desde el momento en que la empezaste. Habría estado mejor si la hubiera llevado a casa en lugar de traerla aquí.

Los médicos se marcharon enfadados. Las enfermeras se compadecieron de mí y me trataron bien. Carolyn respiró por sí misma sin cambios en la presión arterial o el nivel de oxígeno durante 38 horas y luego se podía escuchar una tormenta eléctrica lejana que retumbaba si estaba afuera o cerca de una ventana. Si no estabas cerca de una ventana o fuera, el trueno estaba demasiado lejos. Luego, la energía se cortó por un momento y el generador de emergencia se activó.

Las enfermeras dijeron que un rayo había caído sobre un transformador a pocos kilómetros de distancia y que no había electricidad en ese lado de la ciudad, pero que el generador de emergencia está proporcionando energía a la mayor parte del hospital, a excepción de algunas luces de techo alejadas de la UCI y otras habitaciones importantes.

Yo estaba sentado cerca de la ventana, sosteniendo la mano de Carolyn y observándola a ella y a los monitores enganchados a ella.

De vez en cuando me acercaba a ella, le decía que la amaba y le pedía que abriera los ojos, que me apretara la mano o que me diera alguna señal, pero nada más que su respiración lenta. Le puse crema en los labios agrietados por tener ese tubo de respiración en la boca durante dos semanas. A partir de las 42 horas después de la extracción del tubo de intubación y cada vez que escuchaba un trueno lejano, su nivel de oxígeno bajó solo unos puntos y su presión arterial bajó unos pocos puntos. Después de 43 horas, comenzó a bajar más rápido y su respiración se volvió más lenta y su presión arterial bajó. Después de un total de 44 horas, su oxígeno comenzó a bajar rápidamente a solo el 60% y su presión arterial bajó a 80 sobre 30. Sabía que estaba a punto de morir en cualquier momento. Me paré muy cerca de ella, besé su frente y sus labios y le dije: "Carolyn, lamento mucho haberte traído a este hospital, pero pensé que te estaba salvando la vida. Sus riñones e hígado han fallado. Su presión arterial está bajando. Te amo. Seguiré tus deseos y te pondré en el Fuerte Smith Cementerio Nacional y poner lápidas en los cementerios de mis padres y de sus padres. Puedes irte ahora. Te amo". No hubo reacción, pero yo, cuando empecé a quedarme quieto, sosteniendo su mano con fuerza, ella tomó un gran pulmón lleno de aire. Traté de detener el movimiento de sentarme y volver a ponerme de pie, pero estaba desequilibrado y mi peso me arrastró hacia la silla. Luego, antes de que pudiera ponerme en pie, soltó el aire en un largo suspiro. En ese momento, exactamente a las 3 de la tarde del 19 de marzo de 2016, un rayo cayó sobre el hospital sacudiendo todo el edificio como un terremoto, apagando el generador de emergencia y apagando todas las luces y monitores de la UCI y de todo el hospital. Me quedé allí sentado, sosteniendo su mano y, entre lágrimas, busqué alguna señal de respiración, pero no había ninguna. Después de unos dos minutos y medio antes de que la batería de respaldo se activara (el generador de respaldo fue tostado por los rayos) y sus monitores volvieron a funcionar, pero estaban desinflados sin signos de vida. Lo sabía, pero no me había movido hasta que los monitores volvieron a encenderse y lo demostraron. Esperé unos segundos más y fui a la estación de enfermeras y dije: "Se ha ido".

Los ordenadores y los monitores de la estación de enfermería seguían funcionando, y cuando los monitores de ella se mostraron planos, la enfermera se levantó y comprobó si había algún signo de vida. Su muerte fue anunciada oficialmente a las 3:03 PM.

La enfermera me preguntó si quería una autopsia y le dije: "Por supuesto. Los médicos la asesinaron y se lo quiero demostrar. Deberían haberme escuchado".

Salí llorando del hospital y fui a la funeraria a unas cuadras de distancia y dije que mi esposa acababa de morir.

Me dijeron que tomaría de 10 días a 2 semanas obtener el permiso del estado para una cremación y luego otros 5 días para programarla para una cremación. Nuestros dos testamentos decían que queríamos la cremación. Mientras la funeraria escribía la documentación, miré un folleto en las urnas funerarias. En la parte superior de la lista y al mismo precio que todas las demás urnas de latón estaba una verde. No había ninguna foto de ella, pero el folleto tenía imágenes de urnas básicamente lisas de diferentes colores. Yo dije: "Voy a tomar esa urna verde. Le empezó a gustar el verde como su color favorito en los últimos años".

"¿Quieres ver una foto de él? Debería haber una foto a color en el catálogo real".

—Sí, supongo que sí, pero ese es el único verde que tenía el folleto.

No era una urna lisa de color verde y latón como todas las demás urnas de ese catálogo, sino que tenía un hermoso diseño casi floral de verde bosque que le habría gustado sobre un fondo de latón brillante. Era el único con un diseño así.

En conclusión: ¿Cómo se sentiría el Príncipe Azul si Cenicienta y él fueron secuestrados y Cenicienta murió lentamente mientras él era obligado a mirar.

56

Las secuelas

Después de su muerte, hice que mi hija, Christine, volara desde Oklahoma al día siguiente. Carolyn empacó toda la ropa de Carolyn e hicimos 4 viajes en el auto, con el maletero y el gran asiento trasero llenos hasta las ventanas, hasta el refugio de mujeres. Espero que algunos de ellos puedan usar ropa de talla 4 y zapatos de talla 5 1/2. Siempre la llamé mi Cenicienta por sus pequeños zapatos. ¿Cómo se habría sentido el Príncipe Azul si su Cenicienta hubiera sido asesinada lentamente frente a él durante un período de dos semanas y luego se le hubiera dicho que la olvidara? Muchas veces, al buscar zapatos de vestir, compraba el artículo de exhibición que era el único zapato de talla 5 1/2 en ese estilo. A las tiendas les gusta tener un tamaño de pantalla pequeño para que las mujeres vean el zapato como algo delicado. Regalamos tres bolsas de basura con solo zapatos.

Doné su máquina de coser al club de costura, su pequeño órgano al club de órgano, sus pinturas y materiales de arte al club de arte o al club de cerámica. Espero que los clubes hayan hecho un buen uso de todas las cosas o al menos las hayan vendido para ayudar a sus clubes en lugar de tirarlas. Llevé una gran cantidad de adornos navideños al refugio de mujeres para que los vendieran y recaudaran dinero para el refugio de mujeres. Carolyn tenía cajas de decoraciones para cada día festivo. No sabía hasta esta Navidad que Christine se había dejado llevar y había donado la colección de varios años de Papá Noel y muñecos de nieve de Carolyn. Tenía una gran caja de Rubbermaid con cada uno de esos. Había estado comprando un nuevo Papá Noel cada año durante muchos años, desde Europa. Algunos de los de madera tallada tenían solo unas pocas pulgadas de alto, y el más grande tenía dos pies de altura. No había dos iguales. No quería haberlos regalado, pero ahora se han ido.

Se suponía que la cremación de Carolyn tomaría 2 semanas para obtener el permiso del estado y otros 5 días para obtenerla programada con el crematorio, pero por alguna razón, solo tomó un total de 5 días, eliminando la posibilidad de contratar una autopsia privada para demostrar que los médicos la mataron innecesariamente. Nunca sabré por qué solo 5 días en lugar de las tres semanas en que podría haberme hecho una autopsia privada.

Gracias a Dios, literalmente, la iglesia episcopal de San Juan el Divino en Sun City Center, Florida, tuvo un maravilloso servicio conmemorativo para ella. Hice que 140 de mis amigos y los de ella asistieran al servicio conmemorativo, lo que lo convirtió en un gran servicio para nuestra ciudad. No podría haber sido mejor. El ministro regular se opuso a algunas de mis ideas, pero el padre Lee Miller, el ministro asistente que había pasado tanto tiempo con Carolyn y conmigo en el hospital, fue maravilloso. Le había dado un documento sobre los milagros en mi matrimonio con Carolyn y él los incorporó todos a su charla y luego literalmente leyó las Señales de Dios incluidas como el último capítulo de este libro. Agregué más señales de Dios al final de este libro que ocurrieron después de la muerte de Carolyn.

Nuestra persona de audiovisuales reprodujo una presentación de diapositivas antes del servicio que reprodujo nuestra canción, "Unchained Melody" mientras mostraba una presentación de diapositivas de las fotos de Carolyn. Cada vez que tocaban esa canción nos la cantábamos, casi lloraba de felicidad cuando se la cantaba, ahora la canto llorando de tristeza. De hecho, obtuve el permiso legal del escritor para usar esa canción al poner esa presentación de diapositivas en Facebook: https://www.facebook.com/ albert.l.clark/videos/vb.11480 35324/10210100682770750/?type=2&theater.

Aquí está mi permiso para usar la canción en línea:"Unchained Melody" Escrito por Hy Zaret y Alex NorthPublicado por HZUM Publishing (SESAC) y North Melody Publishing (SESAC) Cortesía de Unchained Melody Publishing LLCBest,Abby North El servicio conmemorativo real sin la canción y la presentación de diapositivas están en Youtube

htttps://www.youtube.com/watch?v=AnXBdK43RA8.

Christine y yo empacamos algunas maletas y el perro y nos dirigimos a Fort Smith, Arkansas, donde me reuní con el hermano de Carolyn y su familia. Había hecho arreglos telefónicos con anticipación y el Cementerio Nacional de Fort Smith no podría haber sido más agradable. También utilicé el teléfono para hacer arreglos para que la ministra de la iglesia episcopal de San Juan de Fort Smith, Arkansas, dijera unas palabras en su servicio en el cementerio y para que el capítulo de FortSmith de Eastern Stars (un club masónico para mujeres) diera su ceremonia conmemorativa. El Capítulo Estelar del Este de Fort Smith tuvo que pedir prestada a mucha gente de la Estrella Oriental de un capítulo de Oklahoma. Fue un buen servicio con su urna allí para que todos la vieran. El cementerio nacional nos pidió que nos fuéramos porque otro servicio llegaba justo después del nuestro y volvía al día siguiente.

Al día siguiente, cuando regresamos, habían cavado un lugar para la urna, la habían colocado y habían colocado una lápida temporal a la espera de la lápida oficial del gobierno que se había ordenado.

Fuimos a Norman y Christine volvió al trabajo y yo me puse a buscar casas. Conduje por nuestro antiguo vecindario sin encontrar nada, así que luego conduje por otros vecindarios en los que había estado que eran exclusivos, pero asequibles para mis ingresos. Fui con el agente inmobiliario para el que había trabajado justo después de mi jubilación de la administración pública. Los únicos que conocía allí eran los gerentes y otro cuyo marido acababa de morir en un accidente frontal, por lo que terminé con una mujer que no conocía. Había mirado muchas casas en la computadora y ya estaban vendidas o algo andaba mal con ellas.

Un ejemplo es que una casa era más barata y se veía bien hasta que vi la parte trasera de la casa donde el patio tenía una pendiente de unos 30 grados y pude ver dónde la alfombra contra esa pared había estado muy mojada más de una vez. Otra casa en el extremo superior de lo asequible tenía una pendiente de 30 grados en el patio delantero. Ahora Norman, Oklahoma, no recibe mucha nieve, pero Obtienen hielo tal vez un total de 7 días al año. Si salieras por la puerta principal o sacaras un coche del garaje, no te detendrías hasta que llegaras a la casa de enfrente.

Encontré una casa que se puso a la venta en mi antiguo vecindario que me gustó mucho, pero después de ver el interior, me di cuenta de que la alfombra era la original colocada alrededor de 1978 y que alguien había revisado el motor de un automóvil en la sala de estar. La carpintería de la casa nunca había sido repintada ni las paredes pintadas y lucían. Cuando estaba a punto de rendirme, estaba conduciendo por el vecindario nuevamente y atrapé a un agente de bienes raíces que acababa de poner un letrero en el patio delantero. Le pregunté si podía verlo y me dejó entrar ya que la familia no estaba allí. No era perfecto, pero, con mucho, era el mejor que encontré. Era $ 100,000 más de lo que esperaba que se vendiera mi casa en Florida, pero estaba dentro del rango superior de los precios que quería y tenía un piso de madera casi nuevo, una nueva plataforma de madera de 15X25 pies en la parte trasera, un garaje de gran tamaño con almacenamiento sobre el garaje. La casa tenía 2 dormitorios principales en suite y mi hija necesitaba salir del muy malo apartamento de 2 dormitorios en el que vivía para poder tomar el dormitorio principal detrás del garaje al lado de la cocina y yo podía tomar el dormitorio principal un poco más grande con los otros dos dormitorios y el baño de repuesto en el otro extremo de la casa con la gran sala y el comedor separando su extremo de mi extremo de la casa. Es el tipo de casa que le hubiera gustado a Carolyn y me hizo sentir mal si alguna vez compramos esa casa en Florida que definitivamente fue retirada.

Obtener un préstamo a 30 años haría que mi pago mensual fuera comparable con el préstamo a 15 años de mi casa en Florida.

Compré la casa por el precio de venta si dejarían el refrigerador de acero inoxidable a juego. Creo que se sorprendieron mucho de que no regateara el precio, pero no quería dedicar más tiempo y era una casa bonita. Pensé en llamar a la puerta de la casa que solía tener en el vecindario y preguntar si la vendían, pero la casa que compré en realidad probablemente era mejor. Lo único que falta era un porche y quería un porche abierto y acristalado, pero podía construirlos (y lo hice).

Luego tomé al perro y conduje de regreso a Florida para poner esa casa a la venta. Podría haber calificado para el nuevo préstamo incluso si todavía tenía la casa de Florida, pero solo quería salir de Florida. Me encantó Florida mientras estuve allí. Tenía más amigos de los que había tenido en cualquier otro lugar cuando trabajaba. Lo único que no me gustó fue el hecho de que Carolyn hubiera muerto allí. Tuve que irme y regresar a Norman, donde viven mis hijos, nietos y muchos primos. También estoy más cerca de mi cuñado, Gerald Denson, que vive en Arkansas y había llegado al cementerio nacional. Varios de los primos de Carolyn de Fort Smith también habían asistido. Puse la casa a la venta con un agente inmobiliario que conocía de Shriners. Puse a la venta mi camioneta Ford F250 de 1996 en

Internet y la vendí barata en tres semanas. Durante ese tiempo, estaba empacando cajas para la mudanza a Oklahoma y trabajando con la compañía hipotecaria en Oklahoma usando el teléfono, el correo electrónico y la máquina de fax. Solo pasaron unas horas después del letrero de venta antes de que tuviera un comprador para la casa de Florida. Vendí demasiado barato por menos de lo que había pagado por la casa 11 años antes, pero parecía que todo estaría bien. Tuve que hacer inspecciones de la casa para la venta y arreglar algunas cosas. Rellené todos los agujeros de los clavos de las fotos que teníamos por todas las paredes. Recibí varias ofertas en la mudanza y finalmente conseguí un buen trato con una empresa de mudanzas nacional que era un poco más alta que las empresas de mudanzas que decían ser famosas, pero nunca había oído hablar de ellas. El 1 de junio, los encargados de la mudanza llegaron y comenzaron a llevar mis muebles y todas las cajas que había empacado a su camión. Había cogido algunas cosas muy importantes y valiosas que no confiaba en la empresa de mudanzas y las había puesto en mi vieja autocaravana o en el coche. Mi perro rat terrier de 15 años, que había sido el perro de mi padre durante sus primeros 4 años, se había quedado casi ciego y casi hábil antes de que Carolyn muriera. Podía oír un silbido, pero no sabía de dónde venía. Estuvo a punto de tropezar conmigo en la casa a causa de su vista. Alrededor de diciembre de 2015 perdió la audición y la vista y comenzó a tener convulsiones ocasionales como resultado de diabetes durante los últimos 4 años. Bastante sorprendente, teniendo en cuenta. Habíamos sido asiduos al parque para perros y no sabía de ningún otro perro que durara más de un año después de empezar a usar insulina. El pobre Domino había estado tomando 10 unidades de insulina por la mañana y por la noche durante más de 4 años. Eso es más de lo que la mayoría de los humanos toman. En cualquier caso, poco antes de que cargaran el camión, Domino tuvo una gran convulsión mucho peor que cualquier otra anterior. Sus primeras convulsiones, Carolyn y yo estábamos en la cocina cuando lo oímos gritar. Entramos en el lavadero y él estaba junto a su cuenco de agua y solo podía gritar y mover los ojos. Su cuerpo estaba congelado. Le di unas palmaditas y le froté y salió listo para jugar. Las convulsiones se habían vuelto más frecuentes, pero se le escapaba fácilmente. Este continuó durante más de 5 minutos antes de que saliera de él y luego todo lo que pudo hacer fue quedarse allí sin fuerzas y jadear con la lengua colgando. Todo lo que podía pensar con Domino era que había estado empeorando progresivamente durante 3 meses y ahora me enfrentaba a un viaje de 2 a 3 días con un perro que podría tener una convulsión importante mientras conducía en el tráfico y luego morir conmigo sin saber qué hacer con un perro muerto en el automóvil. Era mi último amigo y había planeado llevarlo conmigo. En cambio, lo llevé al veterinario para que le practicaran la eutanasia. Durante todo el camino se quedó tendido donde yo lo había puesto, tumbado en el asiento delantero, flácido, con la lengua colgando y respirando con dificultad. Luego volví a conducir para ver cómo terminaban los encargados de la mudanza. Había dejado algunos muebles para incluir un sofá cama y un nido que mi hija tenía en su pequeña habitación en la escuela secundaria y que usábamos en la sala de computadoras como habitación de emergencia en Florida. Dormí allí y salí a conducir por la mañana.

Cuando me fui a Oklahoma, la lápida de Carolyn no había sido colocada en el Cementerio Nacional de Fort Smith, Arkansas, pero pensaron que había llegado. Dije que sería genial si estuviera allí cuando pasé por Fort Smith el domingo y así fue. Encontré una floristería y puse flores allí y lloré en su lápida y la abracé y tomé fotos.

Firmé la documentación tomando posesión de mi casa en Norman el día antes de que llegara la empresa de mudanzas el 7 de junio de 2016. Usé el teléfono e Internet para organizar el diseño y el pedido Las lápidas para Carolyn y para mí se colocarán en el cementerio Clark en Oklahoma (Muncie oficialmente cerca de Seiling, Oklahoma) y en el Cementerio Liberty cerca de Greenwood, Arkansas, donde estaban los padres y abuelos de Carolyn. Ambos son de granito negro brillante con grabado en ambos lados. En el reverso de ambas lápidas dice, en parte, "Nuestro romance comenzó con un relámpago y terminó con un estruendo de truenos". Ambos tienen mi nombre y el de ella. En el cementerio nacional, mi nombre y mis fechas estarán en el reverso de la lápida que tiene su nombre y fecha.

57

Señales De Dios

Los milagros siguen ocurriendo a nuestro alrededor -Creo que la vi por primera vez cuando los dos teníamos 12 años. Fue amor a primera vista, pero nunca llegué a hablar con ella ni supe su nombre ni de dónde era. Ella estaba en California Disney Land al mismo tiempo que yo. Recuerdo a una niña muy rubia, muy pequeña, discutiendo con un hermano mayor sobre si él la había llevado a la atracción del Sombrerero Loco. Años después de casarnos, ella mencionó la pelea en Disney y siempre me pregunté si la había visto entonces.

- El relámpago nos unió. Los dos teníamos 26 años y las únicas dos personas que estaban afuera viendo el relámpago cuando la vi por primera vez y sugerí que nos casáramos.
- Tuvimos un matrimonio casi perfecto.

- Adoptamos dos niños, un niño y una niña, ambos de ojos azules como Carolyn con cumpleaños cerca de Navidad. Carolyn, Craig y Christine tienen las iniciales CAC. Ambas fueron adopciones rápidas y gratuitas. Craig, solo 3 meses después de la aplicación cuando nos dijeron que serían de 3 a 5 años. Conseguimos a Craig cuando tenía solo 3 semanas y tuvimos que pasar por SEARS cuando estaba oscureciendo para comprar una cuna, ropa, todo. Los oficinistas pensaban que debíamos ser muy malos planificadores hasta que se lo dijimos y luego nos recomendaron cosas o nos dijeron que realmente no necesitábamos eso. Christine llegó bastante rápido después de que fundamos la misma agencia en Ohio.

- Nos presentamos con nuestra camioneta y una tienda de campaña en el Gran Cañón después de que oscureció y nos dijeron que lo olvidaramos, necesitábamos reservas hace un año. Entré en el campamento para darme la vuelta y un chico universitario salió corriendo y nos dijo que habían reservado varios campamentos y que no sabían que eran tan grandes, por lo que podríamos tener uno de los suyos pagándoles la tarifa estándar de campamento. Dondequiera que íbamos teníamos ese tipo de "suerte".

- ¿Por qué hacer reservaciones cuando Dios está cuidando de ti? Habíamos estado en varios parques nacionales donde había que hacer reservas con mucha antelación con el mismo tipo de resultados: Gran Cañón, Secuoya, Yellowstone, y así sucesivamente. No necesitábamos reservas, Dios nos cuidó.

- Me retiré por segunda vez en 2004. A principios de 2005 murió su cuñado y murió mi padre. Había pasado muchas horas ayudando a mi padre hasta que me jubilé en 2004, entonces mi trabajo consistía en cuidarlo en una vivienda asistida cerca de nuestra casa. Unos días después de su muerte, recibí una oferta de trabajo para volver a trabajar aquí en Florida cerca de su hermana recién viuda en Fort Myers.

- Unas semanas antes de su viaje a la sala de emergencias, tuve sueños en los que estábamos en un crucero y fuimos a separar las filas de comida en la cafetería y luego no pude encontrarla y recorrí todo el barco en pánico hasta que desperté y ella estaba a mi lado. Este fue un sueño recurrente varias noches diferentes que no tenía sentido.oMi hijo soñó que me detuve en la autocaravana este próximo verano y no vio a mamá. Cuando me preguntó dónde estaba, miré hacia el asiento del pasajero y me confundí y le dije: "No lo sé". Entonces se despertaba. Este lavado es un sueño recurrente de cuando tuve el mío.

- Unos 3 días antes de que ella muriera: Craig estaba en Oklahoma y le habló como si pudiera escucharlo en el hospital de Florida y la lluvia cesó justo en el lugar donde estaba y salió el sol y luego comenzó a llover de nuevo. A medida que cruzaba la ciudad, esto sucedió tres veces. Esa noche estaba en la casa y le contó este milagro a su amigo, y salió el sol. Las horas de luz del día estuvieron cubiertas de nubes con lluvias ligeras.

- El hermano de Carolyn y su esposa estaban admirando las flores de un árbol de capullos rojos cuando una repentina ráfaga de viento fuerte vino de la nada y arrancó las flores y las depositó casi todas en su balcón. Entonces el viento volvió a amainar dejando el árbol desnudo. oHabía llegado a casa por unos minutos y estaba en camino de regreso al hospital en mi carrito de golf y un 1

- Pluma blanca y esponjosa, como de la boa de una mujer, o el ala de un ángulo sopló desde algún lugar y golpeó el puente de mis anteojos y luego flotó detrás del parabrisas del carrito de golf. Inmediatamente pensé en Carolyn y alcancé la pluma, pero de repente voló por el lado derecho del carrito de golf y desapareció. Me detuve y miré, pero nada se movía a ninguna parte. Creo que ese fue su espíritu al pasar. Técnicamente, todavía estaba viva, pero esa pluma era de sus alas de ángel. Tres días después se hizo oficial.

- El día que murió: Hubo truenos lejanos, pero el hospital se fue a emergencias, por lo que la mayoría de las cosas funcionaban, excepto las luces del techo, los televisores, los baños públicos y probablemente algunas otras áreas no esenciales. El trueno no se podía oír a menos que estuvieras cerca de una ventana o fuera.o Con cada trueno lejano, su presión arterial bajaba de 10 a 15 puntos. Estaba sosteniendo su mano cuando bajó a 25 latidos por minuto y el final era inminente. Estaba llorando cuando me incliné cerca de su oreja y le dije: "Te amo

Carolyn, pero está bien irme. Te veré en el cielo". Hay que tener en cuenta que el electroencefalograma había dicho que se había ido dos días seguidos. Me volví a sentar sosteniendo su mano. Tomó una gran bocanada de aire y exhaló. Hubo un segundo de silencio mientras esperaba otro suspiro, luego un fuerte estruendo de Truenos que se sintieron como un terremoto y se escucharon en todo el hospital dejando fuera de servicio el generador de emergencia del hospital. La batería de respaldo tardó unos 2 minutos y medio en ponerse en línea, ya que el generador estaba en cortocircuito y sus monitores mostraban líneas planas. Esperé unos segundos esperando otro aliento que sabía que no llegaría y luego, después de un par de segundos mirando los monitores de línea plana, fui a la estación de enfermería justo afuera de su puerta y dije: "Se ha ido". Su equipo se estaba reiniciando en ese momento y vieron la línea plana y entraron en su habitación para verificar.o Cuando regresé a fines de mayo, pasé por el hospital y tenían un generador en un camión de 18 ruedas Remolque de camión que proporciona energía. Aparentemente, Gody Carolyn habían destruido su generador de emergencia y deben haber estado teniendo problemas de energía comercial ya que ese generador estaba funcionando. Les había repetido varias veces en el hospitallo maravilloso que era que aquella tormenta eléctrica unínos. Había traído una foto de nuestro crucero la semana antes de llegar al hospital, con la impresión debajo explicando cómo nos conocimos en una tormenta eléctrica. Esa página de fotos había estado en su habitación durante los últimos 10 días, así que sé con certeza que fue una señal de Dios de que ella estaba con él ahora.o Cuando llamé a mi hijo para decirle que había muerto, un arrendajo azul, resaltado por la luz solar directa, aterrizó en él

- el alféizar de la ventana y lo miré mientras hablaba, luego se fue volando resaltado por el sol. El arrendajo azul es perfecto para ella, de colores brillantes, bonito, pero luchador. Un arrendajo azul atacará a un gato que se acerque demasiado a su nido y pueden ser muy de colores brillantes, no como los arrendajos de matorral que conseguimos en Florida.

Mi hijo me decía por teléfono que no debía culparme, que era su momento y la voluntad de Dios después de tener una buena vida conmigo. Lo que parecía ser el mismo arrendajo azul que solo había visto que una vez se posó en una rama a diez pies de distancia de él y lo miró durante unos 20 segundos mientras me lo decía y luego se fue volando. Estaba contándole a mi hija sobre esto cuando un cardenal rojo aterrizó en una barra de soporte para el toldo cerca de ella y luego saltó al pequeño alféizar de la ventana exterior de una pulgada de ancho junto a mi hija y miró hacia adentro durante unos 20 segundos. Los dos nos quedamos mirando.

Dios no solo nos habló, sino que gritó fuerte. ¿Qué más signos quieres?

Pero las señales continuaron.

- Solo 3 días después de su muerte, vino a mí en un sueño y me dijo que todavía me amaba, pero que eran las flores de la tienda de comestibles Publix las que habían causado todos los ataques de heralergia desde que nos mudamos a Florida. La estaba abrazando con fuerza cuando me desperté. Me di la vuelta para tocarla pensando que todo el episodio del hospital no era más que un mal sueño, pero ella no estaba allí y el hospital no había sido el mal sueño, sino una verdadera pesadilla.

- Durante su servicio fúnebre en la iglesia episcopal de San Juan el Divino en Sun City Center, Florida, un cardenal rojo aterrizó en la rama de un árbol detrás de la ministra y simplemente se quedó allí. Mucha gente vio al pájaro como si fuera lo único que quedaba aparte de las ramas de los árboles a través de las ventanas transparentes de dos pisos de altura detrás del altar. Se movió un par de veces, pero permaneció a la vista y parecía estar mirando hacia adentro. Había 140 personas en su memorial y no estoy seguro de quién vio al ave, pero mi

- su hijo, Craig, y su sobrina de 50 años, Missy, lo vieron. Varios de mis amigos también lo habían visto y se preguntaban al respecto.

- Durante el servicio conmemorativo para el entierro de sus cenizas en el Cementerio Nacional de Fort Smith, Arkansas, un cardenal apareció de nuevo aterrizando dentro del refugio en el altar temporal mientras el ministro episcopal hablaba. Durante la parte del servicio conmemorativo de la Estrella de Oriente, estaban usando el altar, pero el cardenal aterrizó en una lápida justo afuera del refugio.

- Cuando llegamos al hotel en Fort Smith después del servicio fúnebre en el cementerio nacional, el estacionamiento parecía lleno, pero un cardenal aterrizó en el estacionamiento a solo unos metros frente a nuestro automóvil y luego saltó y voló y saltó y voló de nuevo hacia el único espacio de estacionamiento restante que estaba cerca de la puerta trasera cerca de nuestra habitación, Luego se perdió de vista.

- Mi hijo estaba pasando por un momento muy difícil en su vida. Siempre tuvo mal genio, pero cuando regresó a Norman, Oklahoma, cada vez que su temperamento se encendía, un arrendajo azul aterrizaba a pocos metros de él en la rama de un árbol, un mueble de jardín o lo que fuera que estuviera cerca y le chillaba.

- Cada vez que estaba afuera y trataba de decidir algo, un cardenal rojo o un arrendajo azul aterrizaría cerca. Cuando él lo reconoció, y dijomamá, solo lo miraría. Esto sucedía una y otra vez. Un buen ejemplo fue cuando estaba sentado con un amigo en el patio trasero en sillas de jardín tratando de tomar una decisión y le estaba contando a su amigo sobre los pájaros que seguía viendo. El amigo dijo: "¿Como ese que acaba de aterrizar en la parrilla del Bar B Que a 4 pies de distancia?" "Mamá, ¿eres tú? ¿Dónde está el arrendajo azul? Con eso, el cardenal se fue volando y el arrendajo azul aterrizó en la pequeña mesa del patio entre sus sillas de jardín y lo regañó como solo un arrendajo azul puede hacerlo.

- "Está bien, mamá. Sé qué decisión tengo que tomar hacer".

- En otra ocasión estaba afuera discutiendo con su novia de 19 años y el arrendajo azul aterrizó en una rama a menos de 5 pies de distancia y le chilló. Tonya dijo: "Escucha a tu mamá y cálmate". Está bien, mamá, me calmaré".

- Unas semanas más tarde, Tonya estaba hablando con Craig por teléfono. Habían tomado una decisión sobre su hijo mayor, pero Tonya se estaba asustando y estaba a punto de dar marcha atrás. Por eso llamó a Craig. Un cardenal se posó en el alféizar de la ventana junto a ella y picoteó la ventana. "¡Dios mío! Es tu mamá. Acardinal está sentado en el alféizar de la ventana mirándome. Cuando no le presté atención, picoteó la ventana y todavía está allí. Está bien, mamá, no me echaré atrás y haré lo que acordé". El cardenal volvió a picotear la ventana y se marchó volando.

- Cuando me mudé a mi casa en Norman, Oklahoma, un cardenal me saludó aterrizando en la barandilla de la terraza detrás de la casa, a solo unos metros de donde estaba sentado. Puse un comedero para pájaros, pero las ardillas se comieron la comida y ahuyentaron a los cardenales. Tal vez la próxima primavera.

- Finalmente me puse a desempacar todo en mi habitación principal. Miré a mi alrededor y vi todas las cajas desaparecidas, los cajones cerrados, la cama hecha, las lámparas de las mesas auxiliares, las fotografías en las paredes y pensé: "Ojalá Carolyn estuviera aquí, le habría gustado esta habitación". Dicho esto, me dirigí al baño para lavarme los dientes y pisé algo pequeño y duro a los pies de la cama. Era un pequeño alfiler de paloma blanca. Pensé en lo apropiado, lo recogí y fui al baño donde me quité el anillo de boda, y lo coloqué junto al espejo de pared detrás del lavabo de la izquierda más cercano a la puerta y luego coloqué el alfiler de solapa en el justo de boda donde me acordaría de ella cada vez que lo hiciera.

- Usé el fregadero. Luego me lavé los dientes, salí del baño y me dirigí a la cómoda para colocar allí mi reloj. Pisé una solapa de la bandera de Estados Unidos como la que usaban los candidatos presidenciales. Lo coloqué junto a mi anillo de bodas que sostenía a la paloma en ángulo para verlo. Semanas más tarde, pensaba que no había tenido señales de ella durante algún tiempo. Me levanté de la cama y pisé un pendiente de perlas que Carolyn había perdido años atrás en nuestra casa de Florida. Coloqué ese pendiente al lado de mi anillo de boda que sostenía su alfiler de solapa de paloma. ¿Dónde había estado?

- Tiene 3 lápidas también grabadas con mi nombre, con mi nombre y fecha de nacimiento. El último fue colocado en el Cementerio de la Libertad cerca de Greenwood, Arkansas, en octubre de 2016. Los obreros se habían marchado, dejándome sola para llorar su muerte. Estaba de pie lejos de la lápida cuando noté vagamente una bandada de unos 20 gansos que se acercaban a mí y los ignoré de repente. Escuché a los gansos tocar la bocina y miré hacia arriba, venían directamente hacia mí como si fueran a aterrizar a mi alrededor. Llegaron lo suficientemente bajo como para que me agachara, en el último minuto treparon para pasar por encima del árbol junto al que había estacionado y luego parecieron volar lejos. Entonces, justo cuando estaba a punto de mirar hacia otro lado, vi que se volvían casi fuera de la vista. Volaban en un enorme círculo y se acercaban desde la dirección original. Esta vez estaban más altos y solo tuvieron que trepar un poco para pasar por encima del árbol. Esta vez seguí observando el vuelo mientras volvían a iniciar el enorme círculo. Esta vez saqué mi cámara y se acercaron de nuevo desde la misma dirección original. Esta vez conseguí un par de fotos de ellos antes de que se perdieran de vista. Esta vez despejaron el árbol unos veinte pies. Tres pasadas para las tres lápidas colocadas en su honor.

- Tuve otro sueño realista de ella en el que estábamos juntos hasta que me di cuenta de que no podía ser ella porque vi su último aliento.

- Casi al mismo tiempo, Craig, su hijo, estaba esperando a que sonara la alarma y soñó que pasaba por una de las tiendas favoritas de ella y su hermana cuando una caída en picado bombardeó su parabrisas. Tenía miedo de haberlo golpeado, así que se detuvo en el estacionamiento de esa tienda para ver si había un cardenal herido. Mientras salía de su auto, creyó ver a mamá y a su hermana Shirley (que había muerto en enero de 2016) entrando en Kohl's, así que cerró la puerta y se dirigió a la puerta de la tienda. Los buscó, pero no los encontró. No pudo encontrarlos, pero escuchó a mamá hablar con Shirley y trató de seguir la voz para encontrarlos. Nunca podía alcanzarlo, siempre estaban un departamento por encima. Luego no le importó si molestaba a otros compradores, pero comenzó a gritar "Mamá", pero no pudieron escucharlo. Luego no pudo escucharlos más y no pudo encontrarlos, así que se fue. Salió en busca del cardenal que pensó que podría haber golpeado su coche, luego se subió al coche y comenzó a alejarse. Al entrar en la carretera principal, miró hacia atrás y allí estaban mamá y Shirley en la puerta de Kohl's despidiéndose con la mano. Iba a dar la vuelta y regresar cuando sonó la alarma y lo despertó. Le daba vergüenza contarme su historia, pero yo sentí que mamá y Shirley estaban en el cielo haciendo lo que quisieran, como si estuvieran vivas y nos estuvieran observando, pero no podían comunicarse y viceversa.

- Mientras me contaba esta historia, tuve que preguntarme si el cielo es donde las personas vuelven a ser jóvenes y sanas y simplemente se dedican a lo que disfrutaban haciendo en la tierra. Ir de compras a Kohl's con su hermana es algo que disfrutaría. ¿Viven aquí a nuestro alrededor viendo lo que hacemos y siguen su camino esperando que nos unamos a ellos, pero no pueden hablarnos? Seguro que nos oyen. Si el cielo no es estar casado con ella de nuevo y despreocupado y saludable como cuando nos casamos por primera vez, no tengo cualquier otra cosa que quiera en el cielo. Estuve en el cielo durante los últimos 46 años y nunca volveré a eso. Era mi primera Navidad sin ella y no había recibido señales de ella durante meses, pero la noche de Navidad la vi con los hijos y los nietos. Me miró y sonrió. Antes de que pudiera hacer nada, ella desapareció, el lugar donde estaba estaba vacío y nadie más la había visto parada entre ellos, entonces me desperté. Era un amor hecho por Dios que comenzaba con un rayo y terminaba con un trueno. La echaré de menos hasta que algún día me una a ella en el cielo. al menos eso espero.

Todas las noches, varias veces cada noche, miro las estrellas y rezo una oración dirigida a Carolyn y a Dios: "Luz de estrellas, estrellas brillantes, todas las estrellas que veo esta noche (por lo general hay más de una estrella) Deseo que pueda, desearía poder obtener el deseo que deseo esta noche. Deseo a Dios y a Jesús que Carolyn esté viva en el cielo y sana, robusta y entera de nuevo (sin sus uniones metálicas y su corazón reparado), joven de nuevo y feliz con su hermana y todos sus amigos y nuestros padres, pero que aún me ama y me extraña y desea que podamos estar juntos y me perdone por todas las cosas que hice mal, o dije mal, y rezo para que cuando yo muera ella me esté esperando con los brazos abiertos y nos abracemos y nos besemos y luego nos abracemos fuertemente como si pudiéramos compensar el tiempo que nos perdimos y entonces podamos tocarnos, mirarnos y hablarnos como marido y mujer de nuevo y entonces ella pondrá su mano en la mía o su mano en mi brazo, o nuestros brazos alrededor del otro mientras continuamos viendo todos los lugares que siempre quisimos ver y hacer todas las cosas que siempre quisimos hacer y no tener que preocuparnos por el dinero, el trabajo que nos mantendría separados, las malas personas o cualquier cosa mala como enfermedades, dolencias, dolencias o cualquier dolencia y sin lesiones o pagadas, solo por amor el uno por el otro, nuestra unión con los demás, nuestra ternura mutua y nuestra felicidad de ser una pareja felizmente casada en el cielo para siempre.

Si está nublado lo cambio a "... todas las estrellas que no veo esta noche..."

En el aniversario de su muerte, dije mi oración, siempre decía cama como la de arriba y dudaba de que mi imagen del cielo fuera correcta y me preguntaba si existe un cielo. Después de mi oración, dije: "Dios, me has dado muchas señales de que Carolyn está allí, pero ¿puedes darme otra señal que no pueda ignorar? No había dicho amén cuando la oscura habitación se iluminó como si hubiera reflectores de un estadio de fútbol increíblemente brillantes justo afuera de mis ventanas, ni imaginé una bomba nuclear explotando cerca que brillara a través de las cortinas hasta el punto de que habría sido doloroso verla sin las cortinas. Las fotos en color de las paredes estaban casi descoloridas porque la luz era muy brillante. Era surrealista, como se ve en las películas cuando explota una bomba nuclear. Se me pasó por la cabeza que las cortinas estallarían en llamas, pero antes de que la luz se apagara, un largo estruendo sacudió la casa y despertó a mi hija de 35 años. El fuerte trueno que se produjo mientras la habitación aún estaba iluminada fue el mismo que cuando el hospital tembló cuando ella murió. Tengo mi señal. Tengo miedo de volver a cuestionar la existencia de Dios.

Pero volví a cuestionar a Dios. Unos meses más tarde, volví a pedir una señal de que Carolyn está sana en el cielo y que volveremos a estar juntos. Estaba mirando entre dos árboles en el patio trasero alrededor de la medianoche cuando un meteoro apareció detrás de un árbol y justo en el punto en que estaba mirando al cielo explotó en un destello de luz. Luego, unos meses más tarde, recibí el mismo letrero, pero estaba mirando a un lugar diferente en el cielo en mi patio trasero. Ahora, permítanme explicarlo, esto no fue solo una de esas rayas en el cielo en el espacio con las estrellas, sino a baja altitud, tal vez 10,000 pies o menos, como si un avión de pasajeros 747 en la aproximación al aeropuerto a 20 millas de distancia explotara. Esto solo sucedió durante una oración desesperada, pero 3 veces en unos pocos meses vi un meteorito a baja altitud que terminó en un instante.

El 13 de marzo de 2018, y creo que esto podría haber sido cuando ella se fue al cielo, aunque técnicamente estaba viva en una unidad de cuidados intensivos, dije una ferviente oración para que Carolyn estuviera en el cielo esperándome. No había dicho AMÉN cuando se me pasó por la cabeza la idea de que eran las 4:20 de la tarde y el cielo estaba despejado. Mi pensamiento era que no podría conseguir un letrero a plena luz del día y que debía repetir esta oración por la noche. Había un rayo verde en el cielo sobre el centro de Oklahoma, seguido de un fuerte estruendo que se escuchó en todo el estado y todo el camino hasta Dallas, Texas. El verde era su color favorito, pero muy inusual para un meteoro. Yo dije: AMÉN. Véanse las dos páginas siguientes.

La familia había pasado muchas noches buscando meteoros durante las tormentas de meteoros conocidas, y nunca había visto más que unas pocas rayas diminutas en el espacio en el cielo estrellado. Estos meteoros brillantes de baja altitud eran casi aterradores, excepto que tenía una especie de deseo de muerte de todos modos. Eran como un avión en llamas y luego explotando, pero no había nada en las noticias. ¿Eran restos de naves espaciales que eran secretos? Cuando ocurrió la primera, esperaba escuchar o leer sobre un gran impacto en algún lugar cercano.

Este fue mi 4° meteoro brillante de baja altitud en seis meses. Sus médicos deberían temer su ira.
Pasar la página de Norte lado Sur

Informes de noticias reales - Informados incluso en el Reino Unido relacionados con el meteoro de las 4:20 p.m. del 13 de marzo de 2018.

Los residentes de Oklahoma y Texas fueron expulsados de sus rutinas diarias después de escuchar un fuerte estruendo el martes por la tarde. Muchos se quedaron rascándose la cabeza y mirando al cielo en busca de la fuente del explosivo fenómeno.

Si bien el Servicio Geológico de Estados Unidos no ha reportado ningún terremoto en la región, los Servicios Meteorológicos Nacionales en Norman, Oklahoma, han dicho que es posible que el estruendo ensordecedor haya sido el resultado de "un 'bólido' o la ruptura de un meteorito".

Informes de un "estruendo tembloroso" en el centro de Oklahoma poco después de las 4 pm de hoy. Sobre la base de los informes visuales de las rachas de meteoros en Oklahoma y Texas, y ningún informe de terremotos del USGS, es posible que la región experimentara un "bólido" o la ruptura de un meteoro.

Una ráfaga de residentes desconcertados compartieron sus comentarios en línea, tratando de dar sentido a la conmoción de la tarde. Un vecino de la zona ofreció su relato de la misteriosa "luz verde" celestial que vio esa tarde.

"El meteorito voló sobre Oklahoma City hoy alrededor de las 16:20, con un estruendo sónico y algunos temblores en las cercanías de Norman. Era una hermosa raya verde y naranja a la luz del día", tuiteó.

Este bólido llegó incluso a ser noticia en Gran Bretaña. Me he curado de pedir más señales de Dios de que Carolyn y yo volveremos a estar juntos.

El autor pasó más de 39 años con la Fuerza Aérea de los Estados Unidos en los EE. UU., Asia y Europa. Participó en el desarrollo de la mayor parte del nuevo sistema de armas que se desarrolló entre 1979 y 1989. Algunos de esos sistemas se están entregando ahora. Impartió clases de investigación y desarrollo de sistemas de armas y gestión logística como conferenciante invitado y profesor sustituto en el Instituto de Tecnología de la Fuerza Aérea y en varias salas de conferencias de los Estados Unidos. Más de 3000 gerentes actuales y futuros asistieron a su clase sobre programación de investigación y desarrollo. Formó parte de muchos equipos de brainstorming para encontrar soluciones únicas a problemas militares, desde derribar objetos espaciales hasta mover bombas "fallidas" de una pista activa.

Cuando los grupos de opinión se estancaron, me pidieron que interviniera. Algunos de estos grupos estaban encabezados por oficiales generales y los asistentes eran todos coroneles y GS-15 o SES. Tendría unas horas para revisar el problema que habían pasado semanas encerrados en alguna sala de conferencias buscando una solución. En menos de 24 horas había estudiado el tema y desarrollado algunos cuadros informativos sobre el tema y mi recomendación. El grupo de reflexión siempre aceptó mi sugerencia y volvió a sus trabajos regulares en no más de 2 días.

Ahora estoy jubilado tanto del servicio activo como del servicio civil. Todavía estoy activo en la escritura, en el club de radioaficionados local, viajando y escribiendo libros.

Cada cosa en este libro es tan verdadera como puedo hacerla.

"No creo que pueda encontrar a nadie como Carolyn y no sé si vale la pena intentar volver a tener compañía femenina.

Me gustaría tenerla en mis sueños todas las noches, pero sólo de vez en cuando, aunque pido una cada noche. Algunos fueron significativos y describiré algunos de ellos aquí.

En un sueño estamos en una casa mucho más grande que nuestras otras casas, pero me preocupan los matones que deambulan por las calles portando armas. Estoy trabajando en la instalación de cerraduras de seguridad en la puerta de entrada junto con un sistema de visualización del que nadie pueda esconderse. Carolyn dice que estoy perdiendo el tiempo porque los matones ni siquiera pueden ver nuestra casa y mucho menos entrar en ella. Tenemos la protección de Dios. Podíamos salir en la calle y ni siquiera verían nuestro patio. Estamos casados y Carolyn está organizando una gran fiesta con todos los que alguno de nosotros conoció. Nuestra casa parece ser nueva para mí, aunque Carolyn está familiarizada con la casa porque la eligió antes de que yo llegara allí. No es ultramoderno y el mobiliario es utilitario frente a diseñador, pero la casa sigue y sigue. He tenido este sueño más de una vez, pero la única diferencia es el estilo de la casa. Una vez, cuando me pareció que muchos de los invitados a la fiesta no iban a estar en condiciones de conducir, comencé a buscar lugares para que pasaran la noche y conté 17 habitaciones con baños y 6 salas de fiestas o salas de estar antes de que Carolyn me llamara para comenzar a despedirse de algunos que se iban temprano. Hablé con personas que todavía están vivas hoy, pero cuando traté de hablar con mi hermano, no podía escucharme a pesar de que estaba a centímetros de distancia. Mi hermano es 8 años menor y está muy sano. Por alguna razón, puedo ver a los trabajadores jardineros afuera, ¿pero no puedo ir allí?

No es la única vez que he soñado con tener una casa imposiblemente grande que no dejaba de seguir. Cada habitación tiene al menos dos puertas, la que abrí para entrar y cuando abro la otra puerta sigo descubriendo otra habitación u otro pasillo o escaleras que van a otra parte de la casa.

Todos están juntos y se preparan para ir a un funeral en coche. Se espera que todos vayan, pero por alguna razón, yo estaré excluidos del resto de la familia extensa. Mis padres, los padres, la hermana y el hermano de Carolyn, y el esposo de la hermana de

Carolyn que murió de cáncer hace años, mi hermana. Le rogué que me dejara ir con ellos porque también me importaba esa persona. Carolyn parecía triste, pero me dijo que tenía que quedarme para cuidar a los hijos de todos, no solo a los míos. Una especie de niñera adulta, aunque algunos de los niños eran adultos. Supongo que seguiré viviendo por un tiempo.

Una cosa por la que siempre rezo, que Carolyn esté sana y feliz en el cielo. He tenido varias formas de sueños en los que ella me mostraba corriendo, casi bailando, por un largo tramo de escaleras de mármol blanco hasta un lugar especial que yo tomé como un alto nivel del cielo donde no todo el mundo puede ir donde yo estaba resoplando y resoplando tratando de llevar las maletas, pero Carolyn siempre evitaba las escaleras aquí en la tierra. Carolyn prácticamente bajó las escaleras bailando y comenzó a agarrar un par de maletas para ayudarme a alcanzar este nivel más alto del cielo y luego dijo, tienes demasiado equipaje. Eso no significaba necesariamente maletas, sino equipaje mental. En cambio, dijo que se quedaría en este nivel inferior conmigo. Eso sería como ella, sacrificar llegar al nivel más alto del cielo para estar conmigo.

Tengo una serie de sueños recurrentes en los que vamos juntos a algún lugar, generalmente en un automóvil. Se supone que debe estar en algún lugar con el que estoy familiarizado. Empezamos por el camino correcto y nos perdemos. A veces es caminando. Me gustan estos sueños porque estamos juntos como marido y mujer y cómodos el uno con el otro. Viajamos por Europa en nuestro Porsche911 durante 3 años. Siempre se perdía en el mapa, pero siempre me las arreglaba para terminar en el lugar correcto, a veces en una distancia más corta de lo que ella había planeado con un mapa. Cuando finalmente admito que estoy totalmente perdido en el sueño, me despierto deseando que hubiera sido real... no la parte perdida, la parte unida. No me importaba perderme para siempre, siempre y cuando pudiéramos estar juntos.

En un sueño similar estamos pasando por una gran ciudad en la interestatal y me bajo en una salida para cargar gasolina y luego no puedo Encuentra una entrada a la interestatal. Puedo ver la interestatal y, aproximadamente, dónde está la entrada, pero no puedo encontrar la calle correcta que conectará con la entrada. Carolyn reconoce con fuerza dónde estamos y me indica que vaya a este moderno edificio de oficinas de dos pisos donde trabajan nuestros sobrinos del matrimonio anterior del esposo de su hermana. Dicen que, por supuesto, me llevarán de vuelta a la interestatal. Salen por la puerta de vidrio de su auto para que los sigamos y, mientras sostengo la puerta para Carolyn, me doy cuenta de que el sobrino no se parece a nadie que haya conocido antes y me despierto.

En otro sueño, estamos en una especie de espectáculo como un homeshow en un gran edificio de exhibición. Es como si siempre estuviéramos juntos, pero no podía recordar haber conducido hasta allí y me doy cuenta de que esto es volver a ver a Carolyn después de mi muerte. Mientras pasamos por un conjunto de escaleras de mármol, ella sube corriendo las escaleras y me cuesta seguirle el ritmo. Sé que esto está en el cielo porque la terrenal Carolyn siempre evitó las escaleras y, sin embargo, corre escaleras arriba dejándome atrás. Esto es casi una repetición de un sueño anterior sobre Carolyn corriendo por las escaleras de mármol.

Una vez en la vida real estábamos en unas pirámides mayas en Centroamérica y la gente subía unas escaleras de roca y Carolyn me dijo que siguiera y que se encontraría conmigo al otro lado. No quise dejarla ni por un momento, incluso cuando no había peligro con cientos de estadounidenses merodeando alrededor, pero subí corriendo las escaleras pasando junto a personas más lentas que probablemente eran más jóvenes que yo. Cuando llegué a la cima, tomé una foto de Carolyn de pie en el suelo mirando hacia arriba y nos saludamos mutuamente. Señalé al otro lado de la pirámide que allí me encontraría con ella y bajé corriendo las escaleras. No la vi de inmediato, pero luego vi su metro ochenta y medio moviéndose detrás de otras personas que esperaban y tuve un gran alivio.

Ene 2020Anoche soñé que llegaba a casa del trabajo y encontraba muchos autos en la casa y muchos parientes por parte de Carolyn y luego, cuando fui a buscarla, me recordó que íbamos a renovar nuestros votos matrimoniales teniendo una boda adecuada. Se apresuraba a organizar a todo el mundo. No recordaba que ella planeara esto, pero estaba feliz con la idea, solo desearía haberlo sabido y no haber ido a trabajar ese día.

Se iba a llevar a cabo en "The Abby" en Fontana, Wisconsin, en el lago Ginebra. No reconocí nuestra casa. Era grande, pero había mucha gente que no conocía, pero eso estaba bien, porque Carolyn era la única que me importaba. Si fueran sus amigos o parientes, me haría amigo de ellos con el tiempo.

Fui al armario a ponerme el esmoquin y tenía todo puesto, excepto los zapatos y la chaqueta, cuando Carolyn me dijo que era exagerar y que debía ponerme un traje normal. Luego, el baño y el armario se llenaron de parientes que se vestían y no pude encontrar mis trajes. Finalmente me puse pantalones de vestir y pensé que tendría que conformarme con un abrigo deportivo. No había forma de que llegáramos a tiempo. Carolyn se puso ansiosa por llegar allí y, mientras íbamos a los autos, me di cuenta de que algunos de los otros chicos llevaban abrigos deportivos viejos y anticuados de los que pensé que me había deshecho hace 30 años. Resultó que nuestro coche era nuestro viejo American Motors Pacer de 1975 sentado a la cabeza de una fila de coches de lujo y un par de limusinas blancas.

Entonces me desperté y me llené de alegría al pensar que esta era la respuesta a mi pregunta: "¿Me casaré con Carolyn en el cielo?"

Ella siempre está sana en los sueños y parece un poco más joven que cuando la perdí, pero luego, en los sueños, también soy más joven que mi edad actual.

Cualquier sueño con ella en él es como si estuviéramos realmente juntos y tal vez, algún día, lo estemos de nuevo.

Ha pasado un año más. Pasaron menos de cinco años antes de que la llevara a ese hospital por última vez. Todavía estoy furioso con los médicos que no quisieron escuchar y los abogados que no los castigaron por su mala praxis. He escrito a mis congresistas sobre el contratista que se supone que debe vigilar los malos hospitales para Medicare. Dicen que no se puede discutir con registros informáticos que eran totalmente erróneos y sólo se dan tres días para apelar, pero no se recibe su carta hasta más de tres días después de que tomaron la decisión de ignorarte. Dos de mis tres diputados federales me acaban de agregar a su lista de correo, pero mi representante al menos les envió una carta. Ellos respondieron con un "y qué" no tenemos que prestarle atención, pero los representantes empleados ni siquiera entendieron que la empresa se había reído del congresista.

NO ES EL FINAL... PERO ESPERO ESTAR EN EL CIELO.

www.ingramcontent.com/pod-product-compliance
Lightning Source LLC
Chambersburg PA
CBHW062106290726

48975CB00001B/127

9 781967 903320